AF448950

特征 - 目标 - 未来

穆斯林兄弟会的组织结构

特征 - 目标 - 未来

关于趋势研究与咨询中心

研究与咨询趋势中心是一家成立于 2014 的独立研究机构，致力于在战略，经济和政治方面保持前瞻性，并关注全球人道主义参与问题。它旨在分析当前各种地缘政治水平上的机遇与挑战及其潜在变量，同时尝试从分析，批评和远见的角度来寻找有助于影响事件趋势的科学客观的答案和解释。

为了实现其科学目标，该中心提供了具有前瞻性的研究，并提供了最佳的替代方案，以帮助决策者利用其提供的机会更深入地了解地区和国际发展；该中心还根据国际认可的最著名的智囊团和科学研究的控制措施，观察战略，经济，区域和国际趋势的变化，并预测其未来影响。

执行摘要

- 穆斯林兄弟会的组织结构体现了愿景，原则和思想基础，这些思想，思想和原则以创始人哈桑·阿尔·班纳（Hassan AlBanna）提出的总体信息为中心，该信息证实了该组织的包容性概念是"萨拉菲耶派宣教，逊尼派方法，苏菲实质，政治团体，社会理念，体育团体，科学文化协会以及经济公司"。这种行政组织的框架结构，它与兄弟会目标相辅相成，便于致力于在埃及内外实现该组织目标，尤其在关于"恢复哈里发制度和主导世界方面"。

- 这种行政组织框架受到穆斯林兄弟会格外的重视，一方面将其视为在实际层面诠释该组织原则及其思想的重要工具，另一方面则是执行其政治目标，获得政权，得到社会支持的重要手段。

- 导师及其附属机构的角色在该组织的组织结构中已获得中心地位和主导地位，事实上每个导师的一般特征及其实施穆斯林兄弟会总体项目中所扮演角色和性质都表现在该组织结构中。较低级别的行政组织（办公室-委员会-部门）也同样注重组织管理，借此加强组织的灵活性和适应能力，尤其是在危机时期。

- 从建立穆斯林兄弟会到现在，特殊系统始终是穆斯林兄弟会组织建设的最重要支柱，因为它一方面在决定该团体的命运方面起着关键作用，另一方面又因为它是极端主义和恐怖圣战组织及其团体出现的根源。

- 虽然穆斯林兄弟会的行政组织框架表明该组织是一个机构化的团体，但该组织的事务运行仍倾向于个人化，最高导师具备最终决定权。举个例子：尽管协商委员会位于该组织之首，且具有非常大的权限，然而这些权限仅限于总督导（导师）手中，也就是说实际上该协商委员会形同虚设，只不过是给西方做做样子，以展现穆斯林兄弟会重视民主的形象罢了。

- 该行政组织架构所目睹的发展反映了穆斯林兄弟会与历届埃及政府之间的关系处于不同程度，其中在两位总统任期之间的关系相似：已故总统加马尔·阿卜杜勒·纳赛尔（Gamal Abdel Nasser）（其任期从1954年到上世纪70年代初），与现任总统阿卜杜勒·法塔赫（Abdel Fattah Al-Sisi）（其统治时期从2014年6月开始至今），这种关系一直以冲突和对抗为特征，这种关系最显着的结果是瓦解了该组织的组织和行政结构，并极大地降低了其动员和招募的能力。另外两位已故总统穆罕默德·安瓦尔·萨达特（Muhammad Anwar Sadat）和前穆罕默德·霍斯尼·穆巴拉克（Muhammad Hosni Mubarak）任期期间对待兄弟会的政策相似，他们都以开放，灵活和合作为特征，在处理穆斯林兄弟会的事务方面表现尤为突出，其最大的成就是该组织很大程度上重建了其组织和行政结构，这使该组织在政治和社会领域颇具影响力，即便在穆巴拉克时代末期，双方关系发生冲突，并随之采取安全和法律措施，将该组织划分为被禁止的非法圈子。

- 穆斯林兄弟会的组织和行政结构具备某些优势，例如连续性，凝聚力和适应性；但与此同时，它也在一些方面表现出失衡；其中包括该集团领导人与新一代年轻人之间的冲突，而另一些失衡则与特殊系统有关。加上民族主义国家对此模棱两可的态度和该组织在内部晋升制度方面认亲不认贤等原因，在2012年-2013年期间，自该组织获取埃及政权以来由于没有找到有资质的管理团队，从而导致无能应对处理国家行政事务而最终失败的结局。

- 对穆斯林兄弟会组织结构的强弱假设进行的检验表明，根据穆斯林兄弟会内部社会，政治和组织变化，存在着权力程度有所不同的表现形式，同时自该组织成立至6月30日革命后其在应对危机和国家紧急事务方面表现出能力不足。

- 2013年6月30日的革命构成了穆斯林兄弟会历史上的分水岭，因为此事件对该组织的行政结构造成了重大动荡，使得该组织的行政结构处于停滞，僵化和空虚的恶性循环中，这体现在领导人之间对该组织的未来和如何重构组织架构方面表现出分歧意见，特别是在国内外的孤立下，没有迹象表明该组织能够重新组织其架构编排。

- 埃及穆斯林兄弟会掌权的那一年，该组织在控制国家关节方面借鉴土耳其正义与发展党的经验，同时在有关建立国家安全部门方面积极采纳伊朗革命卫队的经验。

目录

穆斯林兄弟会组织结构—特征，目标，未来

总序

尽管穆斯林兄弟会在过去九十多年的大部分历史中遭到了禁止或限制措施，但它却成功地在数十个国家开展了业务，因此经常被称为伊斯兰运动中最具影响力的运动。

该组织逃避削弱或限制其作用的尝试可能是由于结构，组织和动态的原因，使他们能够利用一些埃及政府提供的机会以确保其传播和以持久性的方式开展工作；做国家无法提供的社会和医疗服务，以及学校和其他设施，这有助于建立其广大追随者和支持者的基础。

穆斯林兄弟会能够抵抗一些埃及政府瓦解它的努力，例如，该团体在 1948 年解散并没有阻止其活动，即使它是在保密的框架内进行。它设法在不到一天的时间内动员了来自埃及各个分支机构的游行活动，有超过三千名成员参加。[1]

许多研究人员认为，穆斯林兄弟会的组织结构使其能够抵制国家消除它的企图。它还为他们提供了重要的动员支持手段，因为该组织基于听从，顺服，忠诚和对领导的绝对信任；这种模式使得兄弟会系统成为一种对其跟随者产生深远影响的信仰，而远超制度，命令和规定带来的影响。

兄弟会工作的显着特征是通过团体的等级制度使个人服从集体价值观和情感，并关注其成员的独特性，因为他们通过与不同社会环境中的人们直接接触为自己和所属的社会带来特质和身份的改变。他们常常在咖啡馆，家庭和清真寺举行会议，讨论宗教问题以及社会不满和政治事务。

上述内容说明，穆斯林兄弟会在其成立 4 年后已然成为一种能够产生集体行为的民族运动，它拥有政治抱负，并且从伊思美亚迅速发展到开罗，在众目睽睽之下变得日益强大。

---

1. 参阅：Muhammad Chami, EGYPTIAN MUSLIM BROTHERHOOD ORGANIZATION SOURCES AND ACTIVITIES, https://bit.ly/2pvnSCO, p. 337.

1938 年迁址开罗时，其办事处多达 300 处，1949 年则发展到 2000 处，而在 1930 年它只有 5 处办公室。[2]

穆斯林兄弟会利用组织资源作为招募成员及加强成员之间情感互动的渠道，特别是在社会的中下阶层中，其组织结构可以保留其活动，即使它已被正式解决了不止一次，它也能够恢复元气并适应所面临的大多数挑战。 基于上述内容，该小组的总指导处于组织结构的首位，其次是由 13 名成员组成的督导办公室，该督导除了有权从办公室中选择一个或多个代表的权利之外，还有权选择由 30 人组成的协商理事会。[3]

因此，该组织的组织结构非常严格地集中在该督导的权力中，该督导直接控制着大多数机构。此外，内部招募和晋升系统从五到八年不等，以使加入者成为一个成熟的"穆斯林兄弟"，在此期间，为考验对该组织的忠诚度，有意成为该组织会员者受到密切监控，并且他们还要学习该组织的思想方法，便于这种复杂的系统下产生忠诚的成员，坚守该组织的目标，致力于该组织的原则，并使其领导者根据自己的意愿动员他们。

值得注意的是，该小组的组织结构的具备灵活性和适应运动条件的能力，可以在兄弟会的各个级别迅速转移指令和决定，随后由成员完全遵从，因为该组织采取了轻装工作的方法，使他们可以快速组装并产生较大影响。因此，穆斯林兄弟会依赖于集群组织的方法来建立其组织结构，就像在特殊系统中那样，成立小型的彼此不认识的团体，以便为他们的活动提供最大程度的保密性，因此上，穆斯林兄弟会特殊系统成员上限是 8 个人，他们可以和该组织直接进行联系。[4]

同时，穆斯林兄弟会的组织和行政结构体现了该组织的愿景，原则和思想基础，这些思想以创始人哈桑·阿尔·班纳提出的总体纲要为中心，该纲要证实了该组

---

2. 参阅：Federico Gaon, Hassan al-Banna: Reformist or "fundamentalist"? https://bit.ly/3024oSV, p. 22.

3. 参阅：Sarah Tonsy, Territory and Governance: the Arab Republic of Egypt between two historical political actors, 2017, https://bit.ly/33J9PIE.

4. **有关穆斯林兄弟会的产生的更多**详细信息，请参阅：Hamada Mahmoud Ismail, Hassan Al-Banna **和 1928-1949 年的"宗教与政治之间的穆斯林兄弟会"**（开罗：Dar Al-Shorouk，2010 年）。

织包括为"沙拉夫主义者的宣教，逊尼派方式，苏菲派的实质，政治机构，社会团体的思想，体育团体，科学文化协会和经济公司。"

组织和行政结构的意识形态和思想原则体现在以下几个方面：

第一：伊斯兰作为综合制度的原则，体现在不同层次的组织和行政构造的各个组成部分中，其中包括办事处，部门，委员会和单位等多个级别，这些部门被分配来执行体现该组织理念的许多任务，因为伊斯兰宗教是生活的综合制度，因此这些组织结务必为社会成员提供各项教育，宣教，制造，社会和青年发展，外联等领域的服务。

第二：通过圣战或授权武力的方式以维持该组织及其扩展。圣战的原则是几十年来穆斯林兄弟会思想和实践的概念和主要支柱。该组织提出的口号完全证明这一点："真主是我们的目标，使者是我们的领袖，古兰经是我们的宪法，圣战是我们的道路，为真主牺牲是我们最崇高的愿望"。他明确强调了圣战的立场，因为这是该组织试图在政治上招募成员的主要法规之一，而且很明显，该组织从成立初期在其组织结构中就非常重视军事圣战事务，对此，该组织的特殊系统或秘密组织体现出该组织信仰枪杆子下出政权，以及武力可加强其行政组织结构及其利益。政治伊斯兰运动中的许多研究人员一致认为，该组织的组织结构层次与军事层次非常相似，因为该组织试图以此将支持者转变为一个摆脱独立的，可为领导包袱融入的统一联盟体。或许这可以解释该组织为何自创建初期便在其成员心中根植军事文化，训练他们的格斗技能，并且为便于他们从事武装行为而建立各个机构，举办带有军事色彩的活动，如"阵营"，"游侠"。

第三：国际主义和领航世界：自成立初期以来，哈桑·阿尔·班纳确保效忠于穆斯林兄弟会的宗旨与该组织的最终目标和追求一致，即该组织正在通过包括战斗和战争在内的所有可用手段实现伊斯兰统治和领航世界。效忠誓言的第三大支柱是"必须"通过[5]"解放家园，使其摆脱所有非伊斯兰在政治，经济或精神上的外国势力，并改革政府使其真正成为伊斯兰国，来解放家园；政府如果对此有所怠慢，则先劝导为先，如无效则当被废除或推翻，不应该顺从人的意愿而违抗真主

5.　《指示信》，维基百科·穆斯林兄弟会·位于以下链接：https://bit.ly/2meCPXL。

的法度。"该誓言还有一条文字，指出必须以"通过解放其家园，恢复其荣耀，恢复其文化的根基和凝聚其话语来恢复伊斯兰国家的国际实体，直到所有这些导致恢复失去的哈里发政权和被期盼已久的统一[6]"。

该组织一直致力于通过发展其行政组织结构来实现它的崇高目标。自成立之初，该组织一直渴望扩展至邻国（巴勒斯坦，叙利亚，苏丹，约旦，伊拉克），然后扩展到大多数阿拉伯和伊斯兰国家，再扩展到欧洲和世界其他地区。其组织结构诠释了这一目标，在扩散的早期，侧重内部事务，并关注实现这一目标的组织框架，例如行政办公室，委员会和部门。当该组织扩大并开始以其各个组成部分在社会结构中传播时，建立穆斯林兄弟会国际组织的想法就变成了该组织实现复兴伊斯兰哈里发政权的主要目标并实现"领航世界"的方案，该方案不承认现代民族国家或家园的边界，而是基于忠诚和纯真以及在黑暗时代传播的中世纪概念，而无法适合现代生活的需求。

穆斯林兄弟会国际主义取向的法律和组织解释来自兄弟会的诸多法律和法规。例如，（1948 年的法规）在"与伊斯兰世界的交流"部分下专门整整一章，其中包括一系列总体原则，例如从每个外国政权中解放伊斯兰国家，加强阿拉伯，伊斯兰国家间的团结互助，实现各伊斯兰国家的领土自由，并在上述国家和地区建立政教合一的伊斯兰政府，打造伊斯兰政治联合体。（1982 年的规定）提到了振兴穆斯林兄弟会的国际组织，该规定明确了该组织在埃及的总组织与其他国家分组织之间的关系和性质，特别该组织其他各国领导人必须服从由该组织总督导所代表的领导及其总协商会和督导办公室的领导。

第四：治理与忠诚：它被认为是影响穆斯林兄弟会行政组织结构结构的最重要原则和基础之一，其主要源于兄弟会理论家赛义德·库特布（Sayyid Qutb）的思想，他认为"陶喜德"一词的要求承认神性的统一，整个经济体系应根据伊斯兰的标准来制定，教育，教学，媒体，知识，文明，伦理和行为课程全部源于伊斯兰教，这就是为什么他以"愚昧"一词描述穆斯林社会，并将其等同于佛教和共产主义社会的原因。这些思想是许多诉诸暴力的极端主义团体和组织将自己的思想强加给社会的起源。

6.　　前源。

---

1. 研究目标

这项研究将试图确定该组织如何在内部进行自我划分并建立其组织结构，其信息如何从督导办公室流向其各个分支机构的所有成员，以及如何按照"听从和顺服"的原则对追随者进行教育。

本研究还试图推断该组织从成立之初到 2013 年 6 月 30 日革命之后的行政组织结构的发展，以找出代表该组织的优势和劣势，因为它是该组织社会和政治目标的主要支柱。

这项研究包括对穆斯林兄弟会的组织结构的分析和描述，该组织在组织纪律层面上的重点，以及该组织遵循旨在加强中央行政方面的组织框架的任务和作用。

本项研究的重点是埃及穆斯林兄弟会，它是阿拉伯和伊斯兰国家各种政治伊斯兰运动的母体，由此，它为结合意识形态和组织运动的群体提供了模型，并在此基础上继续依靠具有复杂特征的组织建设，从而尽管面临安全措施和法律限制，但它依然能够持续强劲发展 90 余年。

2. 研究课题

这项研究试图回答以下几个问题：

- 尽管穆斯林兄弟会受到禁止和起诉，但其组织结构如何影响其活动的继续进行？

- 它的领导结构如何使其能够支配该组织的事务及其趋势，并实现基于"听从和顺服"的盲目服从的组织结构的主要概念？

- 行政办公室在达成规则方面的任务和职责是什么？

- 如何选择个人加入穆斯林兄弟会，以及满足会员资格的条件？

- 该组织的组织结构是否适应了几十年来面临的挑战？

- 在 2013 年 6 月 30 日革命之后，该组织的组织结构遭到的分裂如何影响到该组织的未来及其政治目标？

3. 研究方针

该研究通过依赖多种方法和途径来构造一整套方法学，包括：分析/解释方法，探讨穆斯林兄弟会组织结构中复杂，相互关联或多层面的社会过程背后的隐性原因，以及描述性方法突出显示所考虑的现象从其各个方面和维度，并结合定性和定量方法进行数据收集。该研究还依赖于历史方法，通过各种渠道，事件的目击者陈述，百科全书，期刊文章，个人传记，以及传媒途径比如：视频和音频等来追踪该组织的成立及其经历的阶段，以推断该组织过去所经历的事件的影响以及它如何影响其当前的组织和行政结构。

4. 研究假设

这项研究试图检验一些普遍的假设：

- 社会不公正是穆斯林兄弟会采用的一个有吸引力的变量，那个使许多民众饱受贫困，边缘化祸害之苦的社会现状，为兄弟会的招募和动员过程提供了便利，并且通过动员追随者并以各种形式启动他们行政组织框架内的活动来突出不同层面领导力的重要性。

- 埃及在 20 世纪上半叶末所目睹的社会，政治和经济变革为该组织提供了活跃的机会，为其行政组织结构打开了一个窗口，以促进其渗透到社会。[7]

- 班纳（Banna）所享有的个人超凡魅力，使得他对该组织成员的影响力大增，并使得了听从和服从的原则根深蒂固[8]，将其作为支配该组织工作的最重要原则，这反映在该组织的行政组织结构上，这种结构已越来越接近专制特征，

---

7. **有关更多信息**，**请参见**：D. Meyer and S. Tarrow (eds.), Towards a Movement Society? Contentious Politics for a New Century, (Rowman and Littlefield, Boulder: CO, 1998).

8. **参阅**：Thorsten Hoffmann, THE MUSLIM BROTHERHOOD IN EGYPT: PURSUING MODERATION WITHIN AN AUTHORITARIAN ENVIRONMENT, https://bit.ly/2nTmJUF, p.22.

这体现在其层级官僚结构中严格的制衡机制，加强了领导在该组织中各个部门中的主导地位。

- 尽管穆斯林兄弟会在社会变革的目标上存在分歧，但穆斯林兄弟会工作的中心性在其特征上与马克思主义组织的特征趋于一致，因为该组织专注于组织纪律，这是评估个人绩效的主要标准，它在很多情况下对其会员采取了暂停会员资格到解雇等行政措施（不是因为思想问题）。另一方面，穆斯林兄弟会在其社会和政治结构中似乎是一个分散的运动，特别是在行政决策过程中，这一点在领导人收监的情况下执行日常行政事务中得到了明显体现。[9]

- 与其他旨在通过反对世俗主义，西化或帝国主义来从底层改变社会的伊斯兰运动不同，穆斯林兄弟会以 1920 年代欧洲法西斯主义运动为蓝本，始终保持自上而下的变革态度，旨在建立根据该组织的伊斯兰化生活意识形态进行控制和管理国家的强大运动，并热衷于在其组织和行政结构内建立一个特殊的系统，以作为其实施政治项目的军事力量

- 社会和党派运动的研究者通常很难在两者之间设定清楚的界限，这两者都有助于表达公民的要求和偏好，因为政党及其政治方案和参加选举都试图获得权力。尽管社会运动着重于满足社会群体的需求，但它们有时可能会转向政治行动。[10]因此，穆斯林兄弟会渴望将其行政组织结构服务于社会需求，获得民众的支持并首先建立社会支持，然后将其转化为政治影响力，特别是在选举时期。

- 老一代兄弟会领导人的控制权使其能够根据自身利益调整组织结构，并防止问责制或对其组织的政策提出批评或质疑其对组织的霸权，特别是在该领导人坚持将听从和服从原则作为行政组织结构的监管框架的情况下。

---

9. 迈克尔·扬（Michael Young），《兄弟会沦陷》，但现存，卡内基中东中心，2019 年 5 月 6 日，在以下链接：https：//bit.ly/2n48ewy。

10. 参阅：Hanspeter Kriesi, Social Movements in Interaction with Political Parties, October 2018, https://bit.ly/2Z73uHy, p.4.

- 穆斯林兄弟会了解组织结构将其活动制度化和实现其目标的重要性，因为它承担着权力和职责的分配，此外，衡量运动或组织有效性的最重要指标之一是组织结构，它有助于通过特定组织渠道解决内部沟通和互动问题，这是一方面；另一方面，监管机制支持实际联系，并使工作具有体制性，从而使各级计划具有信誉。

- 穆斯林兄弟会有意回避有关其行政组织架构的描述，特别是有关特殊系统和最高领导层的职能明确描述；这使他们能够与政府政权建立秘密协议，使他们有行动自由。

5.前期研究

尽管有大量关于穆斯林兄弟会的文献，但很少有专注于该组织的行政组织结构的文献，（即使是针对该项目的研究文献也没有对此独辟新径）而这是兄弟会项目的支柱。但在 2010 年末，所谓的"阿拉伯之春"事件之后，对兄弟的未来产生重视，这才开始对此有所研究。**以下是在此背景下最重要的研究：**

■ 伊斯兰运动的研究员 Hussam Tammam 的研究标题为**"穆斯林兄弟会的转型[11]：意识形态的瓦解和组织的终结"**，并涉及与穆斯林兄弟会的形成有关的许多有争议的问题，包括其行政组织结构的性质，这反映了该组织的意识形态，因为它是等级制且封闭的。这项研究认为，影响兄弟会目标的转变及其从哈里发国的乌托邦转化为沉浸在民族国家现实中的转变，也已经赶上了它的影响力或组织框架，尤其是穆斯林兄弟会的国际组织，该组织已建立并开始成为实现该组织的"哈里发国梦"的伊斯兰计划的政治杠杆。"。该研究提请人们注意该组织的招募策略从侧重于贫困和边缘化阶层转向偏重中产阶级和商人，这实际上淡化了其在贫困阶层中的组织影响力。

■ 研究**"散居兄弟[12]：国际组织研究导论"**：着眼于穆斯林兄弟会的国际组织，它突出了该组织的另一个方面，即"机会主义和政治上的权宜之计"，

---

11. 霍萨姆·塔玛（Hossam Tammam），《穆斯林兄弟会的转变：意识形态的瓦解和组织的终结》（开罗：马德布利图书馆，2010 年）。

12. 研究人员小组，散居兄弟：国际组织研究导论（迪拜，马斯巴尔研究与研究中心，2019 年）。

因此该组织在国外存在并为其建立分支机构，可以应对主办该组织的国家施加的压力和制约。 这可能会导致对国外的依赖和对新支持者的依赖，甚至违背他的利益。该研究还揭示了兄弟会旗下的国际组织及其各分支机构为了土耳其的利益而违背其国家的国家民族利益的案件，并且该研究涉及了穆斯林兄弟会及其分支机构在美利坚合众国，拉丁美洲，欧洲，澳大利亚和韩国存在的历史背景，及其与穆斯林社会问题的有益互动，以及企图没收"合法代表权"的企图，并为其国际组织提供获利的政治机会，而对合并思想进行蒙蔽。

■ 研究："**衰败后的兄弟会：重组和利用联盟**"[13]：它论述了穆斯林兄弟会和伊斯兰组织以及埃及极端主义潮流在 2017-2018 年期间经历的最主要的转变和冲突，尤其是在意识形态背景下，所谓的穆斯林兄弟会两翼之间的内部和外部冲突。在" 6 月 30 日革命"之后，该组织逐渐衰落；这项研究的重要性在于，它通过追踪调查穆斯林兄弟的督导-穆斯塔法·马什豪尔（Mustafa Mashhour）关于从军事技术到耶路撒冷行动和"西纳州"等事件的证词，揭示了兄弟会领导人试图建立袭击埃及的恐怖组织。

■ Abdel-Rahman Ayyash 的研究**"强大的组织和薄弱的意识形态：6 月 30 日后埃及监狱中的兄弟路途"**[14]：该研究证实了该组织行政组织结构的重要性及其在该组织中的作用，以及其汇集矛盾的强大能力，其中包括思想，地区和世代相传的频谱，因为行政组织是该组织分裂的根本。 但是，该研究同时发现，在总统穆罕默德·莫西（Mohamed Morsi）被推翻之后发生的与国家的近期和压倒性对抗导致该组织放松了对该组织成员的控制。 显然，这造成了穆斯林兄弟会保持的大量差异。

---

13. **研究人**员小组，《**衰败后的兄弟会：重组和利用联盟**》（ 迪拜，Al-Masbar **研究与研究中心**，2019 年）。

14. 阿卜杜勒-拉赫曼·阿亚什（ Abdel-Rahman Ayyash）， 强大的组织和薄弱的意识形态：6 月 30 日之后埃及监狱中的兄弟情谊途径，《阿拉伯改革倡议》，研究论文，2019 年 4 月 29 日，位于以下链接：https：//bit.ly/2lUQvqy。

■ Haitham Muzahim 教授的研究**"从秘密组织到埃及总统的穆斯林兄弟会，1928-2012 年"**[15]，其中概述了穆斯林兄弟会组织结构的一些鲜明特征，以及各级之间关系的性质，兄弟会成员与以总督导为代表的领导之间的关系建立在听从和服从原则上的誓言基础；兄弟会的组织架构主要分为两个部分：创始机构和督导办公室，除了该组织的总中心之外，还包括行政配置，"家庭"系统，技术部门和宣教委员会。由于该团体意识形态的宗教性质，其领导人与其成员之间的关系中存在精神方面的互动，因此很难避免这一方面对运动中民主实践的影响。同样该组织的领导阶级和职务等级受到年龄因素的影响。兄弟会成员对此的做法类似于他们的社会传统，年长者优先于年轻者，男人优先于女人。

■ 尤姆纳·苏莱曼（Yemeni Suleiman）的研究**"穆斯林兄弟会的制度结构：一种分析方法"**[16]，此论文研究了该组织从成立到 2013 年 6 月 30 日革命后组织结构发展的某些方面，特别是关于建立一个政党作为该组织的政治机构，即自由与正义党。此外，以某种方式成立与该组织有关联的社会慈善团体。此研究得出的结论是，该组织继续以之前的体制结构开展工作，但比以前更加自由和充满活力，因为它通过新政党参加了议会选举，并在议会中以多数席位组成了一个议会联盟，其次是协商委员会，直到其候选人穆罕默德·莫西（Mohamed Morsi）获胜后担任总统为止。

■ 艾哈迈德·阿贝德·拉博博士（Ahmed Abed Rabbo）的研究**"穆斯林兄弟会的未来的三种情况"**[17]，他认为组织结构，或者说是私人系统，是该组织失败的最重要原因之一，尤其是在 2011 年 1 月革命之后，一方面是该组织具有流

---

15. Haitham Muzahim，**"从秘密组织到埃及总统的穆斯林兄弟会（1928 年至 2012 年）"**，《中东事务杂志》，贝鲁特·第（22）卷，第（142）号，2012 年。

16. 尤姆纳·索利曼（Youmna Soliman），《**穆斯林兄弟会的制度结构：一种分析方法**》，埃及研究所，2017 年 2 月 4 日，通过以下链接：https://bit.ly/2NLw62T。

17. 艾哈迈德·阿卜杜勒·拉博（Ahmed Abd Rabo），《穆斯林兄弟会》的未来的三种情况，由 Dr. 穆罕默德·萨义德（Mohamed El-Sayed）说："穆斯林兄弟会的未来在等待什么"，第（65-66）号，（开罗·人权研究所·2013 年，开罗）。

动性和神秘性及其财务不透明原因，另一方面是它近乎完全控制也受到控制
自由与正义党，以及其决策中心的模棱两可，使其成为与国家平行的实体。

■ 情报和恐怖主义信息中心梅尔·阿米特（Meir Amit）发表的有关**"穆斯林兄
弟会的组织结构和资金来源"**[18]的研究表明，穆斯林兄弟会渴望建立一种灵活
的组织结构，以适应埃及环境带来的挑战，其次通过建立广泛的网络来分散
权力，通过去中心化的方式使各办事处和行政机关分布在埃及各省。

■ 由卡内基公司（Carnegie Corporation）发表的《阿什拉夫·谢里夫（
Ashraf Sharif）研究》题为**"埃及的穆斯林兄弟会和政治伊斯兰的未来"**[19]
，得出的结论是，临时政府采取措施破坏 6 月 30 日的革命后，穆斯林兄弟会
遭受了重大冲击，并于 2013 年 9 月宣布了针对该组织的禁令，然后在同年
12 月将其视为恐怖组织。

■ 研究员芭芭拉·佐尔纳（Barbara Zollner）对**"幸存的镇压：埃及的穆斯林
兄弟会如何开展工作"**[20]的研究中提到，在 2013 年 6 月 30 日的革命之后，她
对穆斯林兄弟会的总体前景进行了展望。她明确指出，当阿卜杜勒·法塔赫
·阿尔·西西总统（Abdel Fattah Al-Sisi）于 2014 年掌权后，埃及就进入
了一个与穆斯林兄弟会打交道的新阶段，政府采取了许多旨在打击该组织的
行政组织结构的措施，因为西西政权意识到，消除这种将权力集中在精英框
架内的结构需要战略决策，并将其通过高层指示传递给更广泛的底层群众，
将导致该组织的分解和崩溃。

---

18. 参阅：The structure and funding sources of the Muslim Brotherhood, the Meir Amit Intelligence and Terrorism Information Center, On 10 July 2011, https://bit.ly/2qoe0J7.

19. 参阅：Ashraf El-Sherif, The Muslim Brotherhood and the Future of Political Islam in Egypt, Carnegie middle east center, OCTOBER 21, 2014, https://bit.ly/2k1aZ06.

20. 参阅：Barbara Zollner, Surviving Repression: How Egypt's Muslim Brotherhood Has Carried On, Carnegie middle east center, MARCH 11, 2019, https://bit.ly/2kpFNYT.

■ 安妮特·兰科 Anit Ranko 和穆罕默德·亚吉 Mohamed Yaghi 关于**"极端主义和埃及穆斯林兄弟会内部的结构性分裂"**[21]的研究，考察了西西政权对穆斯林兄弟会采取的措施，以及对其组织和体制结构的影响，使其划分为两个部分，每个部分拥有其独立组织结构，并针对当前形式的应对方案持有不同意见。

尽管先前的研究涉及到许多方面，但如前所述，它们并没有主要关注该组织的行政组织结构，尽管它对该组织及其在实现海外扩张（伊斯兰哈里发的梦）中所代表的项目具有至关重要的意义，但没有重视跟进促使兄弟会在某个特定时刻调整其行政组织结构的社会和政治环境因素。

6. 研究计划

在此基础上，本研究分序，七个章节和后记。

第一章的标题为"方法论和理论框架"，内容是对所采用的方法论的回顾，以及对现象进行透彻和准确分析的最著名的方法。

第二章的标题是"穆斯林兄弟会的组织结构：重要性和一般特征"，从团体领导人的角度阐明该组织的中心重要性，并着重介绍了区别于该组织的最重要的一般特征。

第三章标题为"穆斯林兄弟会的组织结构的演变……从 1928 年成立到 2013 年 6 月的第三十次革命"，讲述了该组织的发展阶段，从最初成立之日起到 2013 年该组织解散为止的各个阶段，并解释了该组织每个阶段的特征。

第四章的标题为"穆斯林兄弟会总督导和与其有直接关联的组织机构"，探讨了该组织的督导如何找到一种集体认同的模式，这种模式使成员具有忠诚度和服从

---

21. 安妮特·兰科（Annette Ranko）**和穆罕默德·亚吉（Mohamed Yaghi），埃及穆斯林兄弟会内的极端主义和结构师**·华盛顿近东政策研究所·2019 年 3 月 5 日，位于以下链接：https://bit.ly/2jZH7kX。

性，并着重强调了该组织的督导在发展组织结构中的角色性质以及他们所添加的法规以及与此相关的纲要。

第五章被标记为"穆斯林兄弟会组织结构中的行政办公室和中央委员会"，讨论了该组织的行政办公室及其各个部门，从地区开始，然后是部门，然后是家庭，以及他们与基地和领导层之间的沟通方式。其中还包括负责招募和支持会员的中央委员会，它负责督导兄弟会各种形式的活动。

第六章标题为"根据理论和方法学检测组织结构的优劣性假设"，它提供了对组织建设的全面理解，其中考虑了生存和连续性运动所依赖的各个方面，无论是领导力，官僚，行为或社会。

第七章标题为"穆斯林兄弟会在连续性与变化之间的组织结构：未来的愿景"，在分析了组织的优势和劣势并检验了公认的组织实力的规范（即连贯性，连续性和适应性）之后，探讨了该组织组织的组织结构能够进行调整的可能性。

至于**后记**，则涵盖了本项研究的主要内容，回答了本研究提出的问题，并对由此发出的假设进行了检验。

第 1 章

方针与理论框架

自 1928 年成立以来，穆斯林兄弟会一直在建立社会各阶层的社会基础。尽管该组织与不同时期的政权有所合作，但大部分时候它对政府的各类活动采取对立的态度。一方面基于该组织在实现目标方面的灵活性和实用性，另一方面一些埃及政府意识到该组织在应对某些潮流中所起发挥的重要作用（比如在抵抗圣战思潮和叛教学说方面）。

穆斯林兄弟会意识到了这一事实，并利用它来最大程度地扩大其政治利益，从而转化了研究人员卡里·罗瑟夫斯基·威克汉姆（Kari Rosevsky Wickham）提出的关于政治和社会运动利用社会发展的能力并为它谋取利益的理论，因为这些运动在实践政治的过程中经历了一种学习过程，其政治环境的规范和标准，最终反映了其行为。根据这个理论，穆斯林兄弟会吸收了埃及所见证的政治发展，并努力从中受益，而没有对其思想方法或动态框架进行任何实质性改变，因为无论是在社会还是政府层面，它在实操中都践行了政治谨慎的原则[22]。

如此看来，穆斯林兄弟会更有可能是一个有纪律的组织，事实上在其内部讲话中强调了它与个人之间的特殊联系，从通往宗教的门户到使用宗教作为与全社会共同使用的一种语言作为工具，希望这能在以后支持其政治愿望。从同样的意义上说，穆斯林兄弟会关心的是在目标和工作机制的保护下对成员进行分组，以通过一系列有组织的互动来形成其组织行为，以树立他们对该群体的普遍归属感并遵守其教义和原则。

因此，一些人认为，穆斯林兄弟会是一个代代相传的简单团体[23]，由于其成员之间的直接沟通以及他们互相面对面的会面，以及他们所处的相同位置，拥有相似

---

22. 参阅：Carrie Rosefsky Wickham, The Causes and Dynamics of Islamist Auto-Reform, ICIS International 6, no.2, Winter 2006, pp. 6–7.

23. 参阅：Ammar Fayed, Is the crackdown on the Muslim Brotherhood pushing the group toward violence? 2016, https://brook.gs/2Z4eCoP.

的愿望和目标，并共同努力实现这一目标。此外，该组织成员之间具备的共同特征还包括，例如兴趣，价值观，社会背景和亲属关系，也使用组织的语言"我们"来指代构成该组织不同于其他团体的集体行为，从而提高了社会凝聚力和向心力[24]。

毫无疑问，该组织的创始人哈桑·阿尔·班纳在与该组织成员的关系中所体现的父权制表现在组织结构和决策过程的主导地位上，并且他强调的是听从和服从"要素，这些要素出现在该组织的价值观和传统的水平上，并体现在他们的教育和社会化手段上，从而形成一种兄弟文化和个性风格。因此，这限制了穆斯林兄弟会的后代，使他们无法摆脱该组织的狭隘圈子，同时加剧了对组织的归属感，这种固执己见的偏激态度往往以牺牲公民身份和对国家的忠诚作为代价。

综上，穆斯林兄弟会能够形成一个连贯的组织，其会员资格条件非常严格，入会条件至少需要 5 至 8 年的培训，在此之后，附属成员便可以获得正式会员资格。它的组织结构及其连贯的层次结构，使各办公室和部门可以发挥灵活的运动角色，重要的决策过程仍由高级领导掌握，这可以被视为"决策执行"。此外，该组织还在国家机构内部工作，并致力于建立社区支持网络，以通过对其成员的完全控制来巩固其地位，从而能够在特定时刻将他们动员起来。

代表兄弟会领导人与该组织成员之间关系的奉献精神引发了一个问题，即他们所接受的意识形态灌输的性质，以及把效忠和服从作为对该组织头目即总督导的保证。事实上，该组织成员对哈桑·班纳制定的原则和规则的承诺特别保障了以忠诚和效忠为特征的规则，并且在危机期间不同时依赖自上而下的指导。由此，招募计划使基地组织成员与该组织的其他机构建立了联系，从而促进了该组织的组织结构的凝聚力[25]。

家庭关系和个人关系可确保建立相对封闭的网络，并确保信息交换的诚实性和机密性，因为它们可以有效防止渗透和暴露。作为该组织网络凝聚力的一个例子，该组织在英国的代表 Abdullah Al-Haddad 是督导局成员 Issam Al-Haddad 的儿

24.　参阅：Matthew A. McIntosh, The Sociology of Social Groups and Organization, March 8, 2018, https://bit.ly/2TQIa4h.

25.　参阅：BARBARA ZOLLNER, Surviving Repression: How Egypt's Muslim Brotherhood Has Carried op.cit.

子，同时，也是 Jihad Al-Haddad 的兄弟，他在 2010 年 1 月 25 日革命后担任该组织的媒体发言人[26]。

本章将使用不同的方法来回答研究问题，其中最重要的是：

1-1 制度方法

这种方法基于组织或团体适应挑战并以最佳方式执行其职能，或者面对他们面临的挑战和潜在风险，以及面对内部分歧时坚持不懈的凝聚力。

根据塞缪尔·亨廷顿（Samuel Huntington）的观点[27]，有四个重要标准可用来衡量任何团体或组织的制度化程度：适应性，复杂性，自治性和连贯性。这些标准可以应用于穆斯林兄弟会的行政组织结构中，以阐明领导和执行结构与基层之间的复杂性和相互影响的本质，该群体对社会的影响程度以及其适应，独立和变革的能力。

同时，任何组织或机构拥有的最重要的假定优势来源之一是通过其时间年龄来衡量的，该时间与它适应的变化的能力成正比，比方说：团体或组织在较长时间内面临的问题日益增多，将使其更有能力适应变化，但并不意味着具有专业经验的组织一定要适应。这将在穆斯林兄弟会的组织结构内的新老一代之间进行衡量，以及他们在特定问题上的兼容或分歧的程度，以及这对群体凝聚力和组织结构的影响。

1-2 官僚主义方法

它根据德国社会学家马克斯·韦伯（Max Weber）的建议，重视以组织结构和层次结构来解释组织及其管理的工作，以展示官僚组织 "Organization

---

26.　Ibid.

27.　**参阅**：Samuel P. Huntington, "Political order in changing societies, Seventh printing, (New Haven and London, Yale University Press, 1968), p.194.

Bureaucratic"在其工作过程中的影响，并按照严格的规则和程序与其成员进行沟通[28]。

韦伯确定了组织中的三种类型的权威：传统，超凡魅力，法理或官僚，并认为官僚权威是对组织中的成员实施生命力控制的最理性手段，特别是因为它具有权力等级，专业的员工队伍以及统一的原则，规则和制度，训练有素的管理人员等；组织内部的层次结构代表着明确的权限，使个人或成员能够直接认知他的上司或领导，这仅强调了官僚机构在管理任何组织或团体中的重要性[29]。

同样的道理，官僚模式假设组织中最高的人拥有最大的权力，而较少的人则拥有较少的权威。至于决策过程，它是将信息从规则传递到中间级别以达到最高权限之后进行的，因此决策被做出，然后被发送回垂直层次结构的底部。

官僚主义方法的特征

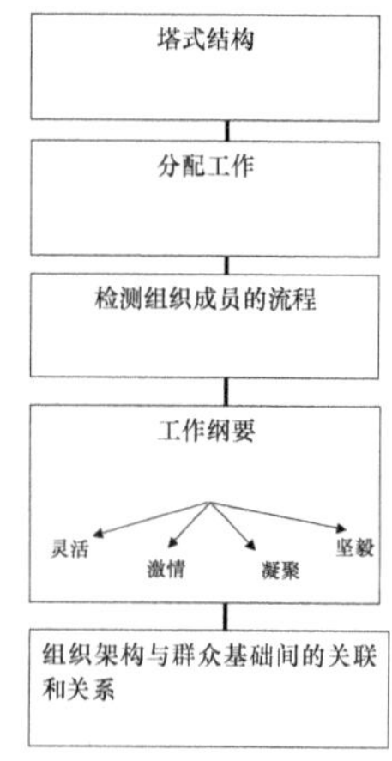

28.　参阅：Max weber, Economy and Society, edited by Guenther and Claus Wittich, Berkely, Los Angeles, London, University of California press, 1978, p. 311-339.

29.　参阅：Ahmed Mahfooz, THE THEORY OF BUREAUCRACY OF MAX WEBER... MERITS AND DEMERITS, https://bit.ly/2Mwy33H, P.2.

因此，官僚管理方法将阐明兄弟会领导层的性质以及组织和行政结构内的等级结构，与决策有关的信息有效地从上到下流动的方式，以及组织结构中较低层级的工作和任务如何从技术委员会，专业部门和行政单位中划分出来。

这种方法还将讨论该组织的组织结构中实行的威权合法性的传统，自该组织成立之初就确立的传统的神圣性（源于听从和服从的原则），以及随之而来的承诺，即对该组织领导层下达的指示和命令无条件执行，这使得该组织成为极权专政的缩影。

1-3 政治机会方法

这种方法的重点是政治体制向社会中的活跃群体开放所带来的机会，从某种意义上说，一个群体在社会中的传播及其影响其互动和行使政治角色的能力日益增强，一方面与制度所提供的活动余地分不开的，另一方面与来自区域和国际环境的外部机会分不开。

这种方法表明，社会组织和运动的成败主要受到其可利用的政治机会（无论是来自制度还是外部环境）的影响，以及它们利用这些机会的能力的程度（无论是重建其组织和行政结构还是实现社会变革的过程）[30]。因此，对政治机会加以利用促使穆斯林兄弟会对其组织结构相关的基本法进行了修正，以便得益于埃及历届政府的开放政策，正如它在"2011 年 1 月 25 日革命"后最大程度地利用其政治收益，甚至于 2012 年赢得议会和总统选举后获得政权，而其它政党和组织无法组织此等规模的招募和动员，组织游行示威并设法有效敦促选民投票支持自己当选[31]。

30.　参阅：Ashley Crossman, Political Process Theory, February 13, 2019, https://bit.ly/2qtFSuO.

31.　埃里克·特拉格（Eric Trager），南希·优素福（Nancy Youssef），米歇尔·唐（Michel Don），《埃及穆斯林兄弟会的兴衰》，华盛顿近东政策研究所，2016 年 11 月，网址如下：https://bit.ly/2ZiHIwH。

1-4 组织社会学方法

这种方法假定组织或团体与它产生的经济或生活环境之间存在灵活的关系，并反映在其组织绩效中。同时，任何组织都应考虑到随时可能发生的变化，发展和危机，并对此有明确的应对策略[32]。

这种方法可以从社会的角度研究穆斯林兄弟会的组织结构，因为它通过一系列经济，慈善和志愿活动和途径体现了其渗透社会的能力，这些活动有助于最大程度地提高其社会支持，它着重于某些社会阶层，例如商业阶层和中产阶层，以便支撑该组织的财务和组织实力。

1-5 组织行为学方法

这种方法侧重于研究组织或群体中人员的行为，态度和绩效，在微观层面上，该方法侧重于个人，群体或组织，并强调诸如个性特征（个体差异），员工态度，工作动机，领导能力，团队形成和团队决策等主题[33]。在宏观层面上，机构的整体形象被视为分析的基本单位，其重点是组织或团体的组织结构以及其机制和机构的工作方式，这需要关注个人心理学（人格和感知），社会心理学（人际互动），科学等领域。人为心理学（在职人员），政治学（权力和影响力），人类学（文化制度）和经济学（激励和交易）[34]。

这种方法还从人类学和社会学理论中汲取了其概念，以了解人类群体的性质和行为，以及人类群体的形成，竞争或与其他组织的合作。因此，这种方法分析了穆斯林兄弟会的行为，无论是在领导人级别还是在基地组织级别，以及激励成员发挥最大组织和运动表现的方式，其中指出该组织在很大程度上依赖于家庭和家族关系，因为它是组织持久性和凝聚力的重要支柱。

---

32. Sociology of Organizations, https://bit.ly/2U2REcu.

33. 参阅：Robert Dailey, Organizational Behavior, Edinburgh Business School, Heriot-Watt University, https://bit.ly/2kPMnb0, p.2-3.

34. Robert Dailey, Ibid.

1-6 功能结构化方法

这是一种从一群特别是在西方资本主义社会中涌现出来的传统和当代社会学家的观点中得出其总思想渊源的方法，在这种方法中，它侧重的是研究穆斯林兄弟会或其他组织如何长期保持内部稳定，并解释社群中的社会凝聚力，而这就是西方社会学领军人物的思想，例如：奥古斯特·孔戴，埃米尔·杜克海姆，赫伯特·斯宾塞，以及许多当代美国社会学家的观点，例如：塔尔科特·帕森斯和罗伯特·默顿以及二十世纪一直延伸到 1970 年代末的资本主义社会家的观点[35]。

这种方法依赖于分析和解释中的两个基本概念，即"结构"和"功能"。社会建设是一组固定和永久的社会关系，这种关系把发挥特定作用和从事特定岗位的社会成员联系起来，使他们成为不同分工的社会团体；也可以说，它不仅仅是一种社会重视个体的方法，而且是旨在一方面分析和研究社会结构，另一方面对这些结构所发挥的功能进行剖析的社会学视野。这意味着这些结构不是随机形成的，因为它们具有完成工作的职能，并且每个社会结构都有其要执行的社会职能。因此，社会是一组以和谐与平衡为特征的职业。拉德克利夫－布朗（Radcliffe-Brown）认为，功能和结构范围是评估任何团体或组织效益的基石[36]。

埃米尔·迪克海姆（Emile Durkheim）被认作是第一个使用功能理论来评估团体和组织绩效的人，因为他认为能够建立一套共同价值观的团体有助于增强其成员的团结和凝聚，并能够继续下去[37]。广义上的建构主义概念是指一种稳定的内部关系制度，该制度定义了任何实体（无论是团体还是组织）的基本特征，以及它为其成员或社会执行其任务和角色的能力范围[38]。

---

35. Hassan Emad Makary, Laila Hussein El-Sayed，《传播与当代理论》（开罗：埃及黎巴嫩议院，2006 年），第 124-125 页。

36. 尼古拉·提马舍夫（Nikola Timashev），《社会学理论，其性质与发展》，翻译：Mahmoud Odeh 等人（亚历山大：Dar Al-Maarefa Al-Jami'ya, 1999 年），第 405 页。

37. Fahmi Salim al-Ghazwi,《社会学概论》（安曼：Dar Al-Shorouk 的发行和发行，2006 年），第 85 页。

38. 有关更多信息，请参见：Samir Hegazy，《当代文学批评词汇表》（开罗：马德布利图书馆，1990 年）。

根据这种方法，将有可能分析构成穆斯林兄弟会工作的组织特征，因为它们受制于控制建立关系的结构性法律和控制，这种关系使组织结构的各个层次从上到下，并在分析组织结构和单位所发挥的功能以及如何分配方面它们之间的作用，是为了在各个级别的组织机构之间实现相互依存和互补。

1-7 公民社会方法

政治和社会科学家认为，必须区分公民社会和经济活动。例如，科恩（Cohen）和阿拉托（Arato）认为，公民社会是包含生活事务的一整套有组织的制度和社会互动，从另一个角看，它被视作代表日常人际关系的社会和文化领域，而且个人之间的合作与团结通常受到社会上普遍存在的规范，价值观和文化传统的指导[39]。

按照这种方法，对任何团体或组织的评估都取决于其在社会中的作用，因为它是公民社会的力量之一，无论是通过支持工会，慈善机构还是其他社会机构，在满足社会成员的需求方面都发挥着积极而有影响的作用。实际上，自成立以来，穆斯林兄弟会就一直希望成为活跃的民间社会力量之一，因为它在很大程度上依靠志愿和慈善活动来扩大其在社会中的传播。它使他们能够扩展并渗透到社会结构中，然后在以后的阶段中利用它来获得政治收益。

1-8 行为领导方法

此方法基于这样一种信念，即能够产生影响的有效领导需要几个基本技能：技术，人员和概念技能。技术技能是指领导者对领导工作的专业素养及其管理方式的了解，而人类技能则是指与其他人互动的能力。概念技能使领导者可以提出想法，轻松管理组织或团队，而不会带来任何复杂性。因此，领导力问题在社会和政治研究的层面上非常重要，因为它在采取决策，调兵遣将，指导工作并对其进行监督和调整的整个流程中发挥重要作用。在上个世纪中叶，领导力的研究从研究属性转向研究行为：纳鲁尔 Naylor 指出，对领导者行为的兴趣促进了威权主义和民主领导风格的系统比较。只要领导者存在，以专制运作的团体就会表现良好

---

39. 参阅：Egbert Harmsen, Islam, civil society and social work Muslim Voluntary Welfare Associations in Jordan between Patronage and Empowerment, https://bit.ly/2MDqubB, p.37.

。但是，团体成员往往对领导风格表现出不满并对其抱有明显敌意。在民主团体中，由于组织工作的传统和规范的存在，即使领导人缺席，其成员也仍然会饱含激情地继续努力工作[40]。

具有超凡魅力的领导

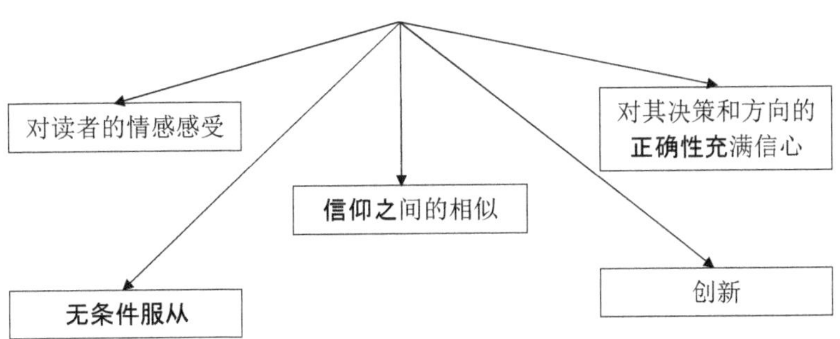

领导人出现的原因各不相同，因为他可能是正式任命，当选或非正式选拔的，或者是由于特定情况和团体意愿的相互作用而自然产生的，并且领导人可能因其职务而行使权力，而领导行使的影响力不同于官方权力，而后者是强制性的正式执行要求的工作时，领导层施加的影响力主要来自其影响他人的能力，而不是来自官方权威，而是源于人才，存在和个人吸引力等个人特质，这些特质是某些继承者和其他获得者的特征。

按照这种方法，穆斯林兄弟会创始人哈桑·阿尔·班纳在加强其组织凝聚力方面具有超凡魅力的领导才能，以不可逆转的方式接受他的领导，能够使成员对

40.　参阅：Rose Ngozi Amanchukwu, Gloria Jones Stanley, Nwachukwu Prince Ololube, A Review of Leadership Theories, Principles and Styles and Their Relevance to Educational Management, 2015, https://bit.ly/30zwULS.

他的思想观念积极服从以及对他实现目标能力的信心产生最大的影响。但是相反，在随后的阶段中，该组织成员的许多导师的超凡魅力和领导才能的缺失影响了该组织成员的实力和凝聚力，这将在后面详细解释。

1-9 社会互动方式

这种方法出现在 20 世纪 50 年代末，是对结构和功能理论的一种反应，因此，它对社会现象的解释不是从与社会建构的各个部分及其功能有关的结构公理和功能因素出发的，而是在解释中基于社会中的大小团体组织之间在给与和采取中所进行的相互作用和交流的分析[41]。

社会交流方法背后的思想一方面体现在组织或团体在为其成员的付出和对社会付出方面必须要取得平衡，团体或组织因为这种取舍之间的平衡会导致社会公正。

基于这种方法，穆斯林兄弟会一直热衷于组织建设，并通过行政部门和专门委员会向其成员提供支持和关怀，理由是这是维持组织忠诚度和凝聚力的必要因素，并且该团体还与社会需求，特别是与穷人阶层互动，并在贫困地区建立了许多机构，它们为穷人和边缘化群体提供保健和教育领域的服务，由此加强与社会的联系，使其成为实现社会公正的具体表现。

1-10 自组织方法

该方法基于这样一个假设，即系统通过查看其内部框架和法规来自我复制[42]。根据这种方法，任何系统，团体或机构都具有自我组织的能力，只要它能够发展其组织结构，以便能够与内部和外部的变化保持同步，以实现其目标。

---

41. Abdullah Mohamed Abdel-Rahman, 经济社会学 ·（亚历山大：Dar Al-Maarefa，2003 年），第 117-118 页。

42. 参阅：Christian Fuchs, The Self-Organization of Social Movements, 11 May 2006, https://bit.ly/2Zaa154.

这种方法可以解释穆斯林兄弟会从成立之初到 2013 年 6 月 30 日之后其组织和行政结构产生影响的事态发展，只要有需要，它就会自动重新开发其组织和行政结构。

本研究将依靠上述十种方法，每种方法都可以解释穆斯林兄弟会的组织和行政结构的复杂性和等级性。从历史，社会，政治，官僚，动力学，行为，领导，心理和行政角度出发，对这种结构进行整体和全面的分析，可以回答本研究提出的问题，并指出阻碍该组织结构的优势和劣势，从而展望其未来前景。

第 2 章：

穆斯林兄弟会的组织结构：重要性与总体特征

序言

穆斯林兄弟会是当代伊斯兰历史上最大，最强，最危险的政治宗教组织。它于 1928 年在哈桑·阿尔·班纳（Hassan Al Banna）的手中作为"全面的改良主义者[43]"倡导团体出现在埃及，并很快传播到埃及境外。尤其是在叙利亚（1942 年），约旦，苏丹（1945 年）和巴勒斯坦（1948 年之前），几乎在全世界范围内流通[44]，因此成为了一个杰出的国际组织。哈桑·阿尔·班纳一方面一直在考虑扩大集团的发展程度，另一方面又考虑到其既定和隐蔽的目标，正在逐步准备和发展其组织结构，这不仅有效地促进了其意识形态的迅速传播和输出，而且还有效地适应了社会变革并吸收了遭受的冲击。直到所谓的"阿拉伯之春革命"在突尼斯，特别是自 2012 年 6 月至 2013 年 7 月 3 日在埃及抓住机会加强行动。

2-1 组织结构在穆斯林兄弟会领导人思想中的重要性

该组织的创始人-哈桑·阿尔·班纳汲取了他对秘密，革命和游击队组织的了解，也许还借鉴了"沙基里[45]"（Shadhly）的方法或共济会机构[46]的组织结构，对该组织具有特殊的意义，因此，"目标一直是，而且永远是维护组织，因为它是唯一能够传达思想的船只，课程和工具，更何况实现诸多目标[47]。"

---

43. 参见："第五次会议留言"，网址：https：//bit.ly/2F4PhjQ。

44. 它已经遍及六大洲的 72 个国家，请参阅：穆斯林兄弟会，网址：https：//bit.ly/2Nxh68H。

45. Hamada Mahmoud Ismail，先前的资料，第 66 页。

46. 诗人亚西尔·希尔米（Yasser Hilmi），哈桑·班纳犹太教和共济会兄弟会之间的黑人历史（开罗·达伊出版发行·2018 年），第 144-153 页。

47. 有关这方面的更多详细信息，请参阅：穆罕默德·哈比卜，"穆罕默德·哈比卜博士的回忆：关于生活，倡导，政治和思想"（开罗·达·阿尔·索鲁克·2012 年）。

穆斯林兄弟会的领导人之一拉菲克·哈比卜（Rafeeq Habib）博士在此解释了穆斯林兄弟会的组织和体制结构的含义，因为它是一种精细的，纪律严明的结构，基于许多分机构形式，这是基于劳动分工的，因为它是行政机构形式，就像其他机构一样，但它依赖基于宗教和信仰承诺的高度纪律，这使承诺成为成员的责任，并且这些组织特征被视为过去几十年来该组织实力和连续性的重要组成部分。

因此，致力于建立一个强大的组织对于该组织的领导人来说是至关重要的。该组织的创始人哈桑·阿尔·班纳认为，该组织的主要目标是在实地实施该组织的原则和思想，然后他致力于建立一个组织，负责将伊斯兰权力机构在埃及以及其他阿拉伯和伊斯兰国家恢复为公共秩序，然后重新建立阿拉伯和伊斯兰联盟，然后在后来的伊斯兰哈里发国建立之后，该组织及其所有结构和机构都致力于政治，社会和经济变革，也就是说，以班纳思维的组织与变革过程有关，而组织的力量在于变革的过程，并且在没有组织参与的情况下，该组织转向纯粹的倡导工作，并呼吁其思想，而不承担在实地实施该思想的责任，并且让其思想在人们中成长，直到涉及实施它的人为止，这意味着组织在这里发挥变革的作用，这是一项政治工作，国家需要有人去做并为此付出代价[48]。

哈桑·阿尔·班纳的信中清楚地表明了该组织在穆斯林兄弟会思想中的核心重要性，其中强调了该组织在领导社会改革中的作用的重要性。强大的组织被当作是复兴伊斯兰文明的重要因素，在兄弟会看来只有强大的组织才能通过恢复伊斯兰哈利法政权而实现梦想[49]。该组织-如其文献所示-不信奉民族国家，它执行哈桑·阿尔·班纳的诫命——不信奉祖国的原则，并认为亚洲某个国家的穆斯林要比埃及的基督徒更好，更持久；因此基督徒在他的祖国没有地位，这也是他在《我们的呼唤》中所认可的班纳的制度，他在书中强调，兄弟会的民族主义与他人的爱国主义之间的差异是兄弟会以信仰而非地理界限来定义爱国主义这一事实。"

---

48. 拉菲克·哈比卜（Rafik Habib）：《兄弟会与组织》，Al-Wasat 报纸（突尼斯），2018 年 2 月 8 日

49. 有关该组织的创始人 Hassan Al-Banna 认为组织**的重要性**的更多详细信息，请参阅：Hassan Al-Banna，《伊玛目·哈桑·阿尔·班纳的信息汇编》（开罗，Dar Al-Dawa，1984 年）

兄弟会认为只要有穆斯林的地方就是穆斯林家园，是神圣不可侵犯的领地，务必忠于它，并为此而奋斗[50]。"

视频标题：兄弟会成立 90 周年之际，与兄弟会秘书长 Mahmoud Hussein 博士会见的直播

链接如下：

https://www.youtube.com/watch?v=ZzfdrzpFO2c

- 穆斯林兄弟会的组织结构反映了其创始人和领导人的政治远见，即创建伊斯兰哈里发组织以及按照该团体的观念应用伊斯兰法律。

- 穆斯林兄弟会一直抱有实现获得领航世界的信念。

https://www.youtube.com/watch?v=ZzfdrzpFO2c

另一方面，是组织协调群众在特定结构中的运动，群众需要采取有组织的行动，以便能够面对他们所面临的障碍。因此，在穆斯林兄弟会时代，群众成为真正的力量，而组织成为实现群众力量的第一个核心手段，换言之，组织扮演了领导支持兄弟会项目的群众的角色；因此，穆斯林兄弟会热切希望组织和行政结构成为全国人民的归属，向所有人敞开大门，并且不管存在任何分歧，将尽一切努力让所有人参与其中[51]。

---

50. "Hassan al-Banna 的消息"..《入侵和破碎世界的诫命》，Q-Post，2019 年 4 月 7 日，通过以下链接：https：//bit.ly/2m0ZeYo。

51. Rafik Habib，《兄弟会与组织策略》，2010 年 8 月 11 日，通过以下链接：https://bit.ly/2mfdrkl。

<table>
<tr>
<td>

视频标题：Khairat Al-Shater 对穆斯林兄弟会有关成员的危险谈话。

链接如下：

https://www.youtube.com/watch?v=bFCiZ_vmIPc

副总导师 Eng. Khairat Al-Shater 解释了穆斯林兄弟会成员必须具备的特征，并将其定义为两个部分：第一部分：该组织成员务必具备心理建设的力量；第二部分：组织建设力量。

</td>
<td>

</td>
</tr>
<tr>
<td colspan="2">

https://www.youtube.com/watch?v=bFCiZ_vmIPc

</td>
</tr>
</table>

组织的重要性还体现在后哈桑·班纳阶段的穆斯林兄弟会领导人的思想和愿景中，该组织的指导者和主要领导人如后所述，致力于发展组织结构，以此作为实施该组织项目的基础，使其拥有社会地位，而且第三任导师奥马尔·特莱姆塞（Omar Tlemceni）时期在重建该组织的组织结构方面发生了质的变化，这导致了建立紧密的分层组织的过程。因为这种紧密的组织结构是该组织存在的唯一，真正的保证。后来在纳西莱特政权执政期间该组织于 1954 年被勒令永久解散。实际上，该组织在吞噬了大多数在它缺席的情况下可替代它的新的伊斯兰组织之后，成为上个世纪七十年代末埃及最强大的宗教组织。其中最重要的有：埃及大学伊斯兰组织-新兴的学生组织-这是在该组织的领导人成功说服了该组织由阿卜杜勒·莫尼姆·阿布·埃尔·福图赫（Abdel Moneim Abu El Fotouh）领导的王子理事会加入之后[52]。

在前总统胡斯尼·穆巴拉克（Hosni Mubarak）时代，该组织的领导人继续致力于巩固组织建设的力量，在这方面，领导人海洛特·沙特尔（Khairat al-

52. Hossam Tammam， "穆斯林兄弟会……该组织的诱惑！"，**伊斯兰天文台网站（无日期）**，**通过以下链接**：https : //bit.ly/2ln8Zjl。

Shater）[53]的名字作为发展穆斯林兄弟会组织结构中起到重要作用的领导人脱颖而出。正如许多伊斯兰运动研究人员所描述的那样，这位政治家是"组织的强人"，因为他在组织机构及其重要部门，特别是在财务方面非常出色，属于不露声色的组织领导人。他的财产与组织的资金混合在一起，并在该组织的组织层次中稳步上升，直到他成为该组织的首席副代理导师，此外这位强人还拥有该组织所有关键要素以及其资金来源，有些研究员认为这是该组织历史上的先例，因为在兄弟会的历史上，从未有过商人仗着财力融入到行政权力的圈子中。海洛特·沙特尔的主要角色可能主要是因为该组织的已故导师穆斯塔法·马什豪（Mustafa Mashhour）委托他实施了该组织的"授权计划"，有关，该计划于 1992 年被埃及的安全部门发现，随后遭到了审判[54]。当时的"授权计划"（Salsabil）一案在媒体曝光下是众所周知的，该计划由 13 篇论文制定，被视为地下穆斯林兄弟会历史上最危险的文件，尤其是与该组织的夺权计划有关，因为该文件中"授权"的含义是在一封信中说的："愿意承担未来的任务并有能力管理国家事务"，而且正如文件所强调的那样："如果没有一个全面的计划来考虑群体渗透到社会的重要层面及其有效机构中的必要性，就不会实现这一点。致力于采取特定战略来对抗社会的其他力量并与外界的力量打交道[55]"。

在"2011 年 1 月 25 日革命"之后，海洛特·沙特尔从监狱获释后重新出现并行使了自己的职责，并致力于重建该组织的组织结构，因为他将其视为增强该组织和埃及国家兄弟情谊的基础56，海洛特·沙特尔对组织建设在诠释兄弟会目标方

---

53. Khairat al-Shater 在穆斯林兄弟会中被称为``钢铁侠''，他是穆罕默德·马赫迪·阿克夫（Muhammad Mahdi Akef）统治时期的第二位副手，也是穆罕默德·巴迪（Muhammad Badi）时代的第一位副手，在 2013 年 6 月 30 日革命后被捕。

54. Tamer Wajih，"Khairat Al-Shater ..授权的道路始于金钱和组织"，Al-Masry Al-Youm 报纸（开罗），2012 年 5 月 8 日，网址：https：//bit.ly/31OtENt。

55. 有关此文档的更多详细信息，请参阅：1992 年授权计划.. Al-Shater 计划通过以下链接，在伊斯兰运动门户网站上控制埃及，2015 年 1 月 19 日：https：//bit.ly/2lx9V4Y。有关兄弟会在社会中赋予权力的愿景的更多详细信息，请参阅：Sameh Eid，"穆斯林兄弟会：理论与实践之间的赋予权力"，Al-Masbar 研究与研究中心，2019 年 5 月 27 日，通过以下链接：https：//bit.ly/2loZJLY。

56. 泰米尔·瓦吉（Tamer Wajih）："我选择了这个男孩......增强能力的道路始于金钱和组织，"先前提到的消息来源。

面所扮演的角色的性质表达了自己的见解，他于 2012 年 3 月在 YouTube 上播放的一段剪辑中确认57，该组织的组织结构的力量主要取决于该组织所有结构之间的听从和服从，以及对维持组织凝聚力所做出的决定的遵守。他在该视频中同时强调，组织成员之间的关系必须以服从，信任和兄弟情谊为基础，涉及组织遵守，这意味着其他党派和政治团体的党派遵守。

<table>
<tr>
<td>

链接如下：

http://vid.alarabiya.net/2016/01/07/Shater71/Shater71___Shater71_Video.mp4

在一次会议上，海尔·沙特尔（Khairat al-Shater）揭示了该组织的策划者获得权力并建立哈里发政权的计划，因为沙特尔认为哈桑·阿尔·班纳（Hassan al-Banna）犹如穆罕默德先知一般建设了伊斯兰教，并认为发起穆斯林兄弟会是一个集体，而不是一个政党，政党是西方的标准，而集体则是伊斯兰标准，因为欧麦尔·本·哈塔卜（Bin Al-Khattab）曾说过："宗教无集体不立，集体无伊玛目不存"。

</td>
<td>

</td>
</tr>
<tr>
<td colspan="2" align="center">

http://vid.alarabiya.net/2016/01/07/Shater71/Shater71___Shater71_Video.mp4

</td>
</tr>
</table>

2-2 穆斯林兄弟会组织结构的一般特征

兄弟会的组织是建立在一个封闭的意识形态参考基础上的，该意识形态通过采用以"国际/地区"，"秘密/公共"，"军事/民事"，"当代/真实"为特征的组织良好的体制结构，努力维护并确保其传播。此外，尽管该组织具有群众性，但它们之间的联系是建立在服从和跟随文化的基础上，以及在行政工作层面上宗教

---

57. 要观看反映 Khairat Al-Shater 对该组织的组织结构重要性的愿景的采访，请访问以下链接：https://www.youtube.com/watch?v=bFCiZ_vmIPc。

与组织之间的互动，并且通常以创始长老和其后的总导师或幕后导师为中心。同时根据埃及地区的规章制度设立承担执行任务的督导委员会，该委员会承担着由当选的舒拉理事会产生的行政任务，这些机构以及各省的舒拉和各省的行政机关被视为"主体"[58]。组织结构还包括行使现场任务并在地理上共享其职能的机构，包括区域和部门，区域和部门被认为是该组织的行政等级中最低的行政单位，最后是由队长领导的家庭。这些机构的组织方式是根据该组织监管文件和内部法规的要求任命官员并确定其职责。

除了行政职责的这种垂直分层安排之外，从总导师到家庭，该组织的组织结构还包括横向职能安排，其中包括委员会和部门，以涵盖该组织的各个部门的利益和活动，这些结构由总督导局在会员之间承建，以便落实该组织目的。会员或受命人可为不同的项目和活动设定相关设定相关规章制度[59]，因此上可以说，哈桑·阿尔·班纳对兄弟会下的定义："赛莱菲耶派的宣传，逊尼派的方针，苏菲派的实质，政治团体，运动组织，文化科技协会，经济公司，社会思想" 通过该组织的组织结构而得以践行。在这种情况下，应该指出的是，"总中心所包括的委员会和部门不是一次性形成或构成的，而是随着不同事件和各种情况的发展，和不同需求的情形下应运而生[60]"。

---

58. 参阅："穆斯林兄弟会总规定（2009 年 5 月）"，维基百科，第 1 条，链接：https：//bit.ly/2nMVDhD。

穆斯林兄弟会的总制度（基本法）在第（9）条中指出，穆斯林兄弟会的主要机构是：总导师，总指导局和创始机构。请参阅："穆斯林兄弟会的公共秩序"，维基兄弟网站第（9）条，网址：https：//bit.ly/2kwhbO9。

就其本身而言，国际上的穆斯林兄弟会清单将"穆斯林兄弟会的主要行政机构"限制为三个领导机构：总导师·总指导局和舒拉议会。参见："穆斯林兄弟会的公共秩

（1994）"，Wikisource 第 11 条，链接：https：//bit.ly/2lTnStS。

59. 《穆斯林兄弟会通则》（1948 年 5 月 21 日），维基百科·第 32 条，链接：https://bit.ly/2opwedY。

60. Hamada Mahmoud Ismail，先前提到的来源，第 78 页。

该组织的组织结构的显着之处在于，其成员资格是按照以下层次结构进行组织的[61]：

亲近者-Al-Muqarrab-Al-Mohabb：这是组织归属之前的级别，该级别的兄弟务必要参加该组织的研讨会，课程和活动。

支持者-Al-Nasir：这是该运动的成员资格，拥有最少的条件和职责。

工人，实施者或圣战者：这是会员资格的第二等级，在该等级中，成员已完成了虔诚，服从和圣战的规定，并且该等级赋予他在组织中行使领导权的权利。

队长：这是最高级别的普通会员制，某个兄弟被授予这个等级意味着给他授予受教育和训练的权利，效忠，撤离领导者，参与重大决策并了解该组织的秘密，这需要完全信任对这类领导型的兄弟。

元老：这是组织领导者中较高的级别之一，承担者具有特殊的精神品质，即诚实，可靠，沟通和意识，以及自律自重的优美品质。

传教士：这是地区内组织领导人中的高级别，持此级别者应当德高望重，知识渊博。

师傅：这是总导师及其代理和为数不多的著名的伊斯兰行动领导人，其代表以及一些著名的伊斯兰行动领导人所具备的资质。

至于每个阶段的条件和所需的时间，根据各地区的情况，在内部制度的规定中作了规定。至于兄弟会成员在该组织中行使的系统，则是家庭系统，与此对应的是尚未加入组织的亲近者所归属的课程系统。

61.　诗人亚西尔·希尔米（Yasser Hilmi），先前提到的来源，第 149-150 页

视频标题： 该组织的领导人之一/Zainab al-Ghazali 讲述了她对 Hasan al-Banna 的效忠，并声称他是圣伴。

链接如下：

https://www.youtube.com/watch?v=BMVX__hyOXE

穆斯林姐妹组织是迄今为止最危险的组织。

哈桑·班纳的追随者过去常常将他置于先知的位置，穆斯林兄弟会成员扎伊纳卜·加扎里（Zainab al-Ghazali）甚至将其比作使者（愿上帝保佑他并赐予他和平）。

Zainab Al-Ghazali 准备为效忠哈桑·阿尔·班纳，认为后者的手捧圣光。

https://www.youtube.com/watch?v=BMVX__hyOXE

正如某些人所看到的那样，这种等级制度类似于军事人员的等级，"亲近者"等级是组织成员资格之前的程度，适用于参加由该组织管理的政治清真寺并参加其课程和活动的任何人，不包括尚未宣誓加盟的人。至于"支持者"的级别，是针对属于该组织的人的，但属于第一级成员，有时也被称为"初级团队"，这是与条件和职责相关的最低级别。在执行官的第二级别中，是"执行者"，该职位在证明了他对动力工作的热爱，无条件服从和"圣战"能力之后，就赋予了他在组织中行使子领导权的权利。此后，这位兄弟可升至"船长"级别，这是普通成员的最高级别，并赋予了受教育，培训，效忠，推选领导者，参与重大决策和了解团队秘密的权利，而这一级别仅授予那些在这个秘密组织度过一生的人。这些晋升活动和花费的时间长短取决于各个国家/地区的具体情况，由内部秘密法规决定。此后，更高的级别开始出现，包括"元老"级别，该级别是该组织领导人中最高的级别之一，而达到这一级别的任何人都被视为是圣徒的杰出代表。之后是针对那些在伊斯兰科学和发行法塔瓦方面表现出色的人的"传教士"等级。最终，"师傅"级别的成员达到最高等级，并且仅由总导师，其代表以及该组织领导人的杰出精英来区分。[62]

很明显，组织结构的力量在该组织的各种活动虽然在工作包容性层面上明显且清晰可见，如（宣教，媒体，政治，社会，工会，慈善，体育，公共关系...）和社会团体（妇女，学生，工人，学者等）。 ..）尤其在定义其职能，目标，意识形态认同和手段，和用于该组织的成员制，克服其成员之间差异的方法，在其管理单位之间分配角色和任务方面，然而在领导者和个人关系层面，甚至在领导元素之间的关系层面，特别是在危机期间，组织结构的力量不复存在。

因此，兄弟会的组织结构还没有达到挑战的水平，这使其很容易受到失衡和全面崩溃的影响，这就是该组织创始人 1949 年离世后的真实情况。该组织在历经艰难的生活阶段（1947 年孙克利磨难，1948 年遭解散的决定，1954 年 Al-Mansheya 事件，1965 年组织事件，2013 年莫西（Morsi）统治被推翻事件。）期间，一直坚持抗争灭绝。有消息确认，穆斯林兄弟会已被该组织领导人的个人指令作为人质，而牺牲了其结构和组织框架。

因此，我们可以讨论一组区别穆斯林兄弟会组织结构的特征，我们将其总结如下：

2-2-1 制度和决定的个性化

兄弟会的组织受制于个人管理而不是机构计划，由于超越组织框架和内部冲突，该组织不止一次暴露于剧烈的震颤中，这一点在该组织经历的过渡时期更为明显，例如导师的去世，他的替代者的选择以及出狱后的重建阶段。尽管穆斯林兄弟会的组织结构可以管理组织机构之间关系的文件和法规，并显示了如何做出决定并选择最高风度的人，包括总导师，但兄弟会内部的许多证词证实了个人性格在团体机构工作中的主导地位，该组织的副部长哈米斯·哈梅迪亚（Khamis

---

62. Khaled Al-Ghanami，《"我的兄弟"，但他不知道》，Al-Ittihad 报纸（阿布扎比）·2019 年 7 月 15 日，位于以下链接：https://bit.ly/31Pyj1J。

Hamida）博士在 1954 年的审判中说，"导师是营盘，其余都是流水[63]"，这清楚地表明了中心对组织及其治理的控制权。

在 1949 年 2 月 12 日哈桑·班纳遇刺的第二天，选出继任者所采取的措施，对该组织的组织结构进行了真正的考验。鉴于继任者问题和兄弟会内部法规问题的超越，分歧的严重性影响导致推选哈桑·阿尔·班纳继承者的决定被推迟了两年多的时间，即 1951 年 10 月 19 日，哈桑·胡德海比被选为该组织的总导师，尽管他不是制宪会议的成员[64]。穆罕默德·加扎里对此评论说"来自指导局的懦弱的仇恨者给兄弟会带来了一个陌生人，让其掌舵兄弟会。我敢肯定，在这次招募之后，国际秘密机构的手指想破坏新生的伊斯兰活动。" 但他并没有诽谤新领导人并指责他实行共济会，而是说："我们听到许多关于包括梅森哈桑·哈德海比在内的梅森家族加入兄弟会的言论。[65]"但是，穆罕默德·加扎里故意从 1963 年以后出版的书本中删除了这些段落。

哈桑·哈德海比领导该组织的经历（从 1951 年 1 月 19 日至 1973 年 8 月 11 日）也为我们提供了最好的见证，不仅是该组织违反与其继任有关的问题和法规的证据，而且还证明了由特别政权成员绑架的导师所宣称的权力，他们"投资

---

63. 参见：1954 年审判记录，第二部分，第 23 页。阿卜杜拉·纳菲西（Abdullah Al-Nafisi）在《伊斯兰运动：未来的远景-自我批评的论文》，（科威特：出版和发行的视野，2012 年），第 235 页中提到 "埃及的穆斯林兄弟会：审判与错误"。

64. 1948 年颁布的《穆斯林兄弟会》内部法规第（10）条规定了选择《总导师》的条件，其中包括 "他是创始机构的成员并已经与该机构存续了五年"。第（11）条补充说：``在制宪会议的议员中，至少应由五分之四的议员出席的会议应从制宪会议的议员中选出总导师。他必须拥有出席者的四分之三的票数。如果会议未达到法定人数，他将被推迟至不少于两周的日期。自第一次会议召开之日起不超过一个月，并且必须达到第一次会议规定的出席人数和同意人数的比例，并且如果本次会议没有法定人数，则将第二次推迟，委员会必须在先前指定的期限内指定另一次会议的日期并予以公告。关于将要执行的任务，以及下一次会议将是正确的，而不管与会者的人数如何，出席会议的成员中有四分之三的多数将是有效的选择。请参阅：《穆斯林兄弟会章程》（1948），Wiki Brothers 网站，网址：https : //bit.ly/2nKpqaQ。

65. 穆罕默德·加扎里（Muhammad al-Ghazali），是我们当代伊斯兰斗争中真理的里程碑（开罗：达·基塔布·哈迪萨·1963 年），第 264 页。他在《退休的少将侯赛姆·苏威勒姆》中写道："兄弟会与共济会之间的秘密关系"，2017 年 7 月 19 日，al-Wafd 网站，链接：https://bit.ly/2nBvGll

了监狱机会以重组其成员并在兄弟会成员间分配职权和影响力[66]" "虽然哈桑·哈德海比为特别政权委员会抗争期间于 1973 年利用朝圣的机会，自 1954 年以来，第一次在沙特阿拉伯-麦加召开兄弟会扩大会议，这导致了与重组协商（Shura）委员会有关的决定，以代表所有在职的兄弟会成员并为他们组成协商理事会。此外，由于海外存在大量会员，随之便在科威特，卡塔尔，阿联酋和沙特相继成立了委员会，但是随着胡德海比的去世，"麦加会议上商定的所有决定都被忽略了[67]"。

胡德海比离开后，留在该集团中的特别政权的人以穆斯塔法·马什豪尔，艾哈迈德·哈萨宁，卡马尔·萨纳尼，艾哈迈德·迈拉特和阿·哈杰·胡斯尼·阿卜杜勒·巴奇等人为首，承担了重建该集团并控制其领导权的任务，而不是从最后组建的制导团或指导委员会，或他们中仍在世的人中选举。"但是另辟新径，当时他们选择了一个秘密导师，人们对该导师的名字持有不同说法。有人说他是"阿拉伯承包商"公司的奥斯曼·艾哈迈德·奥斯曼（Othman Ahmed Othman）的副手哈利米·阿布都·马继德（Helmi Abdel Majeed），有人说他是" 来自哈利湾的谢赫·扎基·易卜拉欣"，他们要求兄弟会效忠与此人，但是，许多兄弟会成员拒绝了这一效忠，并"发表了声明："一位匿名的秘密导师带领该团伙进入了未知之地。[68]"

"特殊政权"的兄弟们也选择了此事，取代了该集团的所有法律机构，他们成功地利用游戏的艺术[69]，甚至其中一个叫作艾哈麦德·马拉特（Ahmed Al-Malat）

---

66. 阿卜杜拉·纳菲西（Abdullah Al-Nafisi），《埃及的穆斯林兄弟会：反复试验》，载于：伊斯兰运动：先前提到的消息来源，第 234 页。

67. 同上，第 233-234 页。

68. 参见：阿布·埃勒拉·马迪（Abu El-Ella Madi），``教授/ Mostafa Mashhour（2）-Characters I Knew（1977-1977）"，2018 年 12 月 9 日，Al-Wasat 党网站，链接：https：//bit.ly/2QJY9ll

   应当指出的是，作者（Abu Al-Ela Madi）——该成员在 1995 年分裂之前曾是该组织的舒拉理事会成员，并不知道秘密导师的真实名字；该秘密导师所描绘的保密工作的严密性，仍然围绕着该组织的过去，即使是在其知识分子和政治领导人集团中也是如此。

69. 前面提到的参考文献，第 234-235 页，阿卜杜拉·纳菲西（Abdullah Al-Nafisi），《埃及的穆斯林兄弟会：试验与错误》。

的人，回答阿布都·嘎帝尔·哈利米（Abdel-Qader Helmy）有关胡德比对该集团的嘱托："填补空虚，聚集兄弟会成员，团结阶级，恢复兄弟会的存在。"的真实性时，他说："兄弟，如果我们为了实现组织的利益，而去撒谎，那又怎么样呢？[70]"

为了摆脱秘密导师的困境，特别政权成员在 1976 年 12 月 30 日，1976 年 12 月 31 日和 1977 年 1 月 1 日在开罗举行的一次会议上，任命奥马尔·特莱姆塞尼为穆斯林兄弟会的导师，尽管他们选择了他，但并未征询该章程的组成机构或条款，事实上被任命的导师受到了他们的封锁和严重折磨。他们向他施压，甚至"发布与他的指示相抵触的兄弟会规则的指示"。对此，与他亲近的人说，当卡玛尔·萨纳尼里（Kamal Al-Sananiri）问为什么将他的指示以不同的方式转移时，他回答说："变革是根据领导层的意见进行的，特莱姆塞尼对此表示惊讶"，（因为他认为自己是领导层的负责人）"阿尔·萨纳尼让他意识到，领导层-特别政权委员会决定了什么就是什么，因为它控制着指导委员会。随后他对特莱姆塞尼说，将证明给他看，于是便叫来一名为杂志《Al Al-Daʽwah》工作的兄弟，并问他："如果特莱姆塞尼教授给你下了命令，而我又给你下了不同的命令，那你会服从谁？"那人回答道：卡玛尔弟兄，当然是你的命令将得到执行，特莱姆塞尼感到惊讶之余，保持沉默，掩饰了他的痛苦，意识到他只是一个摆设[71]。

类似于选择特莱姆塞尼和在他之前的胡迪海比的方法，特别政权的人在特莱姆塞尼于 1986 年 5 月 22 日去世后，通过任命穆罕默德·哈米德·阿布·纳斯尔为新导师，继续违反内部法规，他是一个没有领导性格特征并且"缺乏政治视野和表达能力，且在新闻采访中不具备应有的觉悟能力[72]。"

---

70. 艾哈迈德·班（Ahmad Ban），《穆斯林兄弟会与民族和宗教的困境》，（开罗：Al-Mahrousa 中心，2015 年），第 166-167 页。

71. 阿卜杜拉·纳菲西（Abdullah Al-Nafisi），《埃及的穆斯林兄弟会：试验与错误》，先前提到的消息来源，第 236-237 页。

72. 238-239 同源

视频标题：赛义德·阿里与公民 Dr. Mukhtar Noah 揭露兄弟会的谎言

链接如下：

https://www.youtube.com/watch?v=JXvefiT5Ec8

前兄弟会领导人穆赫塔尔·诺亚（Mukhtar Noah）解释说，穆斯林兄弟会的第三任领导人奥马尔·特莱姆塞尼（Omar Tlemceni）对特殊系统/地下组织成员的返回感到惊讶，他曾将其成员赶出兄弟会，因此他们企图对他发动政变。

萨达特要求奥马尔·特莱姆塞尼（Omar al-Tlemceni）穆斯林兄弟会要重返社会，必须遵守一些条件：其中包括将从兄弟会中剔除秘密组织成员和库特布成员，尤其是（Mahmoud Ezzat 和 Khairat al-Shater）。

https://www.youtube.com/watch?v=JXvefiT5Ec8

穆罕默德·马哈迪·阿克夫（Muhammad Mahdi Akef，2004-2010）的前副领导人穆罕默德·哈比卜（Muhammad Habib）也谈到当穆斯塔法·马世豪尔担任导师时，他具有独特的见解。尽管他赞扬穆斯塔法并将他描述为"兄弟会中最听取别人意见的领导。"例如，他提到当行政办公室与他的个人看法相反拒绝参加定于 1999 年末举行的人民议会选举，最终使他"将竞选活动强加于兄弟会[73]"。

---

73. 参见：《穆斯林兄弟会和陷入深渊》（1）。"前副领导人穆罕默德·哈比卜（Muhammad Habib）在回忆录中透露..."，前面提到的消息来源，马哈茂德·埃扎特（Mahmoud Ezzat）兄弟会如何通过"撒谎和无视"来控制该组织？

https://www.youtube.com/watch?v=dHK5tOApOKM

穆罕默德·哈比卜（Muhammad Habib）的抱怨并没有止步于此，因为他指责兄弟会在 2010 年选举上届指导委员会和总导师时进行欺诈和操纵，这使穆罕默德·巴迪成为总导师，导致他辞职，他对穆罕默德·马赫迪·阿基夫，穆斯塔法·马什豪尔以及胡塞在位比期间出现的危机感到遗憾，甚至指责阿基夫将该组织的缰绳交给了他的姐夫和他孩子的舅舅迈哈莫德·埃扎特博士[74]，从而影响了行政层面上的人际关系[75]。他还就马哈茂德·埃扎特担任秘书长期间（2004-2010 年）的表现发表了讲话，他说他正在"干预与该组织机构工作有关的每一个大小问题，这导致了混乱"，并且他抢夺了"指导委员会发布指示的权力"，甚至对指导委

---

74. "前兄弟会副主席 Muhammad Habib 博士讲述：伪造兄弟会内部选举的细节……以及"可疑的"伊萨姆·阿里安的升级"，Al-Shorouk 网站，2015 年 2 月 28 日，链接：https：//bit.ly/2k7w74W。

75. **依靠个人关系而不是以行政安排**为代价对兄弟会来说并不陌生，关于此，**芭芭拉·佐尔纳（Barbara Zollner）写道："人际关系在兄弟会中很重要。有无数的家庭纽带使成员聚在一起的例子。这些纽带建立了相对封闭的网络并确保它们保持联系存在可靠的交换手段**，与此同时，**它构成了防止可能的渗透和暴露的保证**，例如。芭芭拉·佐尔纳（Barbara Zollner），《尽管受到镇压，仍坚持下去：埃及穆斯林兄弟会如何管理生存和生存？》，卡内基网站，2019 年 3 月 18 日，https：//bit.ly/2nBNSv8。

员会的一部分成员发号施令。"他都致力于"将信息传递给指导委员会未同意的小组机构，"而且他还向埃及的国外兄弟发送了一封信，而指导委员会对此却一无所知[76]"。

2-2-2 组织的主权和个人服役

该组织的组织结构的最重要特征也许是该组织在个人的意识和良知中至高无上，而牺牲了他的个人身份和自己的选择。这是一个事实，并且通过它的本质，文本材料在以下几个方面进行证明：

该组织活动的秘密性质被夸大了，这常常影响其命运的决定和监管文件；剥夺成员了解其权利并适当行使其权利。保密命令围堵了该组织的行为，一直到宣誓效忠该组织的第八位导师穆罕默德·巴迪之际，于 2010 年激活协商理事会并宣布组织条例之日[77]。

成员的权利根据执行条例或几乎被限制为提名和选举的权利，而无须参考社会机构的行政系统所保障的其他权利，例如：上诉权，要求监管权，讨论策略权以及追究官员责任的权利...这些文本包含了纪律处分措施，这些措施构成了对该组织的驱逐，该组织的成员认为穆斯林社区的立场是正确的，正如《穆斯林兄弟会普通法》（1994）第（6）条所述："如果该成员未能履行某些职责，或者过度履行职责，在辩护权方面，根据他的国家的刑法，对他采取了必要的刑事措施，包括免除会员资格"。

---

76. 前穆斯林副领袖穆罕默德·哈比卜（Muhammad Habib）在回忆录中透露："穆斯林兄弟会和深渊（1）。"穆罕默德·埃扎特（Mahmoud Ezzat）如何通过"撒谎和无视"来控制该组织？（1），先前提到的消息来源。

77. 阿卜杜勒·莫尼姆·马哈茂德（Abdel Moneim Mahmoud），《从坟墓之约到花坛之盟的兄弟会"，Masress 网站，https：//bit.ly/2nB2FGt。

视频标题：指令性– 效忠要素– 圣战要素。

链接如下：

https://www.youtube.com/watch?v=kqRQB7k
0VsQ

- 圣战是效忠穆斯林兄弟会的基本支柱，也是其意识形态的重要支柱，哈桑·班纳的指令信强调圣战是伊斯兰教的第六支柱。

- 哈桑·阿尔·班纳（Hasan al-Banna）将圣战的支柱借用先知（PBUH）的话说："即未曾战斗，又不曾想过战斗者，其死亡犹如蒙昧时期的死亡"。

https://www.youtube.com/watch?v=kqRQB7k0VsQ

导师从该组织成员那里得到的效忠保证使加盟的个人处于盲从和服从最高领导的状态，一系列道德义务环绕着他的脖子，如果他想违反组织的决定或表示反对时，就会使他处于对上帝不服从的立场。阿尔·班纳在教义中说，其中包括效忠盟约的十个支柱："这是我的信给那些相信圣洁的兄弟们，他们坚信圣洁，与他们同住，或死在他们的路上，对这些兄弟来说讲这些话，不是要记住的教训，而是被执行的指示。至于弃权者，则"在那些懒惰和愚蠢的人中"，在这种情况下，阿尔·班纳指示道："我们与你之间没有任何联系。 上帝会对你的无动于衷做出最严厉的惩罚。[78]"

基于以上所述，兄弟会不仅寻求构筑个人，而且还根据其目标，在系统，观念，价值观，行为，品味和生活方式等方面[79]，通过在人生道路上建立全面的政变，通过将其与自己的方法相联系，来重新构架个人，因为这是真理之路，"每个穆

---

78. **哈桑.班纳**，教导信，维基兄弟网站上的，网址：https://bit.ly/2meCPXL。

79. **正如哈桑·阿尔·班纳（Hassan Al Banna）所写**，"兄弟会"的目的是"在真正的伊斯兰教义中形成新一代的信徒，这将使整个国家在整个伊斯兰时代都充满伊斯兰特色"。 Hassan Al-Banna "回教兄弟会的平台"，来自烈士 Imam Hassan Al-Banna 的消息，Wiki Brothers 网站，链接为：https://bit.ly/2kzrjWf。

斯林都应该相信它的整个方法都来自伊斯兰教[80]，并且它的每一个缺陷都是对正确的伊斯兰观念认识不够。"通过采用先知的方法激发基于胜利派的宗教热情，个人会经历重新加工的过程，更确切地说，是洗脑的过程。在一个意识形态组织的情况下，例如在穆斯林兄弟会中，胜利派沦为领导层，因此胜利派成为个人的最高目标和榜样，因为它可以补偿他的家人，他的伙伴，他的学校和他的长辈……这正是该组织创始人哈桑·阿尔·班纳的声明所反映的。兄弟会所宣传的领导层具有以父亲为核心的衷心纽带，拥有科学利益的导师，灵性教育和道德培养的长老和具备政治远见的领导；我们的宣传集合所有这些含义，对领导层的信任是所有宣传成功的关键。[81]"

作为该组织的领头人，总导师"在兄弟会的心灵中占有重要地位……通过加深个人听从，服从，信任领导的文化，这种地位得到了持续和永久的培养[82]。"因此，收集组织所有权力的问题并没有导致组织成员的任何反对，因为他们"通过听从和服从来表示对领导人的效忠，所以他将亲自支配组织成员，他们将对他的命令无条件服从[83]。" 甚至，服从是个人加入组织之前的先决条件，哈桑·阿尔·班纳证实了这一条件，他说希望加入的人"必须有道德，良好的声誉和端正的行为，并愿意充分服从并执行给予他的命令[84]。"

---

80. 参见：第三届兄弟会会议（1935 年），阿里·阿卜杜勒·哈利姆·马哈茂德（Ali Abdel-Halim Mahmoud）提到，《穆斯林兄弟会的教育方法》，一项历史分析研究·第四版（曼苏拉：达·瓦法（Dar Al-Wafaa）印刷，出版和发行·1990 年），第 70 页。

81. Hassan Al-Banna"指令信"，与上同源。

82. 前副领导人穆罕默德·哈比卜（Muhammad Habib）在回忆录中透露："穆斯林兄弟会和深渊（1）。"穆罕默德·埃扎特（Mahmoud Ezzat）《如何通过"撒谎和无视"来控制该组织？》（1），2015 年 2 月 9 日，先前提到的消息来源。

83. 塔里克·比什里（Tariq Al-Bishri），《埃及政治运动》·第二版（开罗：达·阿尔·索鲁克·2002 年），第 130 页。

84. Hassan Al-Banna，《 宣教士的票》，《兄弟会》月刊，第 9 期，，出处：Rifaat Al-Saeed, Hassan Al-Banna：何时……如何……以及为什么？ 99 页。大马士革·新时代出版社。

视频标题：伊斯兰主义者-穆斯林兄弟会和哈桑·班纳

链接如下：

https://www.youtube.com/watch?v=pjGChZhJgOE

－埃及历史学家，开罗报纸主编-伊萨·萨拉赫（Issa Salah）在《伊斯兰主义者，穆斯林兄弟会和哈桑·班纳》节目中解释道，班纳的书信缺乏深刻的理论层面，是具有政治色彩的公开演讲。

哈桑·阿尔·班纳专注于集会，组织和运动，而不是理论化，在知识理论和伊斯兰思想的创新方面都没有什么新鲜之处。

哈桑·阿尔·班纳（Hassan Al-Banna）在讲话中确认，穆斯林兄弟会没有地域界限，因为这是一种神圣的方针。

https://www.youtube.com/watch?v=pjGChZhJgOE

作为回报，赋予领导以圣洁的属性，并在领导周围树立理想的形象，即使在形式上存在导师的情况下，个人在执行和辅助任务中的作用也会降低，因为这是服从和自信的士兵在领导中的地位，因此班纳说："我指的信任是：士兵对于领导者能力的信任和忠诚，深层的放心会产生爱，欣赏，尊重和服从[85]。阿尔·班纳在取得胜利的手段中所做出的"坚定而可靠的领导"是要使兄弟会服从并在其旗帜下工作[86]。这加强了组织成员中"士兵"的地位[87]，这与公民机构中赋予成员表达，反对和上诉权的规定相抵触。

---

85. **哈桑·阿尔·班纳**·**"教学信"**，先前提到的消息来源。

86. **哈桑·阿尔·班纳**·论文《我们的宣传》·在前面提到的《烈士伊玛目·**哈桑·阿尔·班纳的教导信**》中。

87. **哈桑·班纳**谈到了士兵身份·并使其成为兄弟会职业的第四方面·具有朴素，朗诵·祈祷和美德的特征。参见：Hassan Al-Banna，"教导信"，以前的参考。

2-2-3 埃及身份

穆斯林兄弟会是在废除伊斯兰哈里发制度和伊斯兰世界许多国家的宗教学者和政治家发出呼吁仅四年后成立的，也许班纳离这些回响并不遥远，尤其是自从福阿德国王时埃及表现出恢复哈里发政权，并使开罗成为其首都的的野心。

在这种情况下，哈桑·阿尔·班纳正在按照自己的方式努力工作，并根据自己的意识形态重新制定与现代国家有关的概念[88]，以了解伊斯兰侨民。为了加深他们在埃及境外的组织经验，并全面宣誓效忠承诺，将他们的项目包括在埃及，从而为所谓的国际兄弟会组织建立必要的组织结构[89]。穆斯林兄弟会的内部总规定已经证实，该组织在埃及的领导层及其在国外的分支机构之间的联系肯定是"穆斯林兄弟会是一个由宣教维系的整体，由政治制度集合，由总委员会将其指挥，并按地区和国家划分为多个部门，每个部门是一个行政部门，由穆斯林兄弟会在该部门的"议会"选出的"董事会"监督[90]。" 这清楚地证实了该组织对现代国家逻辑的缺乏认识，并违反其政治文化，特别是因为效忠该导师的承诺与效忠国家及对国家主权忠诚的概念发生冲突。

---

88. **其中包括**这句话**"和伊斯兰体系"在**这个问题上与形**式或名称无关，只要**这些基本规则得以实现，就不能有效地进行判断，而当应用的应用程序能够保持平衡，并且不会使某些东西变得不堪重负，而这种平衡就不能没有活泼的良知和真实感觉而得以保持。这些教义的神圣性，即使它们在世界范围内**得到保存和维护**并在未来生存，这也是它们在现代术语中（通过民族意识）或政治成熟度或（国民教育）或针对这些词语所表达的含义，而所有这些均源于一个事实，即对系统有效性的信念，感觉到保存它的好处……**因**为仅靠文字本身并不能促进整个国家的发展，如果公正和诚实的法官不执行该法律，法律也行不通。Hassan Al-Banna，在" Im 道者伊**玛目·哈桑·阿尔·班纳**的消息"中的"**治理体系**"信息，**先前参考**

89. **Al-Banna** 写道："**至于普遍性：或者**说人类是我们的最高目标，我们的最大目标和改革链条的终结。加入是统一，**所有**这些都为**通向全球**观念的至高无上铺平了道路，并取代了人们以前信奉的民族民粹主义观念。 。参见：哈桑·阿尔·**班纳**（Hassan Al-Banna），**"穆斯林兄弟会的呼唤进入了一个新阶段"**，维基兄弟网站·网址：https://bit.ly/2lGBYyJ。

90. 《**穆斯林兄弟会通则**》（1948 年 5 月 21 日），维基百科，**第（40）条**，链接：https://bit.ly/2mRBxlX。

国际组织的成立始于 1944 年，当时建立了"与伊斯兰世界的交流部门"，然后其任务逐渐从交流的水平发展到协调，监督，最后按照认捐机制的要求进行后续行动。这是基于穆斯林兄弟会海外分支及国内地方分支对埃及总会的依赖。如果对个人的效忠承诺使盲目服从该导师的文化永久存在，那么在地区组织的水平上加强了对埃及兄弟会组织的依赖关系，埃及兄弟会组织拥有许多分支无法享有的特权，那么它是唯一拥有导师职位的组织，总导师便在其中，而在其余地区的分支机构中则被称为总观察员或执行委员会主任，同时它也是唯一拥有指导委员会的地区，而其他地区则仅拥有执行办公室。

苏丹兄弟会的经验为我们提供了一个强大的模型，用于研究穆斯林兄弟会中地区与国际之间的关系.1964 年接管伊斯兰宪章阵线的苏丹哈桑·图拉比（Hassan al-Turabi）接管了苏丹伊斯兰运动的领导权，其中指出埃及和苏丹兄弟会之间的关系始于 1950 年。但是事情一直在发展，它已经成为"在采用埃及兄弟会文献作为参考和经验典范中最紧密的关系。宣讲和组织一词主要是基于埃及的例子。"根据国际兄弟会各分支机构的做法，苏丹运动的负责人被称为"总观察员"，"但无法建立总统的组织关系。"在上个世纪六十年代，这一问题被明确提出，并且为建立兄弟会的联合"执行办公室"建立了这种关系的框架。所有穆斯林以及伊拉克人与苏丹人共享的观点是基于将其视为一种协调与合作关系，而不是一种约束与承诺关系。但是，在 1970 年代，他们的埃及兄弟提出了"回归一神论的关系"，根据过时的规定，各个国家的组织都必须服从埃及的领导。然而，情况变得更糟，最终走向抵制，原因是"穆斯林兄弟会的国际组织要求埃及领导层保证效忠并实现完整的组织整合（...）然后，当苏丹兄弟会（其中包括持不同政见者）分裂出一个有限的派别时，抵制得以确立。八十年代以来，移居在阿拉伯国家和欧洲的侨民，坚持将苏丹人与协调一致的组织隔离开来[91]"。

阿尔查比（Al-Turabi）明确申明拒绝组织"依赖和效忠中央系统作为伊斯兰运动关系的首要方针"，并指出，在这种情况下"效忠"一词是针对"权力稳固的

91.　哈桑·图拉比（Hassan Al-Turabi），《伊斯兰运动的全球范围·苏丹经验》·载于："伊斯兰运动：未来的远景-自我批评论文"（科威特：视野出版社出版和发行·2012 年），第 82-84 页。

伊玛目在政治上的充分效忠……，这通常意味着整个问题是对伊玛目的忠诚，而不经由追随者商议[92]"。

伊斯兰思想家阿卜杜拉·纳菲西（Abdullah Al-Nafisi）还申明，兄弟会国际组织的想法是由于纳赛尔（Nasser）离世和兄弟会出狱而提出的，并合法地转化为 1982 年 7 月 29 日发布的"穆斯林兄弟会的公共秩序"，但其所有者想要实现某些目标，即通过对外部兄弟团体的物质和道义支持使埃及内部的组织复兴，在经历了危机后失去了埃及兄弟组织后，使其恢复领导国际伊斯兰活动的主动权。卡迈勒·萨纳尼里（Kamal Al-Sananiri）成功地实现了海湾兄弟会和整个半岛的第一个目标，并且在 1977 年，尽管苏丹，突尼斯等一些国家的兄弟组织反对效忠问题，但随后的行动还是这方面的起点[93]。

但是，后续行动的范围不仅限于效忠机制，还包括总部所在地，阿卜杜拉·纳菲西在"兄弟会总情谊制度"的第一条中看到将开罗设为"领导层总部"，同时还确认国际一级的伊斯兰活动的领导层应专门致力于埃及组织及其领导层的终结，"尽管该组织的大多数领导活动"都是在埃及以外进行的。他补充说，尽管"当今世界伊斯兰活动有所扩展"，并且"埃及以外有大量在思想，领导，媒体，政治和经济方面有经验，才华横溢的人的存在"，但我们在"穆斯林兄弟会的国际组织中强烈强调"埃及"的领导地位[94]"。

除了效忠联盟和总部所在地外，纳菲西还停留在该组织领导机构的成员名单上，以确认埃及兄弟会领导层的民族倾向，特别是在协商理事会一级，他观察到埃及比其他国家具有更大的权重。在总指导委员会 13 名成员中，总导师是埃及人。此外，沙特阿拉伯和卡塔尔的代表是经两国国籍归化的埃及兄弟，这使"舒拉议会中的埃及权重得到确认-38 名成员中有 13 名，与代表人数相比，这是非常大的

---

92. **先前的**资料，第 90 页。要指出的是，尽管图拉比（Al-Turabi）拒绝埃及对兄弟会国际分支的霸权，但他也采用了他们的"**排他性**"心态，并以此归咎于他们，他称他为交换兄弟会组织而寻求建立的集团是"**阿拉伯伊斯**兰人民代表大会"。 成立于 1991 年的"阿拉伯人"一词引起了在该集团中代表伊朗人的保守。

93. **阿卜杜拉·纳菲西**（Abdullah Al-Nafisi）， 《**埃及的穆斯林兄弟会：反复无常》**，**先前提到的消息来源**，第 241-242 页。

94. **来源同上**，第 244 页。

百分比，考虑到公共秩序第 19 条所指的区域代表均衡，"叙利亚和阿尔及利亚"等大国"与之不相称"。他还指出，"海湾和岛屿国家所代表的权重也大大超过其重要性"，但这里的原因是由于"兄弟会国际组织对资金需要"，因为国际组织财务秘书"是科威特公民（原籍巴士拉的伊拉克人），其文化，资质和血统都中等。为此，沙特阿拉伯，卡塔尔，阿联酋，巴林和科威特等七国的代表在为兄弟会国际组织筹集资金的过程中总是受雇，这不是舒拉理事会代表的地区的捐款，埃及兄弟会领导对此颇为收益。"因此，我们发现它十分渴望通过邀请海湾和半岛兄弟会组织来埃及开会或讲座来获取对方的喜悦[95]。"

2-2-4 崇尚军国主义

就像在穆斯林兄弟会文献中出现的那样，伊斯兰教被认为是一种全面而综合的信息，哈桑·班纳将其定义为"古兰经和宝剑"，同时也是"一种教义和崇拜，祖国与民族，宗教与国家，灵性和工作[96]"。因此，可以说，兄弟会组织是从一开始就在领导与基地组织的关系层次上设计的，它是通过模拟军事组织将支持者转变为具有独立感并且可以与领导理想相融合的统一的群众，它为后者提供了一支迫切捍卫其目标的力量。该组织为自己设定了一个口号，表达其计划的"士兵身份"，这已经不是什么秘密了，这句话是："上帝是我们的目标，使者是我们的领袖，古兰经是我们的宪法，圣战是我们的道路，死在通往上帝的路上是我们的最高愿望。"

该组织自伊斯梅利亚（Ismailia）成立之初就一直关心在其成员和他们的思想心理中灌输士兵的文化，并在体能与击剑艺术方面对其进行培训，以使他们为武装行动做好准备[97]。它成立并组织了数个具有军事意味称号的机构和活动，比如：

---

95. 来源同上，第 251-252 页。

96. 哈桑·阿尔·班纳（Hassan Al-Banna），"伊斯兰教·穆斯林兄弟会"，1953 年第五次会议论文，维基兄弟网站·链接：https：//bit.ly/2lFq5sl。

97. 达到这个目标是班纳（Banna）的意图，他对他的兄弟说："当你们-穆（斯林兄弟会成员）-三百个营，每个营在心理和精神上都配备有信仰和信念，并且在理智上具有科学和文化，在身体上还具有训练和运动，这时他们要求我带着你们潜入大海，在天空翱翔。"。 哈桑·阿尔·班纳（Hassan Al-Banna），"第五次会议的致辞"，位于"烈士伊玛目·伊玛目·哈桑·阿尔·班纳的致辞"中，以前的参考文献。

"私塾"它在最大程度上集合小数目的家庭成员[98]，"飞行"使参与者可以自由移动，训练他们的耐心，使他们付出努力并忍受饥饿和口渴[99]"，这种形式经发展后成为"巡回"队，他们的着装规范和雇佣制度属于现代军事队的类别，然后"营地"，即"该组织历史上的营地实际上是巡回系统的延伸和应用[100]。"

该组织还建立了一个秘密的军事机构，据说与宣布的公共秩序平行组织，由萨利赫·阿什马维领导，在 1941 年阿卜杜勒·信迪接任马哈茂德·阿卜杜勒·哈利姆继任马哈茂德·阿卜杜勒·哈利姆之后，它被称为"特种设备"，于 1984 年吉普车事件之后被发现。在这方面，他拥有自己的结构并具有独特的仪式，根据这方面常有的说法，执行誓言是在一名领导人家里，在身穿白色大衣，手持古兰经和手枪的男子面前，在一个暗室里完成的[101]。

98.　阿里·阿卜杜勒·哈利姆·马哈茂德（Ali Abdel-Halim Mahmoud），《穆斯林兄弟会的教育方式：历史分析研究》·先前提到的资料·第 219 页。

99.　与上同源，第 245 页。

100.　与上同源，262 页。

101.　艾哈迈德·阿德尔·卡玛尔（Ahmed Adel Kamal）教授描述了他向特殊系统提出的效忠仪式·并说这是在阿卜杜·拉赫曼·信德（Abd al-Rahman al-Sindhi）在场的情况下进行的·我们知道他是该组织的一把手。"我们交谈了特殊系统的目标·当他确认我们已做好充分准备的时候·阿布都拉赫曼单独召唤我·于是我和他一同站起来·当我们走进旁边的一间屋子的时候·他在完全黑暗的环境中握住我的手让我吓了一大跳·屋子里充满了香火和东方香水的气味·他让我坐在地上后·坐在黑暗中的那个我无法看清他相貌人开口说话了·他提醒我加入该系统的原则·并圣战是它的支柱之一·也是其前进的道路·之后·他询问我是否愿意履行职责并宣誓效忠导层·服从并听命其的支配·在艰苦·轻松·刺激或胁迫等一切情况和处境下·甘愿献出金钱和生命服从特殊系统；于是我伸出手放在古兰经和手枪上完成宣誓，他把手放在我的手上·虽然我们没有看到那个人的身影·但从他的声音很明显感觉到他是萨利赫·阿什马维教授·然后阿卜杜勒·拉赫曼站了起来，拉着我的手走进了黑暗中·在那期间我仍然无法看清任何东西·我们一直走到一个非常明亮的房间·刹那间由于强光的刺激几乎什么也看不到·而阿卜杜勒·拉赫曼（Abdul Rahman）带着我们的兄弟阿卜杜勒·马吉德（Abdul Majeed），完成了同样的宣誓·然后与他一同返回·又带走了塔赫尔（Taher），然后他也完成宣誓返回了。那天晚上·艾哈迈德还给我们提供了我们必须以此互动的秘密号码·而不是我们的名字·我的号码是 16，阿卜杜勒·马吉德（Abdul Majeed）的号码 17，塔希尔（Tahir）号码的 18，在回家的路上家·我们非常开心·觉得比拥有整个世界还要幸福"。艾哈迈德·阿德尔·卡马尔（Ahmed Adel Kamal）教授，《字母上的圆点：穆斯林兄弟会和特殊系统》，第二版（开罗：Al-Zahraa，阿拉伯媒体，1989 年），第 137-138 页。

根据兄弟会内部的相同评价，对穆斯林兄弟会运动的态度的一些解读都考虑了穆斯林兄弟会组织结构的最高地位和最高框架，在这种组织中，成员资格仅对公共秩序的兄弟会精英开放，在这种情况下拉法特·赛义德（Refaat Al-Saeed）指出，尽管在 1935 年的第三次会议上确定了会员级别，先由助手兄弟和附属兄弟，然后是圣战兄弟，后者"未在该组织的公共组织结构的地图上有明确展示，这表明" 圣战兄弟"是隶属于该组织的特殊系统[102]"。特殊系统不是独立于公共秩序的结构，相反，它是其等级制中较高的隶属关系，叙利亚兄弟会赛义德·哈瓦（Saeed Hawa）也认同这一点，他在谈到"教义的信息"时说，"谁不知道此消息就不知道穆斯林兄弟会的宣传，谁不遵守这一消息就不属于穆斯林兄弟会；哪怕他自称兄弟会成员；因为这是工作消息，是一种特殊的兄弟，是真正的兄弟[103]。

这就解释了穆罕默德·法里德·阿卜杜勒·哈勒克于 1984 年抗议穆斯塔法将整个世界的"教义"传播给整个兄弟会的著名决定，而哈桑·阿尔·班纳则表示，特别政权的成员仅属于他们。穆斯塔法·马什豪尔的决定涉及迅速用"听，服从，军人，圣战和其他军队和军事行动的词汇来填补兄弟会的字典[104]"。

2-2-5 意识形态霸权

穆斯林兄弟会的组织结构在组织结构上仍然保持保守，尽管它暴露出了裂缝，长期以来一直受到侵犯，影响了其负责人的甄选，这不仅是穆罕默德·哈比卜（Muhammad Habib）所说的"回避，欺骗，撒谎和压迫[105]"行动，领导层为确保可

---

102. Rifaat Al-Saeed, Hassan Al-Banna：" 何时……如何……以及为什么？"，先前提到的资料，第 185 页。

103. Saeed Hawa，《关于教学的观点：通过教学的信息对班纳教授的召唤的前景及其中的运动理论的研究》·《有意义的建筑系统研究》（DN，DT），第 8 页。

104. 艾哈迈德·班（Ahmad Ban），《穆斯林兄弟会与民族与宗教的困境》，先前提到的来源，第 182 页。

105. 参见：《穆斯林兄弟会和掉入深渊》（1）。"前副领导人穆罕默德·哈比卜（Muhammad Habib）在回忆录中透露..前面提到的消息来源，马哈茂德·埃扎特（Mahmoud Ezzat）《如何通过"撒谎和无视"来控制该团体？》

持续性而进行了演习规章制度，但以意识形态方面的思想为主导，也以行政控制为代价；[106]该组织的行政层面与其意识形态参照之间的重叠加强了这种霸权。使它能够再次吸收冲击和辐射的东西。

视频标题：Dr. 拉米·阿里（Rami Al-Ali）在《新闻与分析》中说：兄弟会推进组织政治结构的意识形态

链接如下：
https://www.youtube.com/watch?v=7Y6kdobCd9g

- 兄弟会打造组织在政治结构方面的意识形态。

意识形态的霸权性允许利用宗教来弥补组织遭受的挫折，并弥补组织遭受的空白和裂痕。 这项工作为组织提供了使用意识形态来弥补组织失败的能力，因此穆斯林兄弟会的宗教情感和感受将占据策略与规划方面的战略远见，因此宗教情感和感受将取代规划和管理的战略眼光使其混淆是非，难辨真伪。

https://www.youtube.com/watch?v=7Y6kdobCd9g

意识形态霸权允许利用宗教来弥补组织所遭受的缺陷，并填补组织建设所遭受的空白和缝隙。这项工作为组织提供了使用意识形态来弥补组织失败的能力，并且由于穆斯林兄弟会的思想基于情感而不是理性，因此宗教情感和感受将在规划和管理中取代战略眼光，就像在区分是非之间，在对错之间一样。通过参考该组织已经知道的各种破坏其存在的危机，我们发现基于唤起宗教情感的意识形态因素正在补偿行政机构所寻找的必要的解决方案，从而绕过了内部法规所规定的裁决，该裁决执行解决争端的任务，没有因为单方面决定的理由而忽视政治原因所提供的机会。

---

106. 我们注意到这种重叠，例如在组织内部，西方名称（提名，选举，总书记，秘书...）和遗产概念（效忠，圣战士，舒拉等）之间的组合，以及建立与慈善捐助付款和组织朝觐有关的机构。

视频标题：穆斯林兄弟会和意识形态的动员力量

链接如下：

https://westminster-institute.org/events/j-michael-walle

- 无论谁是政权，谁是政治职务，我们政府都不具备意识形态的动员力量。
- 穆斯林兄弟会及其意识形态的动员力量充当了动员者的角色，可以创造出我们刚刚听到的去做某事的意愿。

The Muslim Brotherhood and the Mobilizational Power of Ideology

https://westminster-institute.org/events/j-michael-waller

相反，这些情绪是"兄弟会"形成的驱动力，因为它的自发开始体现在自动倡导工作中，因此并未表达特定的政治或社会需求。在此基础上，哈桑·阿尔·班纳谈到了"穆斯林兄弟会"的想法，说这实际上是在四个人的心中首次体现的，即："哈米德·阿卡里亚（Hamid Askaria），艾哈迈德·苏卡里（Ahmed Al-Sukari），艾哈迈德·阿卜杜勒·哈米德（Ahmed Abdul Hamid）和哈桑·阿尔·班纳（Dar Al-Uloom）我曾在精神上自言自语，这吸引了我周围的许多人。"那是在他移居伊斯梅利亚市之前，他于 1927 年被任命为教师，并会见了哈菲兹·阿卜杜勒·哈米德，艾哈迈德·阿尔·霍萨里，福阿德·易卜拉欣，阿卜杜勒·拉赫曼·哈萨卜·阿拉，伊斯梅尔·埃兹和扎基·阿勒·马格里比，他们对他说："我们希望向你献上我们拥有的一切，希望上帝嘉奖我们；由您负责我们以及我们必须做的事情"。他回答了他们说："上帝祝福你们，并赐福你们的好意；愿上帝相助我们干善行，即获得上帝的喜悦，也有益于世人；我们只管干，上帝会让我们成功；所以让我们效忠于上帝，为宣传伊斯兰教，为国家和民族的辉煌努力奋斗。" 然后他们中有人提到，该如何命名自己？在采取正式形式之前，我们是一个协会，一个俱乐部，一种主义还是一个工会？班纳回答他："既不是这个，也不是那个，让我们离开这些形式，让我们的第一次会议和建立的基础成为：思想，士气和程序。我们是为伊斯兰服务的兄弟，所以我们是"穆斯林兄弟会"。"就这样穆斯林兄弟会的雏形在这六个人中间，以这样的称谓产生了[107]。

因此，该组织的出发点是一种宗教情感，这种宗教情感是通过宗教与组织之间的互动而加强的，并围绕着回归宗教而发展，这种思想在班纳和他的心腹中产生，他们的共同特征是在生活和思想上较简单，因此组织和与组织有关的一切完全围绕情感展开。根据智力上的考虑来组织和设计组织的现象，情感也将在扩大该组织在国外的范围内发挥作用，为此，阿尔·查比（al-Turabi）说，苏丹兄弟会与五十年代的埃及人之间的关系是在"一种兄弟般的情感"的影响下产生的，他补充说，在充满兄弟情谊的苏丹兄弟般的感情中，被称为总观察员与世界各地的穆斯林兄弟会分支机构一样[108]。纳菲西（Al-Nafisi）也强调埃及兄弟会领导层通过"歌颂伊斯兰原则下的兄弟情感和互帮互助的精神理念加强与国外兄弟会进行交流与合作[109]"。

在许多人中有一种信念，考虑到服从和从属文化的普遍存在，缺乏透明性和自我批评，即兄弟会的实力不是由于其服从官僚作风，而是因为该团体基于其思想基础，并通过强调情感方面（例如兄弟会的价值观），远离恶魔的步伐，取悦于上帝，自我克制等作为其主流活动。

个人受到集中关注的宗教文化的影响，从而共同影响个人和物质道德有助于意识形态因素完成组织的任务，以建立和扩展其机构，纠正组织的突破并减少发生分裂的影响，该组织还热衷于拥有一批在修辞和说服技巧方面经验丰富的牧师，学者，传教士和演说家，控制这种文化的维持和加强，正如它利用调解人的作用，妥协不同的观点，汇集不同的见解并收集各种要素，这正是最近危机期间发生的兄弟会所目睹的情况，即穆罕默德·卡马尔（Muhammad Kamal）（指导委员会成

---

107. **哈桑·阿尔·班纳**（Hasan Al-Banna），《**宣教与宣教士笔记**》（科威特：阿法克图书馆·2012 年），**第** 85 **页**。

108. **哈桑·图拉比**（Hasan al-Turabi），《**伊斯兰运动的全球影响**》·《**苏丹经验**》·先前提到的资料·第 82 页。

109. **阿卜杜拉·纳菲西**（Abdullah Al-Nafisi），《**埃及的穆斯林兄弟会：反复无常**》，先前提到的消息来源，**第** 241-242 **页**。

员于 2016 年 10 月初被杀）与该运动的前秘书长穆罕默德·艾扎特（Mahmoud Ezzat）之间的分裂仍然存在。优素福·卡拉达维（Yusuf al-Qaradawi）被迫在该组织中雇用自己的宗教魅力，提出一项妥协方案，使该组织能够在组织结构上重建自己[110]。

2-2-6 缺乏管理组织的民主

这主要是由于该组织的导师对决策过程的控制以及他在没有任何问责的情况下享有许多权力和权限，这是该组织在招募成员并树立他们对组织听从和服从的承诺的文化结果。效忠承诺是完成该组织成员资格的基本基础之一，也是吸收作为该组织中积极成员的忠诚的基础，这是该成员服从组织思想，组织目标和内部教育方法的入口，并增强了确定其忠诚度的信心[111]。

视频标题：指令信- 效忠要素- 服从要素

链接如下：

https://www.youtube.com/watch?v=wFyEc-Bda_8

服从是穆斯林兄弟会效忠体系中的重要支柱，因为它可以使成员完全遵守命令。

该组织成员阿卜杜勒·拉蒂夫·穆罕默德·亚当（Abd al-Latif Muhammad Adam）在他的讲话中承认，宣教体系在精神方面属苏菲主义，在结构方面属军国主义

https://www.youtube.com/watch?v=wFyEc-Bda_8

---

110. 在组织内没有任何组织地位的优素福·卡拉达维（Youssef Al-Qaradawi）在 1995 年期间也促成说服支持者成立瓦萨特党（Wasat Party），以放弃维护集团团结的决定。

111. 巴比克·费萨尔·巴比克（Babiker Faisal Babiker），《批评穆斯林兄弟会的忠诚概念》（1），哈拉电台，2018 年 2 月 14 日，通过以下链接：https://arbne.ws/2o0ZJzL

一位研究人员指出，哈桑·阿尔·班纳是在他的团队中确立``誓约效忠''思想的人，他从阿卜杜勒·瓦哈卜·阿尔·哈萨菲处采纳这一思想，并受到后者的影响；同时他也受到他所跟随的谨慎的苏菲·沙迪尔方法[112]。此外，哈桑·阿尔·班纳作为该组织的创始人，设定了加入兄弟会宣誓效忠的十个条件："理解，真诚，工作，圣战，牺牲，服从，坚定，公正，博爱和信任[113]。"这些条件中的每一个都包含许多互补的伊斯兰和组织价值观[114]，以实现对效忠的最大可能保证，特别是因为这些条件的制定和安排是以服从，忠诚，遵守，克制和英勇奉献的方式服务于加强该组织的官僚体系。效忠誓言包括加强该组织实力的重要支柱，特别是第六支柱的附言，即创始人哈桑·阿尔·班纳所说的："我所指的服从是：在艰难，轻松，充满活力和强迫性的情况下执行命令[115]"。除了加强行政协会的体系和使命外为共同利益而努力，传道和指导，并建立公益的场所[116]。第六支柱中有一个强制性段落，即"服从"，其目的是增强该组织的实力，特别是因为它要求成员遵循执行原则[117]："这是一个不妥协的圣战阶段，是为达到最终目的而不断进行的工作，只有诚实的人才能忍受的考验和审判，只有绝对的服从在这一阶段可以保证成功。因此，穆斯林兄弟会的第一队于 1940 年 4 月 13 日宣誓成立[118]"。因此，效忠誓言的作用是增强该组织的组织能力，控制成员的行为并以符合组织目标的方式指导他们[119]。

许多研究人员几乎一致认为，效忠的概念及其十个条件与自由选择和民主审议的原则相抵触，因此，成员一旦宣誓效忠则意味着变成完全准备执行所有命令和指示的"忠实士兵"。在组织层面上，效忠盟友致力于对该组织的完全服从，并由向其宣誓的导师或总观察员领导，同时宣誓效忠确立了听从和服从的原则，从

---

112. 参见：艾哈迈德·纳吉米（Ahmad an-Najmee），艾德·艾哈瓦那·穆斯利木翁，马德纳·2005 年 5 月 12 日，https：//bit.ly/2VJW5tv。

113. Ibid.

114. "指令信"，穆斯林兄弟会的官方网站，维基兄弟网·https：//bit.ly/2meCPXL

115. 前源

116. 前源

117. 前源

118. 前源

119. 巴比基尔·法萨尔·巴比克（Babikir Faisal Babiker），《批评穆斯林兄弟会的忠诚概念》（1），先前提到的消息来源。

而形成成员与导师之间关系的基础，因此即使有较高的组织机构，如指导委员会，和协商委员会的存在，命令也始终是自上而下排列的，命令是该组织成员资格的最大规则，因此上这些较高组织机构不是这些审议的一部分，而只是执行命令的工具[120]。

效忠誓言的危险性不仅限于此，它还可以使暴力合法化并诉诸武力，因为会员宣誓要做出的最危险的誓言之一是"我宣誓，为了上帝，我将在财产和鲜血方面尽我所能"。因为这是一个模糊的术语，并且可能会被误解从而导致该成员按照导师和组织领导人的指示参与暴力和流血事件，而哈桑·班纳对兄弟会成员暗杀哈辛达顾问的免责声明完全证明了这一点，他曾表示："他们不是兄弟，他们也不是穆斯林[121]。"

视频标题：指令信- 效忠要素- 圣战要素

链接如下：

https://www.youtube.com/watch?v=kqRQB7k0VsQ

- 穆斯林兄弟会承认将继续使用武器进行战斗，直到它应用上帝的律法为止，这明确证实了该组织的圣战和战斗思想及其与该组织口号的联系，尽管该组织的某些领导人否认了这一观点。圣战有多种形式，例如舌头，笔，手和真理之语，最高形式的圣战是厮杀。

- 穆斯林兄弟会认为圣战是上帝对穆斯林施加的义务，上帝从众民族中专门拣选了他们进行和完成圣战。

https://www.youtube.com/watch?v=kqRQB7k0VsQ

---

120. 与上同源

121. 前源

宣誓效忠穆斯林兄弟会的十个加盟条件清楚地表明在管理该组织的组织结构方面缺乏民主，因为它主要旨在完全忠于该组织的导师。这也许可以解释兄弟会在埃及霸权统治失败的原因之一。由于导师和指导办公室对兄弟会主席穆罕默德·莫西（Mohamed Morsi）的完全控制，使他成为没有咨询导师就无法做出任何决定，为此，根据许多人的描述，他（穆罕默德·莫西）不是所有埃及人的总统，因为他对兄弟会导师的效忠致使他成为了该导师一个追随者，完全对其导师言听计从。

第 3 章

穆斯林兄弟会自 1928 年成立到 2013 年 6 月的第 30 次革命期间的组织结构

序言

组织结构代表了穆斯林兄弟会自 1928 年成立以来一直重视的要点之一，因为它坚信组织结构的重要性，认为这是实现其"实现引领世界"的主要工具，正如其创始人哈桑·阿尔·班纳曾经所致力于实现的一样。因此，该组织特别注意致力于建立一个强大而有序的组织结构以帮助其实现目标，并最初侧重于使其能够渗透到社会结构中，为以后的政治行动实践做准备。

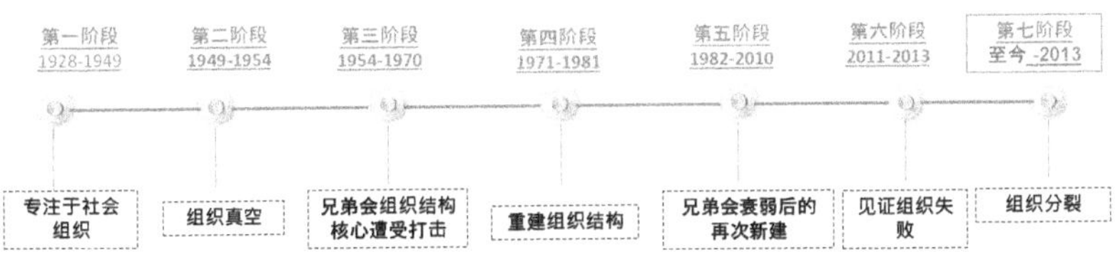

组织结构在穆斯林兄弟会思想中所占据的中心地位及其在社会中扮演的角色性质，是与历届埃及政府发生冲突的根本原因，埃及政府意识到该组织力图渗透社会并发挥国家的作用，其在许多社会事务中代替政府的做法解释了埃及政府在过去几十年中为限制该组织并对其组织结构施加更多限制的尝试。

因此，本章试图检验以下假设：影响穆斯林兄弟会组织结构的发展（积极的还是消极的）反映了该组织与历届埃及政府之间关系的性质，其感知的性质及其在社会中的作用以及政府在社会中为他们提供的行动余地的程度，这种程度增加得越多该组织的组织结构发展越夯实，并变得更有能力加强与各种社区机构的联系，反之亦然，正如本章将在本研究中说明的那样。

同时，穆斯林兄弟会在一些埃及政府在不同时期的职能观以一种或另一种方式影响了其组织和行政结构，这在萨达特政权时期（总统穆罕默德·安瓦尔·萨达特）和（前）总统胡斯尼·穆巴拉克的统治中很明显。至少在早期，穆斯林兄弟会被视为代表反对共产党团体的隔离墙，为此，时任政府忽略了兄弟会旨在渗透社会的许多实践，而穆巴拉克政权在其统治初期就将其视为可以在社会上发挥某些作用的工具，利用其回应当时对埃及国家构成安全稳定威胁的圣战组织和极端运动。在后期，该政权给了它参加议会选举的余地，以遏制 9 月 11 日事件后美国要求改革的压力。该组织的这种功能性观点使其能够清楚地在萨达特和穆巴拉克统治时期发展其组织和行政结构，因此有人将这段历史称为 1972 年至 80 年代末穆斯林兄弟会的黄金时代和该组织的第二次成立，因为它能够重建其组织结构，并开发符合其社会目标和政治愿望的新框架。

当他以为 " 2011 年 1 月 25 日革命 " 为该组织发展组织和行政结构提供了机会，但是却暴露了该组织所遭受的缺陷以及无法跟上新阶段的要求时，2013 年 6 月 30 日的革命对该组织造成了沉重打击，它的组织结构似乎无法吸收它所发生的变化，以及先前关于该组织适应和维持凝聚力的观点已经成为许多人特别是政治伊斯兰文学专家的诘问。

本章试图监测穆斯林兄弟会从成立到 2013 年 6 月 30 日之后的组织和行政结构演变的特征，直至根据其在社会，政治和经济项目中所具有的核心重要性，评估这种结构的优势和劣势的因素。

3-1 穆斯林兄弟会及其组织行政结构的发展阶段

穆斯林兄弟会的组织和行政结构经历了多个明确的阶段，一方面体现了与埃及政府的本质关系，另一方面体现了政治，社会力量之间的关系本质。在这种情况下，我们可以将这些阶段中最重要的提到如下：

3-1-1 第一阶段：从 1928 诞生年到 1949 年 ... 专注于社会组织

哈桑·阿尔·班纳于 1928 年在埃及成立兄弟会时，根据当时存在的宪法，1923年宪法和规范此事的法律将其注册为全面的伊斯兰团体。该团体是一个倡导教育的社会团体，具有创建各种公司的能力。 哈桑·阿尔·班纳的这种全面构想旨在基于这样一种哲学，即坚持建立一个强大组织的基础需要先致力于发展和改革社会体系，然后再修正政治体系，因为对后者的修正取决于前者的改革，然后其注意力主要集中在"民族"而不是政权[122]，也许这可以解释为什么哈桑·阿尔·班纳在该该组织发展初期专注于渗透到埃及社会，并通过关注贫困和边缘化人群，为他们提供服务来加强与不同团体建立牢固的联系。

穆斯林兄弟协会理事会组织结构（1930年）

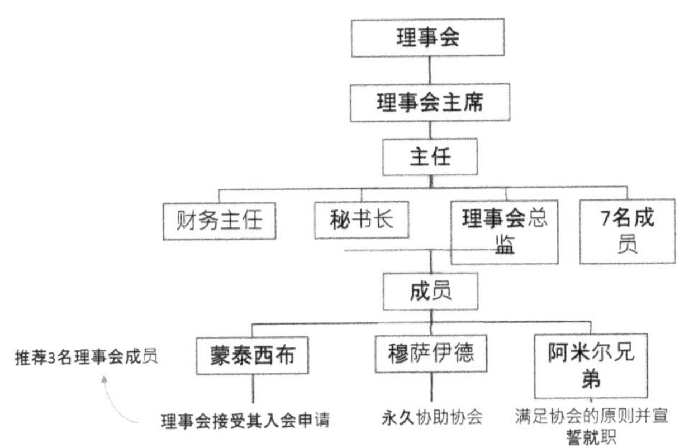

显然，穆斯林兄弟会的组织和行政结构在早期，特别是在 1928 年至 1932 年期间，集中于该组织的创始人哈桑·阿尔·班纳的想法，这在很大程度上反映在 1930 年伊斯梅利亚发布的穆斯林兄弟会的内部法规中，它强调了该协会与政治工作无关，如第二条所述："该协会完全不受政治事务的影响。"第 15 条强调，协会会议期间不应接触政治事务[123]。从这个角度出发，自上世纪三十年代初升始，该

---

122. **有关**这方面的更多详细信息，请参阅：Rafeeq Habib，《**穆斯林兄弟会政治未来的愿景**》，Amr Al-Shobaki 编辑：穆斯林兄弟会危机，（开罗：Al-Ahram 政治与战略研究中心，2009 年），第 27-28 页。

123. **有关此列表的更多**详细信息，请参阅：穆斯林兄弟会历史官方百科全书，维基百科，兄弟会和伊斯梅利亚的兄弟会第一部法律：http://goo.gl/Dla0Oj

组织就开始建立其组织和行政结构。[124]此后，该组织致力于在包括工人，农民和教师在内的简单社会团体中建立一个受欢迎的基础，并根据协商会议总理事会的决定成立了穆斯林兄弟会总指导局。 于 1933 年召开的伊斯梅利亚会议被认为是关注兄弟会组织结构的第一届代表大会。

上图显示了根据该组织 1930 年法规制定的穆斯林兄弟会董事会的组织结构。

在 1934 年该组织起草了第一部法律来规范该其行政和组织形式[125]，但是在 1935 年 3 月召开的该组织的第三次会议上，建立组织结构的真正开端才得以形成，期间该组织探讨的组织问题包括：成员资格和责任条件以及该组织的最高权力机构，该会议还确定了管理架构。 ：（总导师-总指导办公室-协商议会总局-地区和分区代表-分部代表-协商中央议会-地区会议-办公室代表-巡回队-姐妹队）[126]。（根据本研究第二章所阐述）

该组织在 1939 年的第五次会议上采取了具体的组织步骤，在此会议上，哈桑·阿尔·班纳设定了该组织的目标及其工作性质，即：集萨拉菲派的宣传，逊尼派的方法，苏菲派的实质，政治组织，体育团体，科学文化协会，经济公司以及社会理念为一体的组织结构，这确认了该组织思想的普遍性以及围绕个人生活各个方面。这一阶段期间从宗教倡导向积极参与埃及政治生活的转变发生了，1939 年，班纳宣布该组织党派成为一个政治机构，这清楚地表明该组织从成立之初就采纳了一项有实质性意图的政治计划[127]。根据哈桑·阿尔·班纳在 1938 年 5 月第一

---

124. 阿卜杜勒·拉希姆·阿里（Abdel-Rahim Ali），《从哈桑·班纳（Hassan Al-Banna）到马赫迪·阿克夫（Mahdi Akef）的穆斯林兄弟会》（开罗：阿尔·马洛萨（Al-Mahrousa）出版，新闻和信息服务中心·2004 年），第 35-39 页。

125. Hamada Mahmoud Ismail，先前提到的来源，第 23-26 页。

126. 《穆斯林兄弟会内部条例》，第（21）条。 有关第三届穆斯林兄弟会会议决定的更多详细信息·请访问以下链接：https://bit.ly/2kabiGh，从诞生到解散的穆斯林兄弟会。

127. 从哈桑·班纳（Hassan al-Banna）到马赫迪·阿克夫（Mahdi Akef）的穆斯林兄弟会阿卜杜勒·拉希姆·阿里（Abd al-Rahim Ali），第 35-39 页。

期《 Al-Nazir 杂志》的社论中致辞，当时他坦率地说[128]："直到现在，兄弟们，你们还没有与任何政党或组织为敌，也没有加入他们的组织……今天，如果这些党派不回应你们以伊斯兰传统为工作方法，不服务伊斯兰，那么你们便与他们抗争。不是友，便是敌。"

随着哈桑·班纳宣布进入政治舞台，该组织开始努力在军队，警察和司法部门内部组建效忠组织。除了在 1940 年成立特种部队该部队在该组织中作为军事联队，但对其成立目的众说纷纭，该组织的领导人说，为了抵抗英军占领该海峡并参加巴勒斯坦圣战，而该特种部队的一些领导人说，成立特种部队的目的是获得政权[129]。但是可以肯定的是，特殊机构或秘密政权（特种部队）实际上是该集团的军事部门，因为在此期间它进行了许多政治暗杀和轰炸，其中最突出的是对总理马哈茂德·法赫米·纳克拉希的暗杀，原因是他决定解散该组织，以及对哈里达法官的暗杀，并试图炸毁上诉法院，由于该法官在"吉普车"事件中查获的文件和资料，其谴责兄弟会参与暴力案件，并企图暗杀议长和总理易卜拉欣·阿卜杜勒·哈迪[130]。

该组织于 1945 年召开的会议构成了该组织迈向党派工作和政治参与的最明显转折点，当时兄弟会各地区和圣战中心的负责人在会议上决定将该组织的名称从"穆斯林兄弟会"转换为"穆斯林兄弟会机构"，因为当时"机构"一词是"政党"的代名词。此后，该组织在 1945 年的会议上提出了在各个国家建立一个伊斯兰国家的项目来取代 1939 年提出的建立一个伊斯兰哈里发政权的项目，该组织的影响力还传播到埃及各省并其参与到其公共事务中，甚至该组织曾要求埃及总

---

128. 哈桑·阿尔·班纳（Hassan Al-Banna），《 Al-Nazir 杂志》，1938 年 5 月 30 日，第 1 期，通过以下链接：https://bit.ly/2m7TXhJ。

129. Abul-Ela Madi，穆斯林兄弟会的组织地位，半岛电视台网，网址为：https://bit.ly/2ktAurh。

130. 有关由特殊系统执行的操作的更多详细信息，请参阅：艾哈迈德·阿德尔·卡马尔（Ahmed Adel Kamal），字母上方的圆点：《穆斯林兄弟会和特殊系统》，（开罗：Al-Zahraa，阿拉伯媒体，1987 年）。

理阿里·马赫尔不要参加第二次世界大战，并将对英国的援助限制在 1936 年条约所规定的范围之内[131]。

随着穆斯林兄弟会参与政治工作，它开始越来越依赖秘密系统来瞄准对手，这导致哈桑·阿尔·班纳与许多政府和政党领导人之间的关系紧张，这些人指控他无能为力，无法控制秘密系统限制暗杀数个政治和司法要人的冲动。这促使政府决定解散该组织，并逮捕了该组织指导局的大部分成员和一些受雇于特别系统的年轻人，然后还开始向哈桑·阿尔·班纳施加压力，询问其拥有武器的人的姓名和该秘密系统拥有的秘密电台的位置，但他在所有会见和审讯过程坚持否认所有与特殊系统有关的细节。 1949 年 2 月 12 日，哈桑·阿尔·班纳被暗杀[132]，该组织被暂停并解散，暗杀事件翻开兄弟会历史上的重要一页，但 1950 年代初成立的瓦夫党政府致力于 1951 年重新公开穆斯林兄弟会的运营[133]。

基于上述内容，穆斯林兄弟会在建立过程中的组织结构的总特征是，它具有复杂的组织层次，使该组织能够吸引不同类型的元素，其中大多数是基于和平的宣教" da'wah"元素，其呼吁社会奉行伊斯兰教义，另外一些元素是为加入圣战主义而准备的。在加入"圣战"组织以成为秘密系统成员的过程中，兄弟会将这种心态转变为建立一个以双重身份为特征的多层次组织结构，[134]这可以解释该组织在正式讲话中，以及在许多问题上出现的矛盾状态和立场。

---

131. 从哈桑·班纳（Hassan al-Banna）到马赫迪·阿克夫（Mahdi Akef）的穆斯林兄弟会阿卜杜勒·拉希姆·阿里（Abd al-Rahim Ali），第 35-39 页。

132. 有关该该组织历史上这一重要阶段的发展的更多详细信息，请参阅：Muhammad Al-Demerdash，《从组织之年到组织之统治的政治伊斯兰教》，（开罗：Dar Sama，出版发行，2015 年），第 274-281 页。

133. Nabil Abdel-Fattah，《埃及宗教情形报告》，第四版，（开罗：Al-Ahram 战略研究中心，1995 年），第 164-165 页。

134. 阿姆·肖巴基（Amr Al-Shobaki），《在莫尔西（Morsi）倒台之后，该组织还有什么未来？》 穆罕默德·萨义德（Mohamed El-Sayed）编辑"穆斯林兄弟会的未来还在等待中"，第（65-66）号，（开罗，开罗人权研究所，2013 年），第 17-31 页。

3-1-2 第二阶段：1949-1954 年...组织真空

这是哈桑·班纳逝世之后的阶段，该组织一度遭受组织真空，一直持续到 1951 年哈桑·哈德海比当选为该组织领导，这一阶段一直持续到 1954 年，直到已故总统加马尔·阿卜杜勒·纳赛尔（Gamal Abdel Nasser）政权与穆斯林兄弟会之间开始发生短时间的冲突。但令人惊讶的是，1952 年 7 月 23 日的第二十三次革命的第一阶段见证了由贾马尔·阿卜杜勒·纳赛尔领导的自由军与穆斯林兄弟会之间的和解，该组织受到了特殊的对待，这反映了自由军对该组织的思想和方向的认同，因此，革命指挥委员会发布了一项解散除穆斯林兄弟会以外的所有政党的声明，因为他们认为穆斯林兄弟会是一个"宗教协会"。革命指挥委员会还重新启动了对该组织创始人哈桑·阿尔·班纳被暗杀的调查，逮捕了被指控参与暗杀的嫌疑人，对他们判处严厉刑罚，此外赦免了兄弟会的被拘留者。然而，由于已故总统贾迈勒·阿卜杜勒·纳赛尔计划开始发展进程并加强埃及的对外关系，他与兄弟会之间的良好关系并没有持续很长时间[135]。革命后几个月，阿卜杜勒·纳赛尔拒绝了兄弟会所提出革命的决定要服从他们的建议的要求。纳赛尔所说的："我不允许你把我们变成一个原始民族。"这句话事实上标志着冲突的开始。1954 年 1 月，革命指挥委员会宣布了解散穆斯林兄弟会的决定[136]。兄弟会开始与阿卜杜勒·纳赛尔进行对抗，他也开始追捕他们，并监视他们的活动，直到 1954 年 10 月 26 日达到最高潮，当时纳赛尔在亚历山大进行演讲时险遭到暗杀，而射手后来经调查被发现属于兄弟秘密系统[137]。

---

135. **有关穆斯林兄弟会**这个阶段的发展及该组织结构的影响的更多详细信息，请参阅：阿卜杜勒·纳赛尔和萨达特之间的穆斯林兄弟会，位于以下链接：https://bit.ly/2lDpuaP。

136. Rehab El-Din El-Hawary，"解散穆斯林兄弟会的决定不是第一个......**而是最后一个。**"，2013 年 9 月 2 日，链接：https://bit.ly/2n0u3gA。

137. **有关此部分的更多详细信息**，请参见：阿里·**阿什**马维日记，《穆斯林兄弟会的秘密历史》（开罗：达·阿尔·希拉勒，1993 年），第 17 页。

这一时期的普遍特征是该组织存在着很大的组织真空，这不仅是由于秘密系统对其要素的控制，而且还因为它主要依赖于个人而不是机构，因此哈桑·阿尔·班纳被暗杀时，该组织发现自己无法管理和运行其事务[138]。

3-1-3 第三阶段：1954-1970 年……对该组织的组织结构的打击

这一阶段见证了阿卜杜勒·纳赛尔政权针对穆斯林兄弟会的升级，一直持续到 1970 年 9 月他去世，其主要特征是继续制止穆斯林兄弟会的权力，并致力于拆除其组织结构，特别是秘密系统，该系统试图在背后暗杀他[139]。纳赛尔认为当前条件有利于消灭该组织，特别是考虑到其领导人之间的分歧及领导层之间因为意见不统一而出现的拉帮结派，这对他来说可能是个千载难逢的机会，特别是当时的社会舆论倾向于接受解散该组织[140]。由于这一阶段穆斯林兄弟会组织受到当政者政权的巨大威胁，所以其又变为秘密行动，在此期间该组织常常以完全秘密的方式开展其工作[141]。

138. 有关此部分的更多详细信息，请参阅：Osama Al-Ghazali Harb，《第三世界的政党》，第（117）号，（科威特：知识世界，全国文化，艺术和文学理事会，1987 年），第 5 页。

139. 阿里·阿什马维日记，先前提到的来源，第 17 页。

140. 扎卡里亚·苏莱曼·巴约米（Zakaria Suleiman Bayoumi），阿卜杜勒·纳赛尔（Abdel Nasser）和萨达特（Saadat）之间的穆斯林兄弟会，从 Al-Mansheya 到 1952-1981 年，在 1987 年 4 月 9 日登上领奖台，网址为：https://bit.ly/2lDpuaP。

141. 有关这方面的更多详细信息，请参考：Amr Al-Shobaki，在先前提到的消息来源 Morsi 沦陷后，第 17-31 页。

https://www.youtube.com/watch?v=uB-yhBxpHT0

3-1-4 第四阶段：1971-1981 年..重建组织结构

随着贾马尔·阿卜杜勒·纳赛尔总统去世以及穆罕默德·安瓦尔·萨达特继任总统之职，穆斯林兄弟会的历史进入了一个新的阶段。由于在上一个阶段遭到了严重打击[142]，在此期间，该组织寻求重建其组织和行政结构，在 1971 年萨达特时任总统初期，随着该组织领导人及其成员从监狱中获释，他们中很多人渴望恢复该组织的活动。本当由指导局的成员或其他仍在世的骨干成员组成新的组织结构，因为这两个实体是领导该组织并就组织结构重组或恢复活动做出决定的合法性实体，但事实则不然，尤其是在第二位导师哈桑·胡德海比参议员去世于 1973 年去世后，秘密系统的领导层在兄弟会解散前组织集会安排该组织的事务却无视该组织指导局及其他骨干成员的参与，随后他们选择了秘密导师，并要求兄弟会成员效忠此人，无论是在埃及境内还是在海湾国家（尤其是沙特阿拉伯）居住者，基本上都拒绝了这一要求。此后，他们找到奥马尔·特莱姆塞尼（Omar

---

142. **有关已故**总统穆罕默德·**安瓦**尔·萨达特与穆斯林兄弟会之间关系性质的更多详细信息，请访问以下链接：https://bit.ly/2k4Xwo2。

Tlemceni）教授并请他担任导师，因为他是该组织仍然在世，指导局内部最年长的成员，并被各方广泛认可[143]。

该组织的第三任总导师奥马尔·特莱姆塞尼利用总统穆罕默德·安瓦尔·萨达特政权提供的机会，开始重建穆斯林兄弟会的组织结构，以至于他草拟了一项五十年计划，即"平行行动"计划，以渗透经济，政治，社会活动，工会以及学校和大学同样，为了避免与政权发生冲突，以加强团体在社会及其各个机构中的存在，奥马尔·特莱姆塞尼是第一个提出继续执行解散该组织的决定而使该组织转型为政党的想法。特勒姆塞尼超越了创始人哈桑·阿尔·班纳坚决不入党派的兄弟情义原则， 1986 年在其离世之际特勒姆塞尼借助 70 后青年更新他的倡议（将兄弟会组织转型为政党）并编写了一个名为"舒拉党" 的政治纲领。他去世后，这一代人曾以不同的名字即"改革党"进行了两次尝试，但都以失败告终[144]。

视频标题：萨达特总统撕下兄弟会的面具

链接如下：

https://www.youtube.com/watch?v=tEHYPAZdJNw

- 前总统安瓦尔·萨达特（Anwar Sadat）在一次演讲中阐明了穆斯林兄弟会的严重性，期间他说明了取缔穆斯林兄弟会，并逮捕了其领导人和成员的原因。

- 萨达特（Sadat）澄清说，穆斯林兄弟会的意识形态是基于应用上帝所降示的内容作为裁决和审判，并拒绝任何人为的法律。萨达特说：穆斯林兄弟会中的暴力是一种必须与异教徒权威和前伊斯兰社会战斗到底并将其消的信念。

https://www.youtube.com/watch?v=tEHYPAZdJNw

---

143. 阿布·埃拉·马迪（Abu Al-Ela Madi）， 《穆斯林兄弟会运动的组织状况》·先前提到的消息来源

144. 该集团的青年反应堆 Omar Al-Tlemceni 的 Hossam Al-Haddad，2019 年 5 月 22 日，位于以下链接：https://bit.ly/2k9cDNj。

该组织的第三位导师通过"并行步骤"的计划落实重建其组织和行政结构,使该组织变得高度集中化,并已然成为公开和秘密工作的结合体,该组织在政治,经济和社会活动中根据该计划进行了扩展,并建立了网络各类社会机构(学校,服务项目,慈善机构,医院等)。该组织的组织结构的发展及其活动的相关扩展增强了该组织的真正实力,并增加了两个特征:第一个是坚实,密切相关的组织基础,第二个是在穆巴拉克统治期间,该组织在与国家的间歇性冲突中一直拥护的广泛的社会基础[145]。

萨达特政权与兄弟会之间一直保持良好和积极的关系,直到 1979 年与以色列签署和平条约,导致双方关系变得紧张,甚至在 1979 年 8 月,萨达特总统也对穆斯林兄弟会进行了猛烈的批评,并指责其破坏,雇佣和煽动宗派冲突并挑衅学生,然后他下达逮捕令,致使兄弟会的几位领导人在 1981 年 9 月被捕,直到 1981 年 10 月他在登上领奖台时被暗杀为止。

3-1-5 第五阶段···穆巴拉克时代(1981-2010)..开放与对抗之间的妥协

埃及前总统穆罕默德·霍斯尼·穆巴拉克时期是穆斯林兄弟会存在的最长时期,在此期间,它见证了许多影响其组织和行政结构的变化和转变,该组织在此期间进入了政治和民主进程,直到能够在埃及组建第一支政治反对派力量为止。与此同时因为该组织在工会和教育机构中取得明显的胜利,而在 2005 年获得了人民议会 20％的席位。由此,该组织的组织结构取得了长足发展。在穆巴拉克统治初期,该组织热衷于扩大其在专业协会,工会中及埃及各大学的存在,并成功地与包括自由党在内的许多政治力量建立了联盟[146]。

但是值得注意的是,在穆巴拉克时代,该组织的状况以及其组织和行政结构的发展步伐并不一致,而是有不同特征的阶段,可以解释如下:

---

145. 阿玛·法耶德(Ammar Fayed),**消除埃及兄弟会的社交活动是否会导致该组织陷入暴力?布鲁金斯学会**(Brookings Institution),2016 年 3 月 23 日,位于以下链接:https：//brook.gs/2E7wSSa。

146. 兑亚.砾石瓦尼·《马世豪尔之后的穆斯林兄弟会-**政治与战略研究的见证者》·日期不详**·链接如下:https：//bit.ly/2n4puBZ。

3-1-5-1 穆巴拉克时代的第一个时代（该组织的第二次成立）

从 1981 年一直持续到八十年代末，政治伊斯兰文献专家将其称为"穆斯林兄弟会"的"第二个基础阶段"，因为它建立了使其得以发展的新规则和监管框架，使其渗透到社会，并与国家及其机构内部以公共和和平的方式共存，并有资格参加政治活动且赢得议会席位。

穆斯林兄弟会毫不犹豫地抓住了穆巴拉克政权提供的机会，以再次重建其组织结构，尤其是在 1981 年 9 月逮捕阶段结束和萨达特政权结束之后（该政权对待穆斯林兄弟会与对待大多数政治力量一样，往往使用缓兵之计）。 1982 年，穆斯林兄弟会领导人及其骨干成员出狱，这一年穆斯林兄弟会组织得以重建，当时该组织在公开或秘密地进行发展，并通过工会，政党和协会，学生会等各种组织和群众框架与社会互动，它参加议会选举，并试图融入社会机构，特别是当选。在解决许多悬而未决的问题之后，该组织致力于增加其政治和社会影响力，其中最重要的离别秘密工作，接受党派多元化原则以及确定政治参与是进行渐进式改革的唯一途径，同时该组织宣布放弃暴力作为实现其目标的手段，并为当权者和不同的政治潮流展现出其求同存异的一面，该组织还开始通过依靠清真寺，城市和农村地区以及传统和宗教影响力的模式来恢复其受欢迎程度，实施旨在扩大埃及社会各阶层的计划，正如穆巴拉克求助艾资哈尔基金会以获取宗教合法性一样，该组织正在通过其言辞和象征在埃及社会中做到这一点[147]。

大量研究表明，穆巴拉克统治的头十年与已故总统安瓦尔·萨达特（Anwar Sadat）统治时期对待穆斯林兄弟会的初期非常相似，特别是因为穆巴拉克政权寻求获得民众合法性，并且它似乎渴望向各种势力和潮流开放，包括穆斯林兄弟会在内，以便专注于对抗诸如"圣战组织"和"伊斯兰组织"之类的极端伊斯兰运动，而该组织亦利用这个机会来补充其在萨达特时期开始的在埃及社会机构中

---

147. 有关这部分的更多详细信息，请参见：哈拉·穆斯塔法，《萨达特和穆巴拉克时代的休战与对抗之间的国家和伊斯兰反对运动"》开罗：马洛萨研究，培训，信息和出版中心，1995 年），第 299 页。

的渗透，使该组织得以在社会机构和部门中施加影响并扩大影响力，例如：人民议会，专业工会，大学的学生会和教师俱乐部[148]。

<table>
<tr>
<td>

视频标题：在显微镜下 -兄弟会和穆巴拉克

链接如下：

https://www.youtube.com/watch?v=SKIhupoxfTc

穆斯林兄弟会与瓦夫德政党（前瓦夫德党）合作进行议会选举，该组织的第三任导师-奥马尔·特莱姆塞尼（Omar Tlemceni）在 1984 年于亚历山大举行的一次会议上证实了这一点，并指出他们的口号重点是伊斯兰埃及的回归。

</td>
<td>

</td>
</tr>
<tr>
<td colspan="2">

https://www.youtube.com/watch?v=SKIhupoxfTc

</td>
</tr>
</table>

持不同政见的兄弟会的领导人之一阿卜杜勒·莫尼姆（Abdel Moneim Aboul Fotouh）博士证实，这一阶段的确见证了该组织的组织结构的质变，正如他在回忆录中所说的那样："1982 年 9 月我们离开监狱后，我们所从事的第一件事就是开始重新组织兄弟会，再次关注内部建设，特别是由于穆巴拉克政权并未在兄弟会面前直接关闭大门，我们的活动一直很活跃，直到八十年代末期，尽管我们在离开之时坚信萨达特时代不会因为工作和政治组织的开放性和自由而回归。他称我们小组（埃及办事处）与埃及以外的兄弟会组织有区别，我们制定了将埃及国家划分为多个部门的计划，然后我们开始在埃及所有省中将组织的行政办公室划分为各个地区和辖区，重点是深化组织并加强组织工作，并制定了确保遵守的行政规则，有效性，效率，及组织结构和等级上的协调一致。这是本组织的活动以及连续多年的后续工作和辛勤工作中付出的最大努力，直到 1987 年本组织正式成立，在其行政体系稳固后以其庞大的形式出现，在此期间穆斯林兄弟会在异国也得到了良好的发展，在艾哈迈德·马特（Ahmed Al-Malat）博士的领导下对

---

148. 有关穆巴拉克政权与穆斯林兄弟会之间关系性质的**更多**详细信息，请参阅：Hisham Al-Awadi, **争取合法性的斗争...穆斯林兄弟会和穆巴拉克 1982-2007 年**（贝鲁特：阿拉伯统一研究中心，2009 年），第 93-96 页。

埃及办事处承办埃及地区事务，穆斯塔法·马什豪先生-愿上帝怜悯他-致力于在埃及以外的组织，他在建立国际组织及其结构方面做出了巨大的努力，他列出了1982 年 5 月发布的名单，在建立国际组织和振兴其工作方面他是贡献最杰出的兄弟，前（晚期）导师穆罕默德·马赫迪·阿克夫教授，工程师博凯拉特·沙特（Khairat al-Shater）博士，及穆罕默德·艾扎特教授在 1981 年 9 月被捕前后，他们都离开了埃及，并一直在海外定居直到 1986 年[149]。

鉴于这种氛围，自然而然地，该组织从其内部组织结构方面发展为在法规和部门内部进行重组，以跟上其在社会中的发展，成立了发展部门并关注结构发展和干部培训，并且该组织还通过了一些行政法规来确定不同架构的专业水平，并于1982 年发布了该时代的第一份章程，该章程规定了该组织工作的行政结构，其工作部门根据该时期发生的变数发展，因此组织内创建了大约九个部门，其中包括：宣教部门和正义部门，学生部，大学部，工人部，姊妹部，对外联系部，专业人员部，政治部和发展部；一些部门包括专门委员会，例如：财务委员会，历史委员会和学者委员会，负责确保该运动的观点和政治立场与伊斯兰教义相符。还成立了其他部门来组织兄弟会在议会中发挥新的政治作用。在政治部门的组成部分内成立了媒体委员会，该媒体委员会已变得更像是一个从事有关各种政治问题和发展的研究和协调研究的知识机构。该部门还包括一个议会委员会，其中包括议会成员。由此，该组织能够制定课程，计划和宣讲，以融入社会并在社会扩张的层面上取得许多成就，这在学生会选举，专业工会和立法选举中表现的十分明显[150]。

在此期间，影响穆斯林兄弟会组织结构的重要发展之一是该组织在 1987 年获得公开宣布其拒绝秘密工作，然后公布了一个正式的书面文件，称为"公开的兄弟会"，得到了指导办公室的批准，并被发送到该组织执行委员会旗下的所有部门，要求所有分支机必须遵守其中的规定。该组织还成功地通过大学，学校和清真寺扩大了社会基础，并扩展了组织网络。兄弟会得益于当权者为自己的利益着想

---

149. 有关这方面的更多详细信息，请参阅：Hossam Tammam，"阿卜杜勒-莫尼姆·阿布·佛托赫的回忆录：1970-1984 年埃及伊斯兰运动历史的见证"（（达·阿尔·索鲁克：开罗，2010 年），第 117-127 页。

150. 有关该列表（1982 年）的更多详细信息，请参阅：穆斯林兄弟会总组织，位于以下链接：https://bit.ly/2krGQri。

而沉默于兄弟会的这种扩张，因为它与暴力的激进团体（例如"圣战团体"和"伊斯兰团体"以及与其它衍生出来的极端组织）相对立。八十年代末，穆斯林兄弟会在许多专业工会（例如医生，工程师，律师，药剂师和学者）中取得了巨大的胜利之后，达到了社会地位的顶峰。该组织在机构和工会中的存在有助于增加其在中产阶级和下层阶级中的影响力，这引发了当局注意该组织并限制其政治活动的呼吁[151]。

https://www.youtube.com/watch?v=SKIhupoxfTc

3-1-5-2 第二时代（对抗）

从八十年代末延伸到九十年代，标志着兄弟会与穆巴拉克政权之间对抗的开始，当局开始意识到穆斯林兄弟会渗透到社会的危险，为此开始施加更多的限制，阻碍其在政治上的社会活动，这对该组织及其行政结构都产生了负面影响，例如，政府发布了一项决定，决定吞并所有清真寺，以便将其置于埃及宗教部的监督之下，还对《国家慈善法》（1964 年第 32 号法）进行了修正，以赋予社会事务部

---

151. **先前提到的**资料来源：Hisham Al-Awadi, **第 96-97** 页。

审批，监管更多关于建立和设立非政府及会员制机构的权力，以确保对提供此类服务的工会和"兄弟会"慈善组织在面向公众提供服务期间的控制权。1995 年，该政权逮捕了一群估计约有 95 名活跃成员，并将他们移交至军事审判法庭，这对该组织及组织结构造成了沉重打击，同时当局努力收紧针对该组织的程序，以使他们不参与立法选举[152]。

但是，在此期间，该组织仍然能够适应这些限制，并保持其社会活动和工会活动，例如，该组织在大多数专业工会中保持存在，例如医生，律师，工程师和药剂师工会[153]。

3-1-5-3 第三时代（排斥和冻结）

包括穆巴拉克统治的最后十年，该统治始于 2000 年，当时政府继续加强对穆斯林兄弟会的限制，目的是冻结其传播并使其尽可能疏远社会活动中，但并没有达到连根拔起或完全抵制的程度，当局对此采取了数种工具，包括冻结专业协会和学生会。这个阶段还包括尝试寻找代替穆斯林兄弟会的其它组织，无论是在清真寺工作还是是其它服务工作中，比如为安萨尔·萨纳·桑纳·穆罕默迪亚和其他萨拉菲团体开辟新的空间，以及寻找"霍鲁斯"团体等学生替代品，并保持对兄弟会留存人员的监控。 2001 年见证了这十年来的第一次军事审判，穆巴拉克统治下的第六次军事审判，约有 16 名成员被判处 3 至 5 年的徒刑，其中包括兄弟会指导局成员马哈茂德·加兹兰（Mahmoud Ghazlan），此案被称为 "大学教授"案[154]。

尽管穆巴拉克政权在此期间对穆斯林兄弟会施加了限制，但该组织还是在议会和埃及反对派历史上取得了议会最大的胜利，它在 2005 年的选举中赢得了约 88 个席位，占埃及人民议会席位的 20%，观察家解释说，这是由于穆巴拉克政权为其

---

152. 242 页 · **同源**

153. 哈利勒·阿纳尼（Khalil Al-Anani）， **"穆巴拉克和兄弟会.三十年的经验"**，阿贾兹拉研究中心 · 2011 年 10 月 13 日，网址：https：//bit.ly/2S4PWW3。

154. **"穆巴拉克**时代的穆斯林兄弟会..**从停**战到对抗"，维基百科·穆斯林兄弟会·（第十一部分）· 位于以下链接：https://bit.ly/2m5qzbH。

开了绿灯。因为在此期间，穆巴拉克政权遭受了美国的压力，要求进行更多的政治和民主改革[155]。

视频标题：**失去机遇的岁月 −穆巴拉克与兄弟会的关系**	
链接如下：	
https://www.youtube.com/watch?v=c--tZ36vCMg	
- 穆斯林兄弟会与前总统胡斯尼·穆巴拉克之间的关系紧张，穆巴拉克认为该组织煽动埃及人民反对他，并且认为宣传继承统治的思想是来自于兄弟会的杰作。	

https://www.youtube.com/watch?v=c--tZ36vCMg

在此期间，美国对前总统穆巴拉克政权施加的压力已经证实，美国正在从职能角度与兄弟会打交道，并将其作为向埃及政府施压以回应其对自由与改革的要求的工具。

就穆斯林兄弟会而言，它有兴趣与小布什政府重新建立对话，宣布一项名为"将兄弟会带回西方"的倡议，其中包括两个具体内容：第一个是激励布什政府（以及欧洲国家）更加明确地说明穆巴拉克政府针对该组织犯有侵犯人权和公民权行为，就像西方经常针对世俗活动家的恶行而引起公众舆论的套路一样。第二，穆斯林兄弟会中的一些人担心他们可能被归类为恐怖组织[156]。该组织利用了布什总统在 2005 年 1 月宣布美国将不会 "容忍为稳定而压制"。据当时的兄弟会领袖

---

155. **哈利勒·阿纳尼（Khalil Al-Anani）**，**"穆巴拉克和兄弟会"**....三十年的经验。与前同源。

156. Steven Brooke, U.S. Policy and the Muslim Brotherhood, 2015, https://bit.ly/2VM6KUQ

穆罕默德·哈比卜（Muhammad Habib）说。 "这种认可对我们有好处[157]。" 如上所述，这就是该组织在 2005 年议会选举中所利用的。

- 尽管穆巴拉克政权对穆斯林兄弟会施加了限制，但该组织还是取得了有史以来和埃及反对派历史上最大的议会胜利，在 2005 年举行的选举中赢得了约 88 个席位，占埃及人民议会席位的 20%。 观察人士说，这是由于穆巴拉克政权在美国施压并要求当局进行更多的政治和民主改革下，他的政权为穆斯林兄弟会开了绿灯。

https://www.youtube.com/watch?v=nHLgk4Uszks

尽管穆斯林兄弟会为了加强其在埃及的政治影响力而试图改变美国的立场，但美国却忽略了穆巴拉克政权在第三个千年的前十年下半年对该组织采取的措施和限制。

毫无疑问，影响该组织的这些措施和限制对他们的组织和行政结构产生了巨大影响，迫使他们试图适应它，并于 2004 年 3 月发布了政治改革文件，这是十多年来的第一次，特别是自 1994 年《妇女与公民权文件》发布以来，新文件概述了穆斯林兄弟会的政治和思想论述，并作为暂定文件，后来被发展成为该组织于 2007 年 8 月发起的该党纲领的最初版本[158]。

157.　ELI LAKE, Déjà Vu in Cairo, 2011, https://bit.ly/2oDcowi.

158.　哈利勒·阿纳尼（Khalil al-Anani）， 《穆巴拉克和兄弟会》， 与前同源。

同时，该组织的组织，行政和财务结构在此期间受到明显影响，最明显的证据是通过逮捕与该组织有联系的许多商人，例如 Medhat Al-Haddad 和 Abdul Rahman Saudi 打击了该组织的经济和投资结构。 2007 年 3 月宣布的宪法变更对穆斯林兄弟会的组织和行政结构亦造成了沉重打击，该宪法第 34 条针对穆斯林兄弟会选出了两条条款，第一条（5）是禁止以宗教为基础建立政党，第二条是（ 88）限制司法机构监督选举，这意味着剥夺了兄弟会和其他独立候选人可能他们赢得选举的任何保证。但是，该组织仍然像往常一样设法适应这些措施，并于 2007 年 8 月发布了建立政党的初步文件，以避开该组织所面临的压力和限制。关于这一时期最杰出的组织发展，其代表是该组织前（后）总导师穆罕默德·马赫迪·阿克夫（Muhammad Mahdi Akef）的弃权，以及穆罕默德·巴迪被选为新的导师[159]。

然后是 2010 年举行的穆斯林兄弟会内部选举，这构成了穆斯林兄弟会组织结构的重要发展，它导致在完全控制指导办公室后的保守派组织领导人的崛起，并赢得了最重要的职位，包括新导师及其三名代表的职位还有秘书处。在此期间，被称为``改革''的公共工作负责人的人数减少了，其最杰出的人物离开了代表该组织最高权力的办公室。其中一些人甚至退出了该组织的所有组织任务，这些选举对该组织的组织结构产生了影响，并导致其从内部多元化，拥有不同意见，见解和思想的的群体转型成为单一组织主导的保守的整体组织，它关注建立一个强大而紧密的组织，但它不对社会以及其他政治和知识力量产生沟通的兴趣，这使该组织失去了其享有的历史优势，而这种优势正是内部多元化和对善与管理多元文化的能力[160]。

但是，很明显，在这些选举之后，"库特布"潮流对兄弟会的控制使该组织与穆巴拉克政权的关系紧张，当局利用这个机会，通过一次逮捕运动，再次削弱了兄弟会组织，并指控其许多领导人恢复该组织的特别政权，并于 2010 年 2 月 8 日，并针对该组织中的"秘密系统"首次展开调查，因其与该组织的思想，领导人和政治项目及从事公共工作和参与政治生活近三十年的著名兄弟会完全不同，埃及公诉人首次对兄弟会的被指控领导人提出了出其不意的指控。例如"成立一个属于赛义德·库特的组织，按照叛教论原则试图组织武装营地在国内进行敌对行

---

159. 同源。

160. 侯赛姆·塔玛（Hussam Tammam），《新兄弟会的领导：变革的影响和局限》，卡内基国际和平基金会，2010 年 2 月 17 日。通过以下链接：https：//bit.ly/2IS6OEs。

动"，而选择"秘密系统"的名称是为了穆斯林兄弟会于 1952 年 7 月革命前实施抵抗政权和政治对手方面在武装暴力的历史经验中寻求负面涵义[161]。

3-6 月 25 日革命后的第六阶段.. 见证该组织失败

在 2011 年 1 月 25 日的革命之后，穆斯林兄弟会的组织结构有了显着发展，作为该组织的政治机构，自由与正义党应运而生。此外，还有一些社会机构，例如与兄弟会有某种联系的著名慈善团体。该组织继续在以前的机构架构下运作，但是比以前更加自由和灵活。它通过新政党参加了议会选举，并在议会中占多数席位，形成了一个议会集团，协商（舒拉委员）会也紧随其后，直到它以其候选人穆罕默德·莫西当选总统而胜出。但是这突如其来的变化对兄弟会及其行政组织结构产生了威胁，特别是涉及埃及在这一时期所见证的政治和社会方面相应的适应能力[162]。因此上，很明显，尽管穆斯林兄弟会建立了自由正义党，然而该组织的秘密系统仍然继续统治该党并制定不同的发展方向，所以该党与该组织的特别政权之间一直存在混乱。

尽管穆斯林兄弟会成功地利用了 1 月份的革命来获得政权，但如果没有美国前总统奥巴马所采取的立场，这是不可能实现的。美国总统奥巴马将穆斯林兄弟会视为温和的伊斯兰团体的榜样。也许这可以解释为什么自 2009 年 1 月抵达白宫以来，奥巴马选择了与该组织有关的要素来担任其行政工作，其中包括阿拉伯裔美国律师马赞·阿斯巴希（Mazen Al-Asbahi），使其成为美国的阿拉伯人和穆斯林纽带；还有国土安全部部长助理阿里夫·阿里·汗（Aref Ali Khan），国家安全咨询委员会委员穆罕默德·巴亚里，组织伊斯兰会议的美国特使侯赛因·拉沙德，北美伊斯兰学会主席伊玛目·穆罕默德·马吉德，奥巴马顾问委员会成员伊博·帕特尔，达莉亚·穆贾希德（Dalia Mujahid）－首个服务于白宫的蒙面纱的穆斯林妇女，霍马·马哈茂德·阿布丁（Homa Mahmoud Abdeen）于 1996 年开始担任白宫实习生，2010 年经希拉里·克林顿（Hillary Clinton）委托受命

---

161. 同源。

162. Yomna Soliman，《穆斯林兄弟会的制度结构：一种分析方法》，前面提到过。

任职于美国外交部[163]。据了解,于 2010 年 1 月 27 日至 28 日举办的研讨班期间,前安全部部长珍妮特·纳波利塔诺（Janet Napolitano）遇到了几个与穆斯林兄弟会有联系的个人和组织[164]。毫无疑问,奥巴马政府与该政治许多领导人的这种沟通对 2011 年 1 月 25 日革命后埃及局势的发展产生了影响,并给该政治提供了一种"国际合法性",使它能够抓住这场革命并把其他力量边缘化。

视频标题：穆斯林兄弟会是一个神性组织。

链接如下：

https://www.youtube.com/watch?v=rQjmI2DIBQk

穆斯林兄弟会的领导人穆罕默德·巴迪（Muhammad Badi）否认,他决定任命新一任总导师代表从而取代马哈茂德·埃扎特（Mahmoud Ezzat）的决定是为了平息与统治政权的矛盾。

穆罕默德·巴迪（Muhammad Badi）说,穆斯林兄弟会被指控以合法手段渗透工会的工作。

穆罕默德·巴迪（Mohamed Badie）强调说,在 2005 年的议会选举中,穆斯林兄弟会与政府之间没有达成任何协议,作为穆斯林兄弟会,我们始终向我们的国民提供建议。

https://www.youtube.com/watch?v=rQjmI2DIBQk

正义与发展党在控制土耳其国家关节方面的经验对 2012 年上台的穆斯林兄弟会的影响很明显,后者的确开始沿袭土耳其的经验,当时由雷杰普·塔伊普·埃尔多安领导的政党加强了对国家所有机构的控制,从司法机构,军队和媒体开始,

---

163. 参阅 : Rami Dabbas, Barack Obama's Support for the Muslim Brotherhood, 2019, https://bit.ly/2PFBGms.

164. 参阅 : Paul Bremmer, DHS whistleblower: Why did Obama form 'alliance' with Muslim Brotherhood? 2016, https://bit.ly/2IKiX7d.

后来他又修改了宪法，直到成为该国的唯一统治者，利用国家资源和公共债务来资助他的领导，并将土耳其变成了伊斯兰独裁政权[165]。

<table>
<tr>
<td>

视频标题： 穆斯林兄弟会与美国政策
链接如下：

https://www.c-span.org/video/?307495-1/muslim-brotherhood-us-policy\

前联邦检察官安德鲁·麦卡锡（Andrew McCarthy）表示，他多年来一直在撰写有关穆斯林兄弟会的文章，而在过去的几周中，我一直在撰写有关今天将我们召集到一起的特殊事情。 五名国会议员惊讶地发现，穆斯林兄弟兄弟会的影响似乎渗透了我们的。

</td>
<td>

</td>
</tr>
<tr>
<td colspan="2" align="center">

https://www.c-span.org/video/?307495-1/muslim-brotherhood-us-policy

</td>
</tr>
</table>

埃及穆斯林兄弟会统治的经验（2012 年 6 月至 2013 年 6 月）表明，它正朝着将国家转变为土耳其风格的伊斯兰专政的方向发展，走上了"国家兄弟"的平行轨道，并从国家的主要机构中赋权了其元素，如新闻界和司法界，甚至军队和警察。同时，该组织实行了将所有反对派政党完全排除在决策圈子之外的做法，它努力保持其绝对的统治权，控制人民议会和协商（舒拉）议会，然后完全控制制宪议会起草宪法，坚持非协商一致的宪法，强行推出对其合法性提出质疑的规定[166]。随后是被罢免的已故总统穆罕默德·莫西（Mohamed Morsi）于 2012 年 11 月

---

165. 侯赛因·阿卜杜勒·侯赛因（Hussein Abdul-Hussein）， 《莫西（Morsi）的不公正与'兄弟会'蒙昧主义》·Al-Hurra 网站，2019 年 6 月 25 日，通过以下链接：https://arbne.ws/35tiT5k。

166. Yassin 先生， 《埃及兄弟会统治：政治失败和历史性倒台》·Al-Hayat 报纸·2013 年 4 月 8 日。

宣布的宪法声明，以确认穆斯林兄弟会的专政，因为该声明的主要目的是加强总统自上台直至宪法生效的所有决定和声明，进而控制制宪议会和修罗议会；尽管前者正在等待裁决废除其成立。

视频标题：**埃及-自由正义党总部就职典礼**

链接如下：

https://www.youtube.com/watch?v=Du15U5t
kgDI

- 在 2011 年 1 月 25 日革命后，穆斯林兄弟会的组织结构有了显着发展，自由正义党被确立为该组织的政治党派。

- 自由与正义党遵行伊斯兰参考，其代表说，应用伊斯兰教法是其实现社会正义的主要目标。

https://www.youtube.com/watch?v=Du15U5tkgDI

穆斯林兄弟会在其执政期间并不仅限于授权其在国家机构中的成员作为授权策略的一部分，而是在考虑建立与国家情报机构同等的机关[167]。实际上，它试图借鉴伊朗革命卫队的经验建立与埃及内政部平行的安全机构，目的是参照伊朗前最高领袖"霍梅尼"的做法取代国家官方机构，建立伊朗革命卫队，秘密警察和其他安全机构，从而取代国家正规部门的职能，并完全掌控国家[168]。

穆斯林兄弟会在 2011 年 1 月 25 日的革命中看到了在国家机构中赋权其成员的机会，但未能这样做，这主要是由于它未能发展出不适用于一月后时期的复杂行政组织的方方面面，而按部就班的依赖于原本的机制，因此，指导局对对兄弟会主

---

167. 贾拉勒·阿里夫（Jalal Aref），**兄弟会和毛拉人，一位法西斯主义者的两面**，阿尔·巴彦报纸（迪拜），2018 年 5 月 13 日。

168. 穆罕默德·穆巴拉克·朱马（Mohammed Mubarak Jumaa），《没有兄弟会就没有伊朗！》，艾因·盖特（阿布扎比），2017 年 12 月 14 日，通过以下链接：https：//bit.ly/2nMxrfv。

席穆罕默德·莫尔西产生了明显影响，这导致兄弟会内部的各种政治潮流和反对势力日益增加，有人认为组织结构是该组织失败的最重要原因之一，特别是在 2011 年 1 月革命之后，一方面由于该组织的制度本身混乱，财务不透明；另一方面则由于它对自由正义党近乎完全的控制及决策中心的模棱两可使其成为与国家平行的实体[169]。

似乎很明显，穆斯林兄弟会试图控制埃及并将其力量赋予国家各个机构中，恰恰对该该组织产生了反作用，从而导致 2013 年 6 月 30 日埃及人民的起义，结束了该组织历史上的重要阶段[170]。

上图显示了穆斯林兄弟会统治期间（2012-2013 年）国家组织结构的性质。

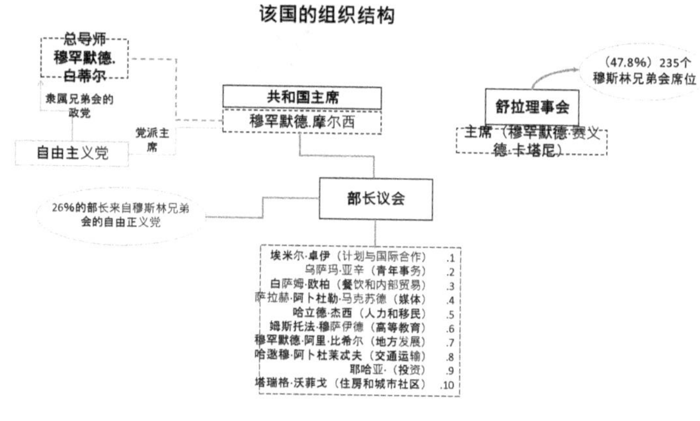

---

169. 穆罕默德·赛义德·萨伊德（Muhammad al-Sayyid Sa`id）编辑，艾哈迈德·阿卜杜勒·拉博（Ahmad Abd Rabo，《穆斯林兄弟会的未来的三种情况》，以前提到的来源，第 64 页。

170. 有关穆斯林兄弟会与一月革命的关系的更多详细信息，请参阅：亚西·法西（Yasser Fathi，《穆斯林兄弟会和一月革命，有关角色从正面转向未知的阅读》，埃及研究学院，2019 年 9 月 10 日，位于以下链接：https://bit.ly/2INyvys。

视频标题：关于埃及军队对穆罕默德·莫西总统免职的声明

链接如下：

https://www.youtube.com/watch?v=dd8H-PbBcLw

埃及国防部长阿卜杜勒·法塔赫·艾尔·西西宣布，最高宪法法院院长阿德利·曼苏尔被任命为该国临时总统。

阿卜杜勒·法塔赫·艾尔·西西（Abdel-Fattah El-Sisi）确认武装部队已经回应了埃及人民的呼吁，并且武装部队将远离政治行动。

武装部队不能对人民运动及其呼吁视而不见。

https://www.youtube.com/watch?v=dd8H-PbBcLw

3-7 2013 年 6 月第 30 次革命后的第七阶段...组织分裂

2013 年 6 月 30 日的革命彻底推翻了该组织的统治之后，穆斯林兄弟会遭受了重大组织震荡。埃及临时政府采取了几项措施瓦解该组织，并于 2013 年 9 月宣布了禁令，然后在同年 12 月将其视为恐怖分子。同时，埃及政府出于对控制组织财务资源的控制可能削弱其活动的认识，采取行动没收该组织的许多经济投资。期间尽管允许一些机构恢复活动，但埃及临时政府于 2013 年 12 月冻结了 1055 个宗教慈善机构的资产，并将其置于政府专门管理机构的监护下。此外，政府还取缔了该组织拥有或控制的数十家公司。 2014 年 8 月，该组织的政党经司法裁决被勒令禁止[171]。

2014 年，阿卜杜勒·法塔赫·西西（Abdel Fattah Al-Sisi）总统上任后，与穆斯林兄弟会的交往进入了一个新阶段，政府采取了许多旨在打击该组织的组织和体制结构的措施，因为西西政权意识到通过消灭将权力集中在框架结构内由一位

---

171. 参阅：Ashraf El-Sherif, The Muslim Brotherhood and the Future of Political Islam in Egypt, carnegie middle east center, op.cit.

精英人士通过从上到下的指示进行战略决策，并将其传递给更广泛的组织将能导致该组织解体，然后瓦解。所以他下达了逮捕组织中两个最高机构——指导局和协商（舒拉）理事会成员的命令，只有少数该组织的领导不得不逃往国外，西西政权从国家的各种机构清除了兄弟会中的余党，特别是在公共服务，军队，司法机构，工会，非政府组织，媒体平台，大学和社区等领域，目的是限制穆斯林兄弟会对中产阶级和部分精英的影响；它还没收了该组织的资产，并关闭了其社会福利机构，以杜绝其返回社会建立新的基地[172]。

视频标题：埃及的穆斯林兄弟会：内部差异和地区变化。

链接如下：

https://www.youtube.com/watch?v=NNn1Y9hfv9w&feature=youtu.be

- 穆斯林兄弟会的领导人承认该团体成员之间的内部分歧，以及兄弟会各派的存在，这些派别对埃及的权威进行暴力。

- 获得该组织青年支持的新当选的组织行政处主张通过革命不断升级反对埃及目前的统治权威，而代表该组织长老的历史领导层则呼吁对和平作出承诺，以达成与该组织休战的解决方案。

https://youtu.be/NNn1Y9hfv9w

显然，西西政权采取的限制和措施对穆斯林兄弟会的组织和体制结构构成了强大打击，这不仅是因为它推翻了该组织的领导人和其象征，而且还因为其影响导致该组织分为两个帮派，每个帮派成为独立组织结构并对如何处理当前局势持有不同看法。自从发生这种分裂以来，每个帮派都一再谴责另一个帮派为非法集团，

---

172. 有关军队和西斯政权针对穆斯林兄弟会采取的措施的更多详细信息，请参阅：

Barbara Zollner, Surviving Repression: How Egypt's Muslim Brotherhood Has Carried On, opcit.

并声明其高层官员不再来自兄弟会，因此每个帮派都有一个特别发言人和一个专门网站，声称自己是该帮派的正式代表173。

同时，该组织目睹了一系列组织和意识形态上的变化，其中最突出的是去中心化和诉诸权力下放，从第一层到第三层的领导阶层中最高级领导人和激进分子被捕，包括指导办公室（在该组织中具有最高决策权），协商理事会（社区议会）和行政办公室的负责人，导致了该组织内部等级制关系的中断，这对地方上的下级领导层产生了更大的影响，其中包括携手半自主独立的地方网络组织抗议活动的行政办公室的年轻官员，小型集团已成为当前阶段的首选策略。同样，该组织的组织变革也影响了该地区和辖区的最低层，层次结构被集群结构取代，社区（家庭）的基本本地单位从大约七个成员减少到大约三个。通信变得更加安全和更具创造性，例如加密的文本消息，社交媒体和电子邮件174。

同时，一些委员会被合并以减少对更多官员的需求，因为减少了这些委员会中的官员人数变会减少支出。此外还消减了特别是在各省的政治工作委员会和电子委员会，转而重视莫尔西统治期间曾减少的宣传工作委员会，人权委员会和土地委员会的利益175。

但是，该组织展示了适应（部分）能力并重新考虑了该组织的主要的行政机构任务，以便在 2013 年 6 月 30 日之后的阶段与时俱进，并且还创制了一些有助于其在此阶段进行事务的机制，**特别是**：

- 选择一个临时咨询办公室，负责该小组的日常事务，而地方行政办公室则对执行情况做出实际决定。这种取中心化的临时扩展办公室所支持工作模式，是自上而下的领导原则以及在过去几十年中长期以来一直代表着兄弟会活动的领导和控制机制的重大转变176。

---

173. **安妮特·兰科**（Annette Ranko）**和穆罕默德·亚吉**（Mohamed Yaghi），与前同源。

174. Ashraf El-Sherif, op.cit

175. **穆斯塔法·哈希姆**（Mustafa Hashem），**《穆斯林兄弟会与世代之战》**·卡内基国际和平基金会·2015 年 1 月 29 日，网址：https：//bit.ly/2kzA1ns。

176. Ashraf El-Sherif, op.cit

- 建立与正式组织主要部门平行的非正式实体。这些实体传播该团体的政治信息，并领导抗议活动，其中包括"全国支持合法性联盟"，"反对政变的学生"，"反对政变的作家和文学家"，"反对政变的大学"，"反对政变的专业人士"和"反对政变的学者阵线[177]。"

- 为该小组设立一个外部办公室，由最高层的流亡人员组成，包括指导办公室的中央人物，如穆罕默德·艾扎特，艾哈麦德在·阿卜杜拉赫曼，或者如阿姆鲁·德拉基，叶哈雅·哈米德，阿卜杜拉·韩达德等杰出成员在此阶段参与小组的事务[178]。

视频标题：埃及兄弟会国外办事处负责人的首次媒体露面。

链接如下：

https://www.youtube.com/watch?v=QrCXjh8GoSM

- 该组织海外行政办公室负责人艾哈迈德·阿卜杜勒·拉曼（Ahmed Abdel-Rahman）表示，该办公室的任务是管理逃离埃及的兄弟会事务，并与国内外领导人进行联系，应对与埃及政府的斗争，吸引地区和国际支持者，并说服对方帮助他们对抗现任总统，首次放弃从下到上的改革，而致力于通过推翻政权进行彻头彻尾，改头换面的根本性改革；这意味着它将像政府一样发挥作用，正如在会议上提到的推翻民族国家那样。

https://www.youtube.com/watch?v=QrCXjh8GoSM

---

177. Ibid.

178. 有关塞西政权和军队针对穆斯林兄弟会所采取的行动的更多详细信息，请参见：Barbara Zollner，同前。

– 选择包括来自海内外兄弟作为其成员的危机与行动管理委员会。 该委员会将
与该组织的结构无关，而与推翻西西政权的内部和外部运动有关[179]。

上图显示了该集团于 2015 年成立的海外行政办公室的组织结构。

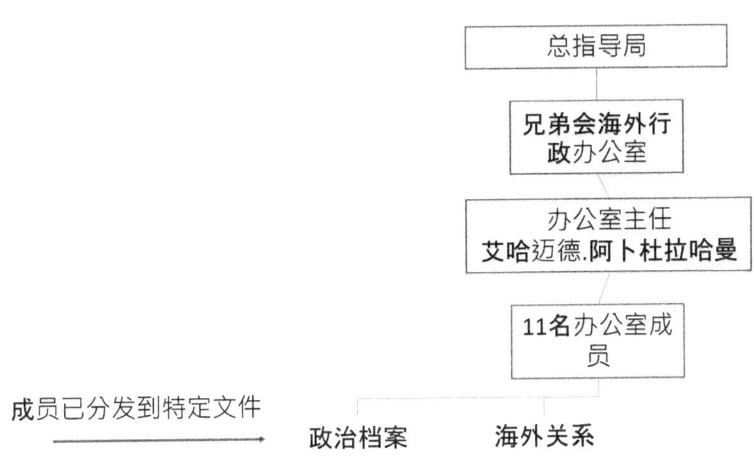

---

179. 穆斯塔法·哈希姆（Mustafa Hashem）， 与前同源

第4章

穆斯林兄弟会总导师及与其直接关联的组织机构

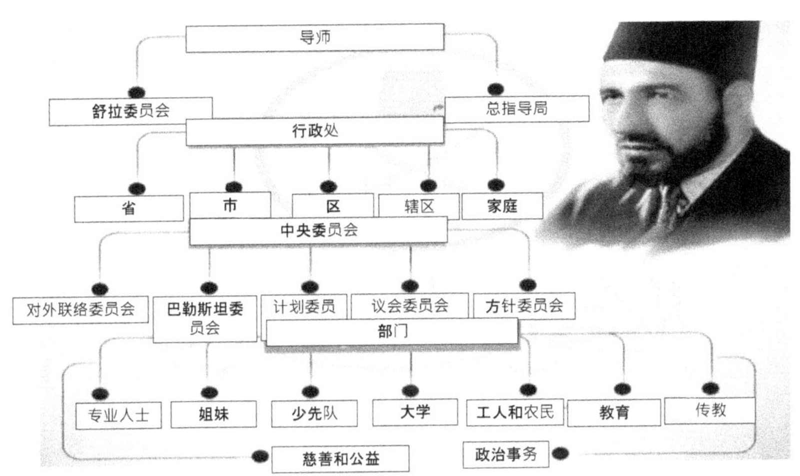

序言

本章介绍了穆斯林兄弟会导师的以及与之直接相关的组织机构的作用，这些机构包括总指导局，商议会，特别系统（秘密机构）和穆斯林姐妹的组织。

本章的重要性在于该导师以及与他相关的机构在组织和行政结构事务以及整个组织的生活中的中心地位和主导作用的性质，这是该组织的法规和法律赋予其导师对于普遍大众的广泛权力的结果。由于《基本法》授权该组织领导指导局和商议理事会，因此他垄断了立法和行政权力。兄弟会的基本法授予导师领导商议会和指导局，此外，他还领导兄弟会的国际组织。根据 2010 年发布的《穆斯林兄弟会总则》最新修正案，该导师的任期为 6 年，可连任。

本研究试图通过分析这一角色的法律和实践层面，并回答一系列基本问题来直接阐明"穆斯林兄弟会"及其附属机构的指导作用：

- 该导师及其相关机构对穆斯林兄弟会的形成，发展和连续性起什么作用？

- 自成立至今，这个角色发生了什么变化？有什么限制？

    为回答这些问题，我们将以一些假设和理论方法为指导，我们将尝试使用这些假设和理论方法来捕获研究的主题，具体表现如下：

- 导师的角色和声望主要由组织的性质及其意识形态决定，该组织希望根据伊斯兰初期的普遍理想（廉洁的先贤）施加一种社会和政治模式，在该理想中，领导人融合了政治和宗教的角色，而在此职能下，民众被要求对其效忠和服从。

- 导师的人格魅力（心理特征）和声望对兄弟会成长初期起到关键因素，这一点在该组织首位领导人哈桑·阿尔·班纳的领导下体现的淋漓尽致。

- 以回应现行政治制度的本质为体征的内部政治环境，和外部的政治变革及其与穆斯林兄弟会的互动方式对导师及其从属机构通常产生明显影响。

基于以上假设，本章将探讨四个话题，这些话题反映了穆斯林兄弟会行政组织的总体建设和发展阶段，尤其是总导师及与其相关的机构的作用，以及该组织制度的制度化过程，这也代表了特定的历史阶段。

第一个话题涉及该组织的创始人，也是第一导师-哈桑·阿尔·班纳的成长，其个人特征掩盖了法律法规和行政组织。

第二个话题涉及哈桑·班纳去世后的阶段，一方面是该组织领导层的真空，另一方面是与已故总统加马尔·阿卜杜勒·纳赛尔政权的冲突，及所有这些对该组织的影响。

导师	名字	时期	时长（年）
第一任	哈桑.班纳	1928 – 1949	21
第二任	哈桑.胡代毕	1951 – 1973	22
*第三任	奥马尔•特莱姆塞尼	1977-1986	13
第四任	穆罕默德.哈米德.艾布纳西尔	1986 – 1996	10
第五任	穆斯托法.马什豪尔	1996 – 2002	6
第六任	穆罕默德.麦萌胡代毕	2002 – 2004	2
第七任	穆罕默德.麦哈迪.阿基夫	2004 – 2010	6
第八任	穆罕默德.巴迪	2010 – 至今	9
主事者	穆罕默德.伊扎特	2013- 至今	

---

* 根据穆斯林兄弟会的几位领导人的证词，一名秘密导师负责在哈桑•哈迪比（Hassan al-Hudhaibi）去世后的那个时期管理该组织的事务，直到 1977 年 1 月同意选择奥马尔•特莱姆塞尼（Omar Tlemceni）成为该组织的第三任导师。

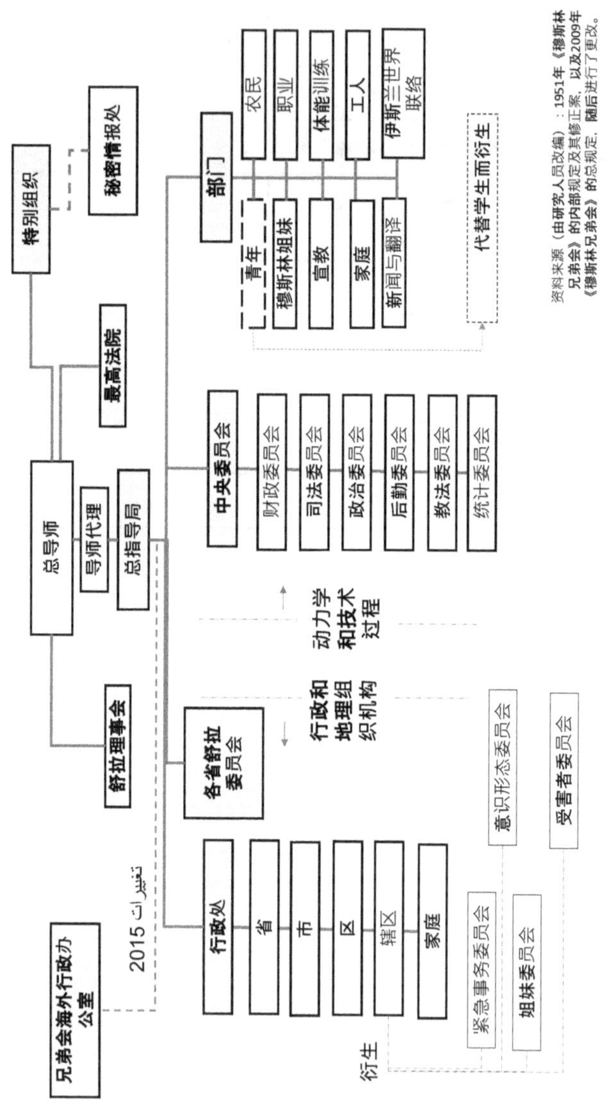

特别组织
秘密情报处
部门
农民
职业
体能训练
工人
伊斯兰世界联络
青年
穆斯林姐妹
宣教
家庭
新闻与翻译
代替学生而衍生
最高法院
总导师
导师代理
总指导局
中央委员会
财政委员会
司法委员会
政治委员会
后勤委员会
教法委员会
统计委员会
动力学和技术过程
行政和地理组织机构
舒拉理事会
各省舒拉委员会
兄弟会海外行政办公室
2015
行政处
省
市
区
辖区
家庭
意识形态委员会
受害者委员会
紧急事务委员会
姐妹委员会
衍生
资料来源《由研究人员改编》：1951年《穆斯林兄弟会》的内部规定及其修正案，以及2009年《穆斯林兄弟会》的总规定，随后进行了更改。

第三个话题涉及由穆罕默德·安瓦尔·萨达特领导的政权对穆斯林兄弟会及由该组织第三任导师-奥马尔·特莱姆塞尼在阿卜杜勒·纳赛尔统治期间遭受挫折后为复兴兄弟会所发起的改革措施持开放姿态的埃及政治体系。

第四个话题涉及在前总统胡斯尼·穆巴拉克统治期间规范该组织的法规和法律的发展，其时机与六位导师（穆罕默德·哈米德·阿布·纳斯尔，穆斯塔法·马什豪尔，穆罕默德·马蒙·阿尔·胡德海比，穆罕默德·马赫·阿基夫和穆罕默德·巴迪）的任期相吻合。穆巴拉克政权对其有时是开放的，有时是封闭的，在穆巴拉克总统长期统治期间，穆斯林兄弟会内部发生的变化的性质受到多种因素的支配，包括与运动的动态和组织内部的相互作用有关的因素，以及与政治制度对组织的行为有关的外部因素。

4-1 是否使用术语和专称？

穆斯林兄弟会借鉴了近代和古代记录的多种名称和行政职能。有古老的，也有现代的记录，诉诸"伊斯兰的想象力[180]"，它衍生出两个最重要的名称：导师和商议。该导师既是该组织的政治负责人，也是该组织的宗教负责人，而根据奥利维尔·罗阿的表述，这个问题与伊斯兰主义者眼中"结束伊斯兰世界历史上传统的权力共享有关，即在事实上的统治者和管理伊斯兰教义而又不干涉权威的学者阶层之间的问题[181]"。因此，包括穆斯林兄弟会在内的伊斯兰教领袖是精神和政治领袖。至于修罗（商议）一词，它是穆斯林兄弟会词典中最常用和最受欢迎的政治术语之一，该词直接源自伊斯兰政治遗产，并指出这些遗产名称的含义目前与过去有所不同。

---

180. **伊斯**兰想象力：这是一种理想的-**不切**实际的-**伊斯**兰历史和治理的概念，尤其是在其早期统治时期，在穆斯林宗教学者的文本和文学以及萨拉菲斯和 19 世纪的改革者的文本中经常发现。 **根据**这一讲话，伊斯兰教是同时起源于一个宗教和政治国家的。

181. Olivier Roy, l'echec de l'Islam politique, Le seuil, Paris 1992, p48

至于穆斯林兄弟会从现代国家的政治词典中借用的术语和称谓则包括：创始机构（在西方民主国家中使用的术语）和办公室-Office（受民主社会主义者-共产党（例如政治办公室）[182]。

至于专门用来表示穆斯林兄弟会组织中最高等级的词-导师（murshid），有两个来源，第一个是概括的，指的是伊斯兰教初期，即穆罕默德传承使命的时期和明哲的四大哈里发时期，因此"导师"一词的使用伴随着《古兰经》中经文的出现。（Rushd）一词在古兰经中提到过 13 次，包括以下经文 "我将使那些在地方上妄自尊大的人离弃我的迹象，即使他们看见一切迹象，他们也不信它；如果他们看见正道，他们不把它当作道路；如果他们看见邪道，他们把它当作道路。这是因为他们不信我的迹象，而且忽视它。"（146 高处章）[183]。 （Rashid）一词在古兰经中出现了 3 次；如："他们说："舒阿卜啊！难道你的祈祷命令你让我们放弃我们祖先所崇拜的（偶像）并命令你教我们不要自由地支配我们的财产吗？你确是宽仁的，确是精神健全的！""（87 呼德章）[184]。这里的意思是呼吁任命正确地使用思维来避免误导；至于（Rashid）一词则在经文中出现过一次："你们应当知道，安拉的使者在你们中间，假若他对许多事情都顺从你们，你们必陷于苦难。但安拉使你们热爱正信，并在你们的心中修饰它；他使他们觉得迷信、罪恶、放荡是可恶的；这等人，确是循规蹈矩的。"（7 寝室章）[185]。因此，引导的过程始于先知（ﷺ）时代，而他之后则是明哲的哈里发遵其之道引导世人跟随先知走在真理和求上帝喜悦的道路上。

在这里，我们必须区分导师的级别。使者（愿上帝的祝福与和平降临在他身上），是全能的上帝指派的导师，这意味着指导过程是神圣的使命，是传播伊斯兰信息并引导人们走上正确的道路。除使者外，穆尔希德（导师）作为传教士的身份是人类的授权，也就是说，他扮演着指导和说明的角色，以便在世代之间传授教义和指导真理，并保持伊斯兰宗教原则和美德在社会上的传播。随后是使者的门徒们，他们随身携带伊斯兰教的信息并与使者一同传播。明哲的哈里发时代以后

---

182. **更多细节**，请参见前源。

183. 《古兰经》-**高处章**，146 节

184. 《古兰经》-**胡德章**，87 节

185. 《古兰经》-**寝室章**，7 节

，在不同的历史时期相继出现过许多伊斯兰学者和人物要求恢复正确的伊斯兰教义，以使社会脱离异端和神话。

至于第二个来源则是来自苏菲派传统及其内部的关系组织。有人指出，穆斯林兄弟会的创始人哈桑·阿尔·班纳属于并活跃于谨慎的苏菲派；因为总导师在苏菲派中所指的内容是给弟子指引解惑的长老，由此，凡是每个想要增强信仰，增加虔诚的人都应当与效忠为其解惑的导师；这位长老（导师）便为他制定一系列清规戒律，警告他可能会遇到的陷阱和破坏性事物，弟子须承诺保持精神纯洁和道德高尚，该导师具有与先知特征同义的特质，追随者遵循其导师，而效忠则时加入师门的途径；一旦加入师门，则意味着完全顺服和服从长老（导师）的意愿以[186]。

从该组织的自我定义为"萨拉菲派的宣传，逊尼派的方法，苏菲派的实质，政治组织，体育团体，文化科学联合会，经济公司和社会观念"中也可以发现穆斯林兄弟会创始人亦受到苏菲派非常明显的影响。

4-2 哈桑·阿尔·班纳：对组织的意识形态和人格魅力的表现（1928-1949）

该话题提供了与第一个假设相对应的证据，这是由于这样一个事实，即穆斯林兄弟会组织总体上受到其创始人性格特征的影响，因为他优先考虑意识形态方面而牺牲了纯粹的组织和法律方面。

---

186. 阿尔·祖拜尔·米哈达迪（Al-Zubayr），《对政治工作的敏感性》，网址为 https://bit.ly/2KPYZKV 。

这里的研究需要研究穆斯林兄弟会的组织结构，特别是总指导的权限，权力及直接从属于他的机构，并研究哈桑·阿尔·班纳设定的代表该群体基本法则的第一原则。除此之外，还将介绍更改该组织内部法规所发生的变化，因为它将解释其创始人哈桑·阿尔·班纳的思想和意识形态影响，以及他如何依靠这些法规和章程作为界定其权力和附属机构的法律基础，以便他可以传播宗教教义并扩大其地理范围。此外，还包括使他能够根据五项世代相传的原则来诠释兄弟会的目标，即"上帝是我们的目标，使者是我们的榜样，古兰经是我们的宪法，圣战是我们的方式，在为上帝奋斗的道路上至死我们的最高愿望[187]。"

<table>
<tr><td>

来源

https://www.youtube.com/watch?v=NUT_DN-BdvY

最重要的思想：

哈桑·阿尔·班纳（Hassan al-Banna）表示："但是，人们阿！我们（组织）是一种不受国籍和地域限制的思想，信仰，制度与方针；它将一直存在，直到上帝继承大地和大地上的一切；因为它是全世界造化者的制度，是上帝的诚实的使者的方针。

- 穆斯林兄弟会的创始人哈桑·班纳（Hassan al-Banna）在他的一次布道中强调穆斯林兄弟会是一个神圣的团体。

</td><td>

</td></tr>
<tr><td colspan="2" align="center">

https://www.youtube.com/watch?v=NUT_DN-BdvY

</td></tr>
</table>

兄弟会的组织结构反映了其创始人哈桑·阿尔·班纳的宗教思想和信仰意识，该思想的基础是呼吁道德操守，并保护社会免遭伤风败俗的现象，同时在 20 世纪初在埃及抵制基督教传教使命和殖民主义。因此哈桑·阿尔·班纳的这种宗教思想和信念在很大程度上决定了他对穆斯林兄弟会的愿景，目标和领导作用的界定；以便将其反映在兄弟会组织结构内已设定好行政任务的法律条款上。

---

187. "五项原则"，维基百科·穆斯林兄弟会·位于以下链接：https://bit.ly/2ma8pFZ。

4-2-1 魅力产业

为了使我们理解和衡量穆斯林兄弟会的建立及其总体发展过程中第一位导师的人格权重，以及对组织法律和行政制度的反思，我们来回顾以下该导师的个人传记及其人格的某些特征，他所信奉的一些愿景和信念以及他因此而闻名的运动。

哈桑·阿尔·班纳自小就具有超凡的个人魅力和卓越的领导才能。"在拉沙德中学学校，他是同事中的佼佼者，是他们之间的领导人，因此，当文学道德协会成立时，他的同学们推选他担任该协会主席；而该协会却没看上这个年轻人和他热情洋溢的同学，因此他们在学校范围之外组成了另一个协会，他们称之为"禁忌协会"，该协会名副其实地进行着一系列活动，哈桑·阿尔·班纳曾致信该协会的每个人，对他们劝善戒恶，他要求他们放弃恶习，坚持美德；他以各种方式实现该协会的目标。在达曼胡尔的一所师范学校就读之后，有个想法就浮现在他的脑海。他随即成立了"哈萨菲亚慈善协会"，并在两个重要领域开展这项工作：第一个是：传播对美德的呼吁，抵抗邪恶和禁令。第二个是抵制基督教传教团，这些传教团把埃及当做根据地，借着医疗服务，传授刺绣等，教课等途径宣讲基督教[188]。

由于他的超凡魅力使他遇到的每个人或参加会议的人都钦佩他，哈桑·班纳设法在短时间内召集了一大批忠实拥护他的宣教活动的人，随后除了伊斯梅利亚，塞得港，艾布索尔和苏伊士外，还在东部三角洲地区建立了穆斯林兄弟会的几个分支。

在这段历史时期，哈桑·阿尔·班纳意识到，为了传播自己的使命，他必须为其寻找法律掩护体，因此，他按照 1930 年生效的法律框架，将兄弟会在埃及内政部注册为"协会"而不是"团体"，以便将法律作为掩体，其活动受到法律的保护。由此，穆斯林兄弟会的第一个组织结构的章程是在 20 世纪 30 年代初发布的，其组织结构似乎类似于一个名为" 1930 年穆斯林兄弟会法"的简单行政组织，但领导职位及其名称并未在该章程正中如哈桑·阿尔·班纳在宣教运动中所规

---

188. "穆斯林兄弟会 1325-1370 AH（1906-1949AD）的第一任导师和创始人"，穆斯林兄弟会

网站，位于以下链接：https://bit.ly/2klFQF3。

划的那样显示出来。穆斯林兄弟会的组织结构中的法律法规的术语直到后来修正了有关导师及其办公室的规定后才得以确立，因此穆斯林兄弟会的组织结构的建立和总导师及其附属机构的任务开始是有限而简单的，当时的法律条款明确规定了该组织领导人及其权限，即制定领导人为"董事会主席"的职责，并且其权力在 1930 年《兄弟会法》董事会第五章第（18）条中有所定义，其中规定："董事会主席代表协会在法律允许的范围内与他人打交道，签订合同，保证，协议等事项，但须获得董事会的书面批准，并盖上协会印章，并由董事会主席或行政观察员和秘书长签字[189]。

4-3 行政系统分化的开始

在 1944 年和 1945 年总导师哈桑·阿尔·班纳领导期间该组织的组织结构得到调整之后，穆斯林兄弟会的组织结构在总导师及其下属机构直接进行的活动范围和任务显得更加具体和详细，使其更加符合社会，经济和政治领域的新气象，以实现计划中的目标和战略规划；通过使用所有可用的手段来扩大伊斯兰教的传播，以便在城市和农村扩大进行指导和劝诫的范围，并在兄弟会在短短的几年取得巨大的成功后邀请其他国家参加宣教活动。

在 1948 年修改了穆斯林兄弟会行政法规的规定之后，根据第一章第 1 条第 1 款将"兄弟会协会"一词改为一个"兄弟会机构"，并直接定义了该组织的导师及其附属机构的职务和权限。

4-4 隶属于穆斯林兄弟会的主要行政机构

4-4-1 导师

第四章（穆斯林兄弟会的主要行政机构）通过 1948 年《穆斯林兄弟会法规》第 9 条阐明了与兄弟会总导师直接相关的机构，并指出：

- 穆斯林兄弟会的总导师，他是该组织，指导办公室和组织机构的负责人。

---

189. 《**穆斯林兄弟会法**》，BShabrakhet,1930 年，**第五章：董事会**，位于以下链接：https://bit.ly/2oNQcPW。

- 总指导办公室是穆斯林兄弟会的最高行政机构，负责监督，监管宣教活动的行政工作。

- 组织机构是穆斯林兄弟会商议（修罗）理事会和总指导办公室大会[190]。

兄弟会 1948 年（17 条法规明确了总导师管制期间的规定"总导师在其有生之年履行其职责（只要没有离任的适当原因），而班纳作为该组织的创始人和发起者则是该顺其自然成为该组织的第一位导师[191]"。

兄弟会 1948 第（18）条法规规定："如果其死亡或丧失工作能力，则代理人应作为临时总导师，并应当在最多一个月内通过邀请会议向创始机构提出此事项为止[192]。"

至此，兄弟会 1948 年法规通过以下规定详细确立了规范该组织总导师任务规定：

- 第（13）条，从这一刻起，总导师开始执行他的任务，他必须辞去个人工作，并全职投入被选中的任务。

- 第（14）条，总导师不宜亲自或以个人身份以任何形式参与经济公司或企业，甚至与穆斯林兄弟会及其宗旨有关的经济公司或企业，以保护其个人并节省其时间和精力，但前提是经指导办公室批准，他有权开展学术及文学类活动。

- 第（15）条，总部应承担总导师的开支，只要这些开支不属于其个人的花费或不属于其个人从事的私事；条件是这些花费应当由自其当选后专门成立的组成机构所成立的委员会进行评估和管理。

---

190. 1948 年穆斯林兄弟会章程，穆斯林兄弟会维基百科 · https : //bit.ly/2oMiH01

191. 1948 年章程，与上同源。

192. 同源。

- 第（16）条，如果总指导违反了其职务的职责，或失去了担任该职务的必要资格，则他必须放弃这项职务；组成机构可以决定在有五分之四的成员出席的会议上豁免他，并且这种豁免必须获得在场四分之三的成员同意。但是，如果会议没有如前所述举行，则应适用第（11）条的规定[193]。

4-4-2 总导师务必具备的条件

1948 年兄弟会章程的第（10）条规定，被选为总导师的人必须满足以下条件：

（A）他必须是组成机构的成员，并且已经与该机构接触了五年。

（B）他的年龄必须不少于三十岁。

（C）他具有学历资质，道德和实践素养[194]。

4-4-3 穆斯林兄弟会的总导师如何选举产生

穆斯林兄弟会内部法规 1948 年第（11）条阐明了选举兄弟会最高导师的过程，即"最高领导人是在制宪会议的成员中至少由五分之四的成员参加的会议中选出的。他必须占有与会者投票的四分之三。如果法定人数未出席会议，则应将其推迟至自第一次会议之日起不少于两周且不超过一个月的另一个日期，并且必须达到第一次会议中规定的与会人数和同意人数的比例，并且如果本次会议未出席法定人数，则应将其第二次推迟，如前述，委员会必须为下次会议日期制定时间，并宣布其召开日期和会议的任务，无论与会者人数如何，下一次会议都是有效的，并且在出席会议的四分之三的多数中，选举将视为有效的[195]。

---

193. 1948 年穆斯林兄弟会章程，穆斯林兄弟会维基百科·https：//bit.ly/2oMiH01。

194. 1948 年穆斯林兄弟会章程，穆斯林兄弟会维基百科·https：//bit.ly/2oMiH01 ..

195. 前源。

关于选举穆斯林兄弟会的总导师，穆斯林兄弟会内部法规第 11 条进一步指出，该导师依法向组成机构宣誓："我向全能的上帝发誓要忠实地捍卫穆斯林兄弟会的原则及其组织章程，不会使我的使命成为谋取个人利益的途径，我将对我的工作和我对兄弟会利益的指导方面按照《古兰经》和《圣训》的方针，兢兢业业，鞠躬尽瘁。我将谦逊地接受任何人的所有建议或意见（只要是正确的），并且努力地予以执行；愿上帝对我的宣誓作证。 而兄弟会的组成机构的成员则根据[196]（4）条法规规定再次宣誓效忠领导人，至于各地区分会成员则通过其直属上司宣誓完成效忠，当他们第一次遇到总导师时可再次向其宣誓效忠[197]。

我们注意到，哈桑·阿尔·班纳通过他的宣教活动对埃及境内乃至世界各地的事件进行了广泛的了解[198]，为此，他利用了二十世纪初埃及普遍存在的条件来界定和传播他的思想和见解[199]。他的思想迅速在社会上创下了记录，使他能够轻松地在社会上横向扩展，开始在任何地方和任何场合传播他的宣教和荣耀。

哈桑·阿尔·班十分重视通过吸引青年和学生群体，形成一个强大的年轻社交网络来增强穆斯林兄弟会在社会上的影响力，他特别重视在不知伊斯兰为何物的学院的学生中间传播伊斯兰，而当时政党和反派思想盛行...那时的大学校园是埃及政党，宪法和自由代表团以及萨迪亚派和民族党之间不断斗争的舞台，然后（埃及女孩（一个组织的名称））的代表们拉拢了他们[200]。

---

196. 第（4）条款：效忠宣誓的明文："我向全能上帝保证遵守穆斯林兄弟会和圣战组织的呼吁，并履行其成员资格，并在有利或不利的情况下顺从，听从组织领导，方面的领导，完全信任并效命与组织，我以伟大的上帝之名义起誓效忠组织，上帝见证我的宣言"。

197. 前源。

198. 参见：

Paolo Gonzaga, Egypt, The Muslim Brotherhood at a Crossroad, https://www.resetdoc.org/story/egypt-the-muslim-brotherhood-at-a-crossroad/

199. 阿卜杜拉·阿奎尔（Abdullah Al-Aqil），《已故的兄弟会导师们》，穆斯林兄弟会维基百科，链接如下：https：//bit.ly/2lWvV9c。

200. 马哈茂德·阿卜杜勒·哈利姆（Mahmoud Abdel-Halim），《穆斯林兄弟会。使历史成为现实的事件》，第一部分 1928-1948 年，（亚历山大·印刷·出版和发行的达·阿尔·达瓦，1994 年）。

随着穆斯林兄弟会传教运动的迅速发展，哈桑·班纳必须为该组织建立一个与其活动性质相称的法律框架和结构性组织，并加强传教工作，以免受到竞争对手的批评或骚扰，甚至是埃及现有政治制度的打压。因此，他热衷于这种结构组织及其各种法规成为一种工具，便于使加入该组织的人服从和顺从他。

因此，由于哈桑·班纳的领导能力和超凡魅力在传播他的事业方面的结合，以及他的广泛意识，能够让所有相信他的人他们以实现穆斯林兄弟会的目标施加绝对控制权。之后，他呼吁将宣教活动扩展到埃及以外的地域，因为宣教思想建立与消除地界的理念，从而使伊斯兰全球化，因为伊斯兰本身是普世的宗教，而不是与世隔绝的宗教；因此上，对伊斯兰的宣传和传播不应当局限在某个地区，而与其他地区无关。同样，他在早期非常关注伊斯兰世界；兄弟会于 1933 年在吉布提索马里市为他们开设了一个分支机构（东非法国索马里），意味着如果该组织成立于 1928 年，那么五年后，它将在埃及以外的地方开设其分支机构，并为该组织建立方便哈桑·阿尔·班纳控制的组织结构。从这里我们可以得出结论，哈桑·班纳所倡导的思想自穆斯林兄弟会成立以来就具有扩张主义的目标和愿景，并且计划在埃及内外开展工作，扩大其影响力和力量，以走向世界。或许，哈桑·班纳专注于恢复伊斯兰哈里发政权是其所倡导运动的影响力的扩大并最终获取成功的秘诀，尽管他最希望的是实现他所领导的组织引领世界；这是因为伊斯兰哈里发政权在世界各地的穆斯林中占有特殊的位置[201]。

由总导师哈桑·班纳领导的穆斯林兄弟会的活动已转变成一种基于忠诚，服从，顺从组织的僵化的意识形态和价值体系，这些思想由该成员的意识形态和宗教遵守所产生和编织而成的，它有可能让兄弟会成员在组织内部得到晋升，提高或削弱和贬低；这种思想，事项，组织之间的混合造成了对工作和战略融合及运动和理解上的缺陷；直至封闭组织阴影下的领导成为法定的根基，赏罚由它随心所欲；顺从它或是违抗它亦成为衡量个人忠诚（有时候是个人信仰）的指数[202]。

---

201. 参见:

Hoveyda, F., "The Broken Crescent: The Threat of Militant Islamic Fundamentalism", Praeger Publishers (2002).

202. 哈利勒·阿纳尼（ Khalil Al-Anani），《极权主义"兄弟"的侵蚀和"正统伊斯兰主义"的沦陷》，网址为：https://bit.ly/2Mo7m0T

4-4-4 总导师在组织结构中的权限

兄弟会的总导师和创始人-哈桑·阿尔·班纳，通过穆斯林兄弟会组织结构章程 1948 年第 9 条和第 17 条来巩固自己的影响力，该总导师通过上述条款得到了强有力的支持，上述法条规定总导师统领所有立法权和执法权，且其职务为终身制。穆斯林兄弟组织结构章程中的这一法律条款为哈桑·班纳的权威日益强大提供了强有力的支持，并将他的霸权强加给了穆斯林兄弟会各级组织，但是，很明显，哈桑·阿尔·班纳的影响力，除了组织结构赋予他的权力外，还在于他的性格和领导才能的构成，这在他自青年时代以来的领导工作中就得到了明显体现。

4-4-5 哈桑·班纳的影响和其违反规章的例子

自从 1928 年成立以来，穆斯林兄弟会就不断经受着各种危机和分裂状态，通过这些危机和分裂，可以解释哈桑·班纳拥有核心权力的地位，他往往忽视理事会（舒拉理事会）或指导局的决定，尽管组织结构的法律法规中对此作出了规定，但他在采取决策时往往忽视大多数人的意见，示例如下：

- **哈桑·阿尔·班纳提名自己担任伊斯玛利亚选区的代理人**

  为了回应穆斯林兄弟会的愿望，哈桑·班纳在 1942 年提名自己为伊斯梅里选区的代理人，但纳哈斯·帕夏（Al-Nahhas Pasha）要求班纳放弃提名，以回应来自英国的压力。当此事提交给理事会（修罗议制宪议会）时，多数人发表了不放弃提名的决定，而理事会的少数派决定则将此事留给哈桑·阿尔·班纳作为个人决定。哈桑·阿尔·班纳倾向于放弃提名，无视组成机构（舒拉理事会）的多数决定。在此，我们注意到，直接隶属于总指导的理事会均以他个人的决定为首，不受其规章的适用或多数表决的约束[203]。

---

203. 穆斯林兄弟会的第四任导师-穆罕默德·哈米德·阿布·纳斯尔 1313-1416 AH，公元 1913-1996 年，穆斯林兄弟会的维基百科网站，位于以下链接：https://bit.ly/2kDumwN。

- **班纳的姐夫–阿布都·阿布丁的道德案**

1945 年下半年，该组织目睹了一场严峻的危机，当时该组织针对哈桑·阿尔·班纳·阿卜杜勒·哈基姆·阿布丁（他姐姐的丈夫，也是兄弟会的秘书长）利用其特权对部分兄弟会成员的家庭造成了破坏，此事构成了强烈的道德丑闻。它在兄弟会组织内引起了强烈的道德震荡，此后阿卜杜勒·哈基成为了著名的丑闻，被人冠以绰号"俄罗斯牧师"集团的"拉斯普汀[204]"。阿卜杜勒·哈基姆·阿卜丁的危机始于向哈桑·阿尔·班纳提议践行"互访制度"，这个制度受到哈桑·阿尔·班纳和兄弟会组织的欢迎，因为他们认为这有助于加强以家庭为基础单位组织结构，家庭是兄弟会组织结构中重要的基本元素，"互访制度"可以加强成员间的联系，促进情感交流，不同家庭间加强联络是对兄弟会工作的一种支持。就这样，"互访制度"授权阿卜杜勒·哈基姆·阿布丁进入兄弟会成员的家里，认识他们的家庭成员并与她们的妇女坐在一起。"由于阿卜丁具有出色的写作和背诵诗歌的能力，他很快在穆斯林兄弟会的成员中，尤其是在儿童与妇女之间得到了认可；然后在 1945 年突然之间，没有任何预兆的情况下，该组织内部报道说该组织的秘书长与一些被访问的兄弟会成员家中的妇女之间存在不正当关系[205]。" 于是，哈桑·阿尔·班纳决定从指导局组成一个可靠的委员会，以通过内部审判的方式调查此事；该委员会由艾哈迈德·苏卡里，萨利赫·阿什马维，侯赛因·巴德尔，易卜拉欣·哈桑博士，马哈茂德·拉比卜，侯赛因·阿卜杜勒·拉泽克和阿明·伊斯梅尔组成。经调查，委员会确认阿卜杜勒·哈基姆·阿卜丁有罪，并经办公室决定撤销阿卜杜勒·阿基德的职位，但是这个决定遭到了哈桑·阿尔·班纳的拒绝，并决定成立另一个委员会以免除其姐丈夫的罪行；第二委员会的决定是指控想娶他姐姐的人，将这一阴谋嫁祸给阿卜杜勒·

---

204. Abdul-Hakim Abdin..Rasputin 兄弟会，伊斯兰门户网站·2018 年 12 月 8 日，位于以下链接：https：//bit.ly/2AK1QxL。

205. 与前同源

哈基姆·阿卜丁，后者则长期以来一直试图从兄弟会的思想中清除这个故事，但于事无补，这使他开始认真思考离开兄弟会[206]。"

哈桑·班纳不仅宣布其姐夫-阿卜杜勒·哈基姆·阿卜丁无罪，并开除了调查委员会的数个成员，他还并质疑艾哈迈德·苏卡里意图，甚至任命他的姐夫为组织的总秘书长，阿尔·班纳拒绝承认其姐夫的罪行的决定在该组织内部引起了轩然大波，造成了该组织内部分裂，有些人描述此事对该组织造成了毁灭性打击。哈桑·阿尔·班纳再次在道德层面展示了他在穆斯林兄弟会内部的强权和独裁力量，并且他对指导局对犯有道德错误的成员进行处罚的决定不加理睬。

- ## 将艾哈迈德·苏卡里逐出穆斯林兄弟会

艾哈迈德·苏卡里在 1947 年退出穆斯林兄弟会这件事在穆斯林兄弟会的历史引起了很大的争议。根据他们的叙述，在穆斯林兄弟会历史的官方资料记载，艾哈迈德·苏卡里被开除的原因始于他与哈桑·阿尔·班纳在穆斯林兄弟会内部的冲突，这体现艾哈迈德·苏卡里明里暗里率领兄弟会成员竞争导师的职务，并利用宣教达到自己的目的[207]。

但是，哈桑·阿尔·班纳将艾哈迈德·苏卡里逐出穆斯林兄弟会的故事说明二人之间的斗争首先是：掩盖兄弟会内部的丑行（哈桑·阿尔·班纳拒绝调查委员会处罚其姐夫-阿卜杜勒·哈基姆·阿卜丁的决定），然而哈桑·阿尔·班纳并未就此收手，而是反而展开对调查委员会的调查，并将其中一部人从兄弟会中除名（包括阿尔·苏卡里-故事的细节已在上面提到）。第二：艾

---

206. 艾哈迈德·杰迪（Ahmed El-Jedi），阿卜杜勒·哈基姆·阿卜丁（Abdel-Hakim Abdeen）..哈桑·阿尔·班纳（Hassan Al-Banna）的嫡亲，该组织历史上最大丑闻的拥有者，阿曼（Aman）网站，2018 年 11 月，位于以下链接：https://www.aman-dostor.org/15274 。同样在 TENTV 频道《坏人栏目》"哈桑·班纳的嫡亲骚扰兄弟会妇女》2018 年 5 月 21 日，https：//bit.ly/2y6OmxM。

207. 有关更多详细信息，请参阅：《艾哈迈德·阿尔·苏卡里（Ahmed Al Sukari）的磨难》：穆斯林兄弟会的总代理-长艾哈迈德·阿尔·苏卡里（Ahmed Al Sukari）教授在在 1947 年背离兄弟会。易卜拉欣·尤塞夫（Ibrahim Youssef），《穆斯林兄弟会历史上最突出的叛逃者》，2015 年 5 月，埃及阿拉伯网站，网址如下：https：//bit.ly/2lVnQ4O。

哈迈德·苏卡里被逐出穆斯林兄弟会的原因是由于哈桑·班纳离开了穆斯林兄弟会的倡导之路，根据艾哈迈德·苏卡里被穆斯林兄弟会解职后在《民族之声》和《阿尔凯泰拉》[208]报纸上发表的文章叙述，（艾哈迈德·苏卡里的证词后来被当做是兄弟会内部分裂史上被记录的最重要的证据。）他在其中指责班纳暴政，刚愎自用，并与一些外国人物串联；艾哈迈德·苏卡里-穆斯林兄弟会组织一把手-哈桑·阿尔·班纳的代理人职务遭到罢免的原因不详，这一决定未曾公开或对次展开调查，也没有进行罢免穆斯林兄弟会成员要走的公决程序。

4-4-6 兄弟会行政系统中的姐妹部门

兄弟会的总指导哈桑·阿尔·班纳）从一开始就意识到女性的社会上的重要性；因此他特别重视兄弟会下设的姐妹部门，他意识到该部门肩负打造一批掌握伊斯兰历史文化和宗教法学的优秀女性，通过她们成千上万的穆斯林家庭将得到正统的伊斯兰文化熏陶，家庭教育女性比男性重要…… 不管男子如何优秀和卓越，如果兄弟会失去慈爱的穆斯林母亲，贤惠的穆斯林妻子，兄弟会的结构绝不会得到完善[209]。"

关于哈桑·阿尔·班纳对建立兄弟会的姐妹部门还有一个考虑因素，就是"班纳响应当时以许多西方知识分子发起的，以西方方式解放妇女的呼吁"。于是，穆斯林兄弟会中的第一个妇女团体-姐妹部门便成立。穆斯林姐妹会于 1932 年成立，它主要由女孩，妻子和她们的女性亲戚组成；这已然成为雇用女性的主要方式，家庭关系一直在增加成员数量方面发挥着重要作用[210]。"

因此，阿尔·班纳创建了"穆斯林姐妹学校"，除教育和教学女孩外，其使命是基于伊斯兰道德价值观及其政治复兴的宗教教育，旨在使妇女参与与男性活动并

---

208. **穆罕默德**·萨利赫·萨布蒂（Muhammad Saleh al-Sabti），《呈现穆斯林兄弟会之书》…《他们自传的丑闻》·"敌对他们的兄弟会真正创始人之证词" https：//bit.ly/32IJxWI。

209. Mahmoud Abdel-Halim，**与前同源**，**第** 212-226 页

210. **参见**：Omayma Abdel-Latif ‹In the Shadow of the Brothers the Women of the Egyptian Muslim Brotherhood‹Carnegie Middle East Center

行的宣教活动。 1932 年 4 月发布了一项内部法律，定义了该妇女组织的目标及其等级。该法律规定，成立穆斯林姐妹小组的目的是仅通过演讲和妇女聚会来支持传播伊斯兰教义及其美德[211]。

4-5 哈桑·胡德比（Hassan Al-Hudhaibi）：缺乏魅力和领导层真空（1951-1973）

此阶段的研究从第二个假设开始，其内容是，当组织中心特征的突然缺失（感召力）和组织内部制度化的相对薄弱导致内部冲突和领导力争端可能削弱或消除组织时，此外，贾马尔·纳西尔执政时期所采取的镇压式政权制度的本质对哈桑·胡迪比担任领导期间的兄弟会组织的存在及其行政和法律组织结构产生了巨大影响。但由于其法律背景，阿尔·胡迪比于 1951 年提出了对该组织的内部规章，在该规章中他对组织内部的任务，职能和角色进行了精确划分和分配；这些规章当已故总统安瓦尔·萨达特上台执政并允许该组织恢复活动时才得以施行。因此，穆斯林兄弟会第二任导师提出了改革与复兴方案，并由第三任导师-奥马尔·特莱姆塞尼完善和细化。

---

211. 前源。

<table>
<tr>
<td>

视频的标题是：自 1949 年至今的穆斯林兄弟会的导师们。

链接如下：

https://www.youtube.com/watch?v=utd4zICtN74

- 自 1928 年穆斯林兄弟会成立以来，穆斯林兄弟会总导师在该组织的组织和活力建设中发挥了积极作用，只要他具有超凡魅力的领导能力，他就可以增强这种组织结构的实力。

</td>
<td>

</td>
</tr>
<tr>
<td colspan="2">

https://www.youtube.com/watch?v=utd4zICtN74

</td>
</tr>
</table>

4-5-1 哈桑·胡德比是谁？

1949 年哈桑·班纳遇害后，哈桑·胡德比被穆斯林兄弟会的创始机构一致提名为总导师，并于 1951 年正式成为穆斯林兄弟会的第二位总导师。哈桑·胡德比于 1891 年出生于阿拉伯萨瓦哈，自幼背诵了古兰经，然后他加入读爱资哈尔名校，在 1911 年获得学士学位后，他就读于法学院，并于 1915 年毕业后以律师身份工作数年，1924 年在戈纳市工作，然后移居了多个城市，最后在定居在开罗。"他以正直，严谨而闻名；他的同事和上级们非常欣赏和喜欢他，他曾获晋升至最高上诉法院的优秀顾问之列，[212]但他获选穆斯林兄弟会总导师后便辞去了司法职务。

哈桑·胡迪比受穆斯林兄弟会的影响，从 1942 年开始与他们建立联系。"他对宣教工作的认识可以说是行动先于言论，因为当时他从自己的一些农民亲戚，感知到宗教和政治上的许多问题，但他们大多数是文盲，当他得知这些思想和理念来自穆斯林兄弟会时，他便十分渴望出席兄弟会创始人-哈桑·班纳在各个清真

---

212. 阿卜杜拉·阿基尔（Abdullah al-Aqil）参赞，《兄弟会已故导师》，与前同源。

寺每周五的宣讲[213]，由此我们注意到，哈桑·哈迪海比与穆斯林兄弟会的关系始于 1942 年，1944 年他与哈桑·阿尔·班纳的关系开始变深。

4-5-2 有关提名哈桑·哈迪比的分歧

1949 年哈桑·班纳被暗杀之后，兄弟会在选择接班人的过程中经历了一段紧张的时期，兄弟会开始寻找另一位领导人，之后创始机构一致同意选举 "哈桑·胡德比" 为穆斯林兄弟会的总导师。

维基百科就有关兄弟会第二任导师接替"班纳"的岗位背书称："兄弟会成员开始寻找一位新领导，很多为兄弟会工作的成员都曾被提名，其中包括：Ahmed Hassan Al-Bakouri，Abdul Rahman Al-Banna，Saleh Ashmawi 和 Abdul-Hakim 等人；然而，创世机构中的多数成员一致同意选举胡迪比为兄弟会总导师，后来他秘密从事工作大约六个月，在此期间他仍然在司法机构任职。1951 年埃及政府允许兄弟会的创始机构召开会议时，其成员要求胡迪比以该组织总导师的身份主持委员会会议；但是，他拒绝了他们的要求，因为他认为创世机构选举他担任总导师职务是处于秘密阶段，并不代表兄弟会组织的公众意见，于是要求他们另选除他人担任总导师职务，但兄弟会拒绝了他的请求，并向他宣誓，再次选举他当总导师[214]。在被任命为穆斯林兄弟会总导师之后，哈桑·胡迪比从司法机构完成辞职，开始全身心投入在穆斯林兄弟会的工作。

选举哈桑·胡德海比作穆斯林兄弟会的总导师这一决定并不符合穆斯林兄弟会 1948 年内部章程第（10）条和（18）条中提到的规定："总导师应当是创始机构成员且在兄弟会有五年以上资历"；"如果其死亡或丧失工作能力，则代理人应作为临时总导师，并应当在最多一个月内通过邀请会议向创始机构提出此事项为止"。

---

213. Hossam al-Haddad，《Hassan al-Hudhaibi，第二任导师》，伊斯兰运动门户网站，2019 年 8 月，位于以下链接：https：//bit.ly/2MicSj8。

214. Hassan Al-Hudhaibi 参赞...《穆斯林兄弟会的第二任导师》，穆斯林兄弟会的维基百科，位于以下链接：https://bit.ly/2nUAWkb。

创始机构对越过章程选举哈桑·阿尔·胡德海比作为该组织总导师的问题给出了充分的理由，这是因为哈桑·阿尔·班纳写了一份关于其继任者的遗嘱，并建议兄弟成员在其缺席或消失的情形下当咨询哈桑·阿尔·胡德海，"在我缺席的情况下，如果你们需要意见，就去找在最高法院工作的哈桑·阿尔·胡迪比，我认为他是一个有主见，主意正的信徒[215]"。

总导师办公室的一位成员说："在 1951 年以前，哈桑·胡迪比并没有加入该组织，但他与该组织的领导人关系密切，两人相处甚好；推选他作为兄弟会的领导实际上是通过他制止兄弟会创始人因其遇害的秘密系统的一种缓兵之计；之后该组织在群龙无首的情形下度过了 14 个月[216]"。而穆罕默德·加扎里在他的一本书声称哈桑·胡迪比是兄弟会中的共济会人，他说："指导局成员和首脑会议上有些人与共济会有染，他们中包括哈桑·胡迪比[217]"。

4-5-3 哈桑·胡迪比与穆斯林兄弟会政治工作的发展

哈桑·胡迪比领导的穆斯林兄弟会时期见证了 1952 年 7 月的革命，当时该组织宣布支持革命，但随着与革命领导层的关系开始恶化，后者拒绝了哈桑·胡德比的提出的发布决策前务必要呈交他的要求，双方之间的争端开始变得白热化；加玛勒·阿卜杜勒·纳赛尔发觉了穆斯林兄弟会的背叛，他说："1954 年，我们正与英国人就撤离问题进行谈判，与此同时，穆斯林兄弟会与英国使馆成员举行秘密会议，并告诉他们他们可以掌权；他们给使馆成员许下种种承诺，并与他们进行谈判；穆斯林兄弟会作为一个政党，他们从不代表我们在埃及的感觉。此时，穆斯林兄弟会党的领导人被问及他们对海峡战争的立场，他说，我们是一个广泛的宣传组织，海峡战争是你们在埃及的利益所在，而我们认为的利益是与其他

---

215. 参赞阿卜杜拉·阿基尔（Abdullah al-Aqil），《烈士伊玛目·**哈桑·阿尔·班纳**..伊历十四世纪伊斯兰教的再生者·穆斯林兄弟会已故的导师们》·穆斯林兄弟会维基百科·位于以下链接：https://bit.ly/2kVXGP5。

216. Shaaban Hadiya，《从班纳到阿基夫的穆斯林兄弟会导师们......82 年中有七个人物担任该职位·巴迪则是第八位》·2010 年 1 月，第七天，网址如下：https：//bit.ly/2lQcu1U。

217. TeN 频道·节目名为《邪恶的人》·《共济会里的兄弟会的导师-**哈桑·胡哈比**》，2018 年 5 月·位于以下链接：https：//bit.ly/2JxPcch。

国家作战。这就是穆斯林兄弟会的宣教，所有的言辞都充满迷误，所有的言辞都是买卖宗教[218]"。

由于兄弟会背叛了加马尔·阿卜杜勒·纳赛尔），并企图暗杀他，哈桑·胡迪比于 1954 年 1 月 13 日和一些兄弟会成员首次被捕，然后于同年 3 月获释。之后，他于 1954 年下半年第二次被捕，被判处死刑，然后改判无期徒刑，在监狱服刑一年后，他因心绞痛和高龄而被软禁；1961 年取消软禁，尽管他已超过 70 岁，却于 1965 年 8 月在亚历山大涉嫌恢复秘密系统而再次被捕，在此期间他被保外就医十五天，然后返回监狱继续服刑，直到 1971 年 10 月 15 日，当时他被释放，并于 1973 年去世，享年 82 岁。

哈桑·哈迪比在解决"叛教论"问题方面发挥了重要作用，一些饱受酷刑的青年曾对这一"理论"深信不疑，他为此撰文"宣教士，不是法官"，于是很多人改变了之前所持有的观点，并开始转变思想；此外他还对继续坚持"叛教论"观点的人分道扬镳，与他们形同陌路[219]。

4-5-4 哈桑·胡德比和穆斯林兄弟会法规的变更：导师权限的扩大

哈桑·胡德比领导了穆斯林兄弟会很长一段时间（22 年），在 1951 年担任兄弟会总导师的职务后，他对兄弟会 1948 年的某些条款进行了更改，在第 9 条第 4 章中指出"兄弟会总导师"是该组织，指导办公室和组成机构的总负责人，总导师的权力已更改为 1951 年内部法规第 31 条，其中规定总导师将"监督，指导和控制兄弟会的创始机构[220]"，此外哈桑·胡德海比还修正了其对指导委员会的权力。因此，我们发现 1948 年内部法规中所规定的"指导委员会是兄弟会的主要机构之一，是穆斯林兄弟会的最高行政机构，对宣教工作，及其行政和管理方面负责监管[221]；穆斯林兄弟会 1951 年条例第（31）条规定，总导师"进行代表指导

---

218. 视频阿卜杜勒·纳赛尔（Abdel Nasser）**《穆斯林兄弟会的阿卜杜.纳西尔- 宗教贸易者和叛徒》**·位于以下链接：https://www.youtube.com/watch?v= k1aczWYxvkw。

219. Shaban Hidaya，与前同源。

220. 1948 **年的穆斯林兄弟会章程**，https：//bit.ly/2oMiH01。

221. 1951 **年穆斯林兄弟会的内部规定** Wikisource https://bit.ly/2lGX1Rx。

委员会，执行决策，监督执行者，并对任何违规行为实行处罚[222]"。通过这些补充，兄弟会通用总导师的权力不再仅仅体现在进行监督和指导[223]，而是包括穆斯林兄弟会组织的所有活动，以及对每次违规行为实行问责制，这意味着哈桑·胡德比比加强了他的威权势力和决策地位。

4-6 奥马尔·特莱姆塞尼：重建与改革（1977-1986）

本话题检验了以下假设：现存的政治体系所响应的内部政治环境，外部政治变革及其与穆斯林兄弟会的交往，对该导师及其附属机构和组织的角色普遍产生了影响。第三任导师-奥马尔·特莱姆塞尼担任穆斯林兄弟会的领导人时期，与埃及政治体系中的重要政治，思想和经济变化相吻合。 1970 年，已故总统穆罕默德·安瓦尔·萨达特在已故总统贾玛尔·阿卜杜勒·纳赛尔去世后担任埃及政府一职，并试图建立使其与前任有别的政治合法性，萨达特总统不断为自己的统治建立同盟和社会规则，从此他让穆斯林兄弟会恢复了该组织在广泛领域的活跃活动，以便他们与他的政治对手-纳赛尔民族主义趋势和左翼势力所代表政治势力作对。由奥马尔·特莱姆塞尼所领导的穆斯林兄弟会抓住了这个政治机遇，以重建自身，并在其行政框架中进行改革，使其与新的政治环境保持一致。

---

222. 1948 **年穆斯林兄弟会的内部**规定，维基百科穆斯林兄弟会，位于以下链接：https://bit.ly/2oMiH01。

223. 1951 **年穆斯林兄弟会的内部**规定，穆斯林兄弟会的维基百科网站，网址为：https://bit.ly/2puTuro。

4-6-1 谁是奥马尔·特莱姆塞尼？

奥马尔·特莱姆塞尼（1904 年 11 月 4 日至 1986 年 5 月 22 日）于 1973 年至 1986 年是穆斯林兄弟会的第三位领导人。根据他的家谱，他被命名为 "Tlemceni"，源于阿尔及利亚特莱姆森州； 他是一名机智的会话者，能把埃及不同思想观念的人聚合在一起，其中包括伊斯兰主义和世俗主义；因此他被视为该组织青年的复兴者，他使该组织青年在已故总统穆罕默德·安瓦尔·萨达特执政期间出狱后对兄弟会组织结构进行了重组[224]。

特莱姆塞尼出自一个从事布匹贸易的富裕的家庭，是个富二代的。他的祖父拥有格力尤碧亚的房产，他居住在 800 平米的豪宅，获法律学士学位后从事律师执业。1993 年他在家里会见了哈桑·班纳并向后者宣誓加盟，成为兄弟会的一名成员；他是加入该组织的第一位律师[225]。特莱姆塞尼被判入狱三次，第一次是 1954 年，在纳赛尔统治时期，因被指控为激进主义者；后来两次是他作为该组织的总导师，分别是 1981 年在萨达特统治期间和 1984 年胡思尼·穆巴拉克时期[226]。

萨达特总统于 1977 年默认政党多元化和形式性民主生活后[227]，穆斯林兄弟会开始涉足政治，并于 1976 年和 1979 年实质性参与议会，该组织为实现宪法修正案做出了贡献，使伊斯兰教法在 1979 年成为了埃及的主要立法来源，并根据伊斯兰教法的要求成立了对法律进行编纂和审查的委员会。但是，这些修正并非离萨达特总统的支持而孤立存在，因为萨达特总统希望以 "信教者的总统" 的身份出现[228]。

---

224. Omar Tlemceni，位于以下链接：https://bit.ly/2mgCQKx。

225. Muhammad Mukhtar Qandil，特莱姆塞尼（Tlemceni）：《从私塾教育到穆斯林教育》，2016 年，请点击以下链接：https://bit.ly/2mfpY7r。

226. 乌马尔·蒂米萨尼（Umar al-Tilmisani），https://bit.ly/2kMPPTN

227. 逊尼·侯赛尼（Sunni Al-Husseini），《治理兄弟会：思想与实践之间》，2016-04-18，位于以下链接：https://bit.ly/2lVfBFW。

228. "埃及政党生活的演变"，国家信息总部，位于以下链接：https://bit.ly/2BjTkW5。

视频标题：**访谈回忆录，与奥马尔·特米萨尼先生的对话，由朱马·阿敏·阿卜杜勒阿齐兹教授主持。**

链接如下：
https://www.youtube.com/watch?v=kQBOdMr2_Rs

- 尽管两伙人的争执趋势很明显（他们是地下组织/特殊系统成员和以奥马尔·特莱姆塞尼为代表的温和派，但他们还是为该组织达成了一个目标，即统治政府不是伊斯兰派，也没有按照穆斯林大众的规范或穆斯林兄弟会所认为的标准将伊斯兰应用于治国安邦上，该组织的第三任领导- 奥马尔·特莱姆塞尼在这次对话中证实了这一点。

https://www.youtube.com/watch?v=kQBOdMr2_Rs

4-6-2 世代冲突与合法竞争

另一方面，这个时代被认为是该组织第二代领导人出现的时代，该时代因得特莱姆塞尼的支持构成了其动态框架中的思想和行为转变，它也是该组织在社区机构，特别是大学中开始工作的时代[229]。特莱姆塞尼呼吁该组织只从事社会和宣教工作，并对库特布及其暴力思想表现出反抗。 特莱姆塞尼后来与坚持将库特布思想灌输给兄弟会组织成员的兄弟会领导展开了激烈的博弈，特莱姆塞尼在上个世纪七十年代和八十年代的几十年中成功地吸引了青年人加入了该组织，由于两种潮流在这一时期达到了顶点，（即保守派和革新派两种潮流）所以这一时期被描述为穆斯林兄弟会的互动时代[230]。

---

229. Abdel Moaty Mohamed Ahmed，《埃及的伊斯兰运动·民主转型的未来》，（开罗：Al-Ahram 翻译与出版中心·1995 年），第 95 页。

230. 奥马尔·**特莱姆塞尼**（Omar Tlemceni），《穆斯林兄弟会的第三任导师》·位于以下链接：https://bit.ly/2kNYWDI。

该组织的第三任领导致力于寻求更新血液并借助轻人的力量，以使成员对前些年该组织提倡的强硬话语抱有不同的看法，并能够与前内政部长伊斯梅尔架起友谊的桥梁，在他领导下的兄弟会组织在与安全部门的协调下，实施了他经兄弟会政治机构所批准的计划，该计划包括建立项目和私营公司并对工会和政党进行渗透[231]。

4-6-3 行政管理体制改革：1978 年 5 月 10 日条款

奥马尔·特莱姆塞尼重新划分，安排了该组织。他需要一个依赖于兄弟会基础的分级管理结构，并逐步提升至最高层，并确定成员资格条件，以确保穆斯林兄弟会与其他主流伊斯兰潮流之间的差异，因此个人不再足以坚持穆斯林兄弟会的想法而成为该组织的一员；相反，他必须经过一个试用期；他需要一个可以接受的机制将兄弟会成员从一个成员级别转移到另一个成员级别，转移到一个他渴望借此拥有新成员的新的行政委员会基础[232]。

1978 年 5 月 10 日，奥马尔·特莱姆西发布了关于兄弟会的新规定，该章程被当作是兄弟会的基本行政法法律，指的注意的是该规定非常具体地侧重于个人入会员条件；在该章程第 4 条（a）中提到（该组成员的候选人至少度过六个月的试用期，如果确认他履行自己的会员职责，并知悉宣教目的和方法，且承诺他将援助组织，遵守组织规章制度，为组织的目标而奋斗；然后他的直属上司同意他入会，成为兄弟会组织的一员，就这样他成为该组织为期三年的系统内会员[233]。

在此基础上，穆斯林兄弟会在第三任导师的带领下于 1984 年借助与新瓦夫德党的结盟为参加 1984 年选举铺平了道路，从而以适当的方式加入了政治进程，并

---

231. Duaa Imam，""Tlemceni-**兄弟会的修复工程师**"..**欺骗和可疑的交易历史**》，2019，**位于以下链接**：https://bit.ly/2lQ1qSk。

232. **塔里克·阿布·萨阿德（Tariq Abu Al-Saad）**，《**穆斯林兄弟会的第二次建立 4/4：建立分层的组织结构**》，2018 年，https：//bit.ly/2ZEjhKk。

233. **与前同源**

于 1987 年与职工党组成联盟。因为特莱姆塞尼当时既是兄弟会领导人，又是瓦夫党成员，同时瓦夫党还提名选举他，但并没有让班纳知悉此事，因为后者与瓦夫党领导层存在激烈的斗争，而特莱姆塞尼则了解有影响力的政党和运动对社会的渗透的优势，以及可以利用这种渗透来为兄弟会的宣教工作服务[234]。

当萨达特给伊斯兰主义者足够的空间从事政治工作时，由特莱姆塞尼领导的穆斯林兄弟会收到 1976 年解散该组织的政策之后，于 1976 年提出要求恢复该组织的正式工作的请求，但司法机构拒绝对此事做出裁决。 1979 年党派组织法颁布后，该组织找到了新的希望，并坚持要获得政党的合法性，萨达特对此事不屑一顾，并将特莱姆卡尼的要求转交给了埃及社会保障部，要求他与该部门进行沟通，只是特莱姆塞尼认为此事属于政治性质的，而不是法律性质的，所以并没有对此事继续沟通[235]。

4-6-4 政治进程与平行行驶战略

1984 年，正是在人民议会选举临近之际，特莱姆塞尼向组织提议成立一个政党，因为选举法不允许任何非政党组织进入选举名单，但此事分别受到该组织中的"顽固派"和埃及政府的共同反对，然而特莱姆塞尼并未对此事妥协。他在 1986 年再次更新了他的提议，并借助七零后建立了一个以"舒拉党"为名的政党，在他去世后，这一提议后来又以多种形式重复出现，先是由阿卜杜勒·莫尼姆·阿布·埃尔·福图赫以"改革"党的名义提出，后由穆罕默德·萨曼以"希望"党的名义提出，最终由"伊萨姆·苏丹和阿布·埃拉·马迪以"阿尔·瓦萨特"党名义提出的申请获得了成功[236]。特莱姆塞尼制定了所谓的"平行行走策略"，这

---

234. 奥马尔·特莱姆塞尼（Omar Tlemceni），《穆斯林兄弟会的第三任导师》·2017 年 11 月 14 日，位于以下链接：https：//bit.ly/2nmN0u0。

235. 同源。

236. 穆罕默德·穆赫塔尔·坎迪尔，与前同源。

是一项五十年计划，根据工会，大学，学校，政治和经济活动的渗透情况以及与现有政权保持距离，勾勒出该组织未来半个世纪的规划[237]。

4-7 穆罕默德·哈默德·阿布·纳斯尔：稳抓改革和扩展（1986-1996）

在第四任导师-穆罕默德·哈米德·阿布·纳斯尔的领导下，穆斯林兄弟会的改良主义和扩张主义势头在现阶段继续发展，他遵循了他之前的导师的方针，通过了 1994 年章程中自穆斯林兄弟会成立以来最重要的改革，具体体现在导师终身制和穆斯林兄弟会国际组织有关的组织变化上。

4-7-1 穆罕默德·哈米德·阿布·纳斯尔是谁？

他是穆斯林兄弟会的第四任导师，在总导师奥马尔·特莱姆塞尼离世后于艰难的环境就职。他于 1913 年 3 月 25 日出生在埃及阿瑟特省曼法卢特，他的家族追随于谢赫·阿里·艾哈迈德·阿布·纳斯尔·谢赫·阿里·艾哈迈德·阿布·纳斯尔，他是埃及义学运动的先驱之一，也是其中一位埃及爱资哈尔高等学府屈指可数的权威学者；高中毕业后他专注于管理他那富有的家产。

237. 博士 哈南·穆罕默德·哈菲兹（Hanan Muhammad Hafez），《穆斯林兄弟会和内部民主问题》，《52 年 1 月革命后的社会学研究》，位于以下链接：https://bit.ly/2kMRMj4。

<table>
<tr>
<td>

视频标题：Hamed Abu Al-Nasr 教授的罕见记录。

链接如下：

https://www.youtube.com/watch?v=-FGTuC-1ee4

- 尽管穆斯林兄弟会的第四任导师-穆罕默德·哈米德·阿布·纳斯尔（Muhammad Hamid Abu Al-Nasr 被认为是该组织的温和派之一）进行了改革，但他秉承与其创始人哈桑·阿尔·班纳（Hassan Al-Banna）相同的基本思想，并煽动民众将西方特别是美国作为伊斯兰的敌人进行反抗。

</td>
<td>

</td>
</tr>
<tr>
<td colspan="2" align="center">

https://www.youtube.com/watch?v=-FGTuC-1ee4

</td>
</tr>
</table>

穆罕默德·哈米德·阿布·纳斯尔在 1933 年末会见了穆斯林兄弟会的创始人-哈桑·阿尔·班纳，当时他宣誓效忠班纳，并班纳所宣扬的旗帜下工作。他是第一个在埃及加入兄弟会行列的人，然后他在职务阶梯中迅速攀升，从最初的曼法鲁特分部副代表的职务一路上升到创始机构（舒拉议会）成员 ，之后又晋升为该组织指导委员会成员[238]。

穆罕默德·哈米德·阿布·纳斯尔是该组织创始人-哈桑·阿尔·班纳的第一代传人之一，自 1930 以来他一直是穆斯林兄弟会运动的支柱。在 1954 年哈桑·胡德比领导穆斯林兄弟会的时期，埃及革命与穆斯林兄弟会发生冲突，当局在埃及总统加玛勒·阿卜杜勒·纳赛尔执政下指控穆斯林兄弟会政权策划了在亚历山大的曼谢亚广场刺杀他的计划；1954 年，穆罕默德·哈米德·阿布·纳斯尔作为兄弟会第四任领导人与兄弟会指导委员会的同事及兄弟会其他成员遭加玛勒·阿卜

---

238. Muhammad Hamed Abu Al-Nasr，自由百科全书·位于以下链接：https://bit.ly/2mLQshf。

杜勒·纳赛尔逮捕，被判监禁（25）年，他在监狱中度过了 20 年，直到穆罕默德·安瓦尔·萨达特总统的执政时期才被释放。萨达特统治时期见证了 "安瓦尔·萨达特总统的新时代的开始，他在 1971 年开始释放兄弟会成员，直到 1975 年所有人被释放[239]。"

穆罕默德·哈默德·阿布·纳斯尔自加入穆斯林兄弟会以来，曾在穆斯林兄弟会担任各种职位，从最初的曼法鲁特分部副代表的职务一路上升到创始机构（舒拉议会）成员 ，之后又晋升为穆斯林兄弟会指导委员会成员[240]。

穆罕默德·阿布·纳斯尔和他的政治伊斯兰活动

阿布·纳斯尔早年便参加的社会类和伊斯兰类的工作有：

- 1932 年成为曼法鲁特社会改革学会会员。

- 1933 年成为穆斯林青年协会的成员。

- 1934 年成为穆斯林兄弟会成员。

- 后来成为穆斯林兄弟会指导局成员。

- 1986 年奥马尔·特莱姆塞尼离世后，成为兄弟会总导师。

穆斯林兄弟会的第四位总导师-穆罕默德·阿布·纳斯尔于 1996 年去世，享年 83 岁，被埋葬在开罗的纳西尔地区的公墓，与他的同伴-奥马尔·特莱姆塞尼葬在一处，送葬当天尽管受到层层叠叠的安全封锁，但还是有成千上万的人赶来参加葬礼。

---

239. **《穆斯林兄弟会的组织地位》**·Abu El-Ela Madi，**与前同源。**

240. 阿卜杜拉·阿吉尔（Abdullah Al-Aqil），**《穆斯林兄弟会第四任**导师..**穆罕默德·哈米德·阿布·纳布尔》**·穆斯林兄弟会的维基百科·链接如下：https：//bit.ly/2kDumwN。

4-7-2 穆罕默德·哈默德·阿布·纳斯尔和组织结构修正案

在穆罕默德·哈米德·阿布·纳斯时代，穆斯林兄弟会于 1994 年采用了该组织的国际法规。该法规包括六章，包括 54 条。做出这些修正是为了删除穆斯林兄弟会总导师职务为 "终身制" 这一项，这被认为是该组织组织结构法的重要变化。该法规第 21 条指出："总导师职务为期六年，可以续期，（现任导师可以除外）在第（22）条中规定：除违反职责或丧失资格的情形下，根据该章程第[241]（19）条（A）款的规定，总导师将在其卸任后继续担任穆斯林兄弟会国际理事会（修罗理事会）终身理事会员。

1994 年的国际穆斯林兄弟会章程还包括以下变化：

–　　根据一些国家条件的变化，调整了舒拉议会中国家代表的比例，并通过选举的方式增添有专长者的人数，以从他们的经验中受益。

–　　向该组及其成员扩展个人权利的细节。

–　　修正关于宣誓效忠的条款，以明确地指出它出自于个人对该组织总导师。

–　　规范兄弟会国际组织中国家成员资质；要与本国成员资质保持一致。

总体而言，穆罕默德·哈米德·阿布·纳斯尔得以保留奥马尔·特莱姆塞尼的遗产，并在他领导穆斯林兄弟会期间遵循了前者的做法，他在许多专业工会，大学俱乐部，慈善协会和人民公社中建立了实际的存在，在他的领导下该组织于四月参加了议会选举。 1987 年，他与工党和自由党结盟，穆斯林兄弟会首次成为议会的 36 个成员，该组织在他的带领下取得许多令人瞩目的政治突破，而穆斯林兄弟会则以反对派领袖的身份首次出现，此外，该组织第一次在安理会的中期换届中进行 1989 年的修罗议会，以及 1992 年该组织参加了地方议会的第一次选举。至此，穆罕默德·哈米德·阿布·纳斯尔领导穆斯林兄弟会期间的不同在于：

241.　1994 年世界兄弟章程，维基百科·位于以下链接：https://bit.ly/2M6xP29。

兄弟会拒绝授予穆巴拉克总统 1993 年第三界总统连任选票，这使当局颜面扫地，完全激怒了它，并在 1995 年将兄弟会组织领导层中的 82 人送交军事法庭，该法庭判处了 54 名骨干成员入狱。除上述以外，穆斯林兄弟会还参加了 1995 年的人民议会选举。

穆罕默德·哈默德·阿卜杜勒·纳斯尔在领导穆斯林兄弟会期间，通过执行协商原则选举该组织各层级领导（包括指导委员会/指导局的领导）完善了行政和组织结构，这是该组织成立以来首次通过实行商议（舒拉）会议选拔包括指导局在内的各级领导[242]。

4-8 穆斯塔法·马世豪尔（Mostafa Mashhour）：激进和国际化（1996-2002）

穆斯塔法·马世豪尔：特殊系统的人

自穆斯塔法·马什豪担任任职第五任导师以来，穆斯林兄弟会领导层内部的各种冲突在强硬的保守和中正派之间升级，这反映了兄弟会内部思想和意识形态上的分歧；但大部分人属于将个人观点强加于组织结构的库特布派。对立的潮流之间的组织的变化，具备政治体系，政党和政治团体的特征，是政党或政治体系之间

---

242. 穆罕默德·哈默德·阿布·纳斯尔（Muhammad Hamed Abu Al-Nasr），自由百科全书 Wikipedia，位于以下链接：https://bit.ly/2mLQshf。

的较量，而不是穆斯林兄弟会所独具的特征[243]；政治社会学理论认为，这表明了精英分子的流通的自然过程，[244]而钟摆理论和周期性理论则解释了政治和态度并非走直线，因为它们经常在两党之间摇摆，例如西方保守派和自由主义者，民主党和共和党，等等之间的斗争一样。

4-8-1 穆斯塔法·马世豪尔是谁？

穆斯塔法·马世豪尔于 1921 年出生在埃及的沙尔贾尔省，在他 15 岁那年（1936年）加入了穆斯林兄弟会，于 1942 年获得了理学学士学位，之后在埃及政府的气象部门工作[245]。

1948 年，他因装满武器，手榴弹和炸药的吉普车案件被判处三年徒刑。他是特殊系统的第一批成员之一，也是特殊系统的支柱之一；之后于 1951 年被无罪释放。954 年晚些时候，他与数十名穆斯林兄弟会的领导人因企图暗杀纳赛尔而一起被捕，并于 1965 年初获释几个月后再次被捕，并未经审判就被关进了监狱。直到1971 年已故总统安瓦尔·萨达特对所有政治犯大赦后，他才出狱[246]。

该组织因其意识到教育的重要性而于 1974 年选举他担任大学生部门的负责人，从而能够扩大埃及高等教育机构中的兄弟会基础。他认为政治行动胜于宣教和教育工作，故而与兄弟会倡导的目标与宗旨背道而驰[247]。

---

243. Pareto Vilfredo, the rise and fall of elites, Taylor & Francis, UK, 2006.

244. 参见：Roy H. Wiliams & Michael R. Drew,Pendulum: How Past Generations Shape Our Present and Predict Our Future, Vanguard Press, 2012.

245. 艾哈迈德·舒沙（Ahmed Shousha），穆斯塔法·马什豪尔（Mustafa Mashhour）...《从圣战士"1"的生平中的借鉴》·链接如下：https://bit.ly/2lghdK6.

246. 艾哈迈德·舒沙（Ahmed Shousha），前源。

247. 前源。

4-8-2 政治优先于宣传

当穆斯塔法·马什豪尔于 1996 年担任该组织总向导时，他通过与瓦夫党和职工政党结盟，成功地增强了穆斯林兄弟会的影响力。之后该组织参加了议会选举和工会选举，并通过避免与国家发生冲突的交易取得了巨大成功。

他根据两个规则完成了一项众所周知的工作：第一，该组织在政治上受到禁止，因此可以自然地选择合法的政党作掩护体，第二，该组织人数众多，组织庞大，将为掩护它的政党实现一定利益；此外，穆斯塔法·马什豪尔认为兄弟会与其它党派的政治联盟应该是建立在反对穆巴拉克政权的基础上，这样便能够以"民族派"的身份加强兄弟会在这次反对中的合法性。该联盟是在基于反对派的政治气氛中进行的与此同时，鉴于这种反对，穆巴拉克政权加强了该组织作为"民族派"的合法性[248]。

影片标题： 由兄弟会维基百科独家制作的有关 Mustafa Mashhour 先生生平的电影。

链接如下： https://www.youtube.com/watch?v=siSFHy81GWI

- 穆斯林兄弟会的第五任导师/私人组织/特殊系统成员 Mostafa Mashhour 谈到了 Hassan Al-Banna，并指出他所倡导的伊斯兰教是正确的伊斯兰教。

- 该组织承认，莫斯塔法·马什霍尔（Mostafa Mashhour）是该特殊系统的领导人之一，该系统是穆斯林兄弟会的军事部门。

https://www.youtube.com/watch?v=siSFHy81GWI

---

248. **霍萨姆·埃尔·哈达德**（Hossam El-Haddad），《**穆斯塔法·马什豪尔以及恐怖组织的特殊系统和国际组织的复兴**》，2019 年，网址为：https://bit.ly/2mLr4rX。

第五任导师的时代见证了兄弟会组织的第二次分裂，当时有一大批中层领导人由阿布·埃拉·马迪，穆罕默德·阿卜杜勒·拉蒂夫和萨拉赫·阿卜杜勒·卡里姆领导，他们采用了中正党的计划，以表达他们融入政治生活的愿望；他们拒绝了该组织的许多极端主义思想，并且自称"中正"，一方面试图在埃及人中推销他们的政党项目，另一方面则拉拢兄弟会组织及其它圣战组织中被疏远的人群[249]。

马什豪尔在穆斯林兄弟会内部灌输了库特布思想，该思想论断社群叛教，信仰武力改变；并且他亲自进行兄弟会内部特殊系统组织的恢复，这使他与拒绝接受该思想并坚持哈桑·班纳思想路线的第四任导师-奥马尔·特莱姆塞尼进行了艰苦的斗争；二人进入了紧张和吸引力的关系，穆斯塔法·马什豪尔设法架空了特莱姆塞尼及其追随者的后援，尽管那一时期奥马尔·特莱姆卡尼是该组织的导师，但穆斯林兄弟会的实际掌权人则是穆斯塔法·马什豪尔[250]。

4-8-3 加强**穆斯林兄弟会的国际化**

穆斯塔法·马什豪尔成功巩固了穆斯林兄弟会国际组织的地位，但由于 2001 年 9 月 11 日事件，美国对政治伊斯兰团体的压力日益增加，加上全球反恐战争的爆发而产生的影响，该组织内部包括阿卜杜勒·莫尼姆等人发声呼吁将国际组织转变为类似国际社会主义汇集左派和共产主义政党的全球论坛，但是马什豪尔却表现出与国际组织共"存亡的姿态251。

---

249. "兄弟会的分裂..恐怖组织会在散居海外的土地上被侵蚀吗？！"，2019，https://bit.ly/2mlDdn2。请参阅：The remarkable unity displayed by the Muslim Brotherhood is no accident, Egyptian researcher on Islamist Movements, https://bit.ly/2lhzxm6.

250. 艾哈迈德·贾迪（Ahmed El-Jady），《穆斯林兄弟会的导师们《5》 穆斯塔法·马什豪尔..您是否暗中参加了暗杀萨达特的活动？》·2018 年，https：//bit.ly/2l5nE2U。

251. 霍萨姆·塔曼（Hossam Tammam），《兄弟会的转变...意识形态的瓦解与组织的终结》·第二版（开罗：马达布利图书馆·2010 年），第 11 至 12 页。

穆斯塔法·马什豪尔试图执行领导人海尔·阿勒·沙特提出的赋权计划，后者正是由于该计划于 1992 年被捕，目的是使该组织掌权。马什豪尔对此表示："我们准备在 15 年后执政252。"该计划包括一些可以帮助该组织进行社群扩展的服务门户，并渗透到学生，工人，专业人员，商人和国家机构（例如军队和警察）的部门，并买通埃及政治力量以支持兄弟会项目，然后致力于巩固与当局政权的共存性，并使其热衷于该组织的继续存在，从而消除了当局对可能遭受政变和兄弟会上台的恐惧253。

4-9 穆罕默德·马穆恩·**胡德比**（Mohamed Mamoun Al-Hudhaibi）：**强硬派的持续霸权**（2002-2004）

强硬派在短时期内（2002 年至 2004 年）保持了穆斯林兄弟会的领导地位，在此期间第六任导师-穆罕默德·马穆恩·胡德比担任了该组织领导人，他并没有掩盖对阿拉伯世界的真主党和哈马斯等激进组织和政党表示绝对支持。

---

252. 埃及阿卜杜拉·卡玛勒（Abdullah Kamal）：《谁领导兄弟会？ 大选前的"塔尔维卡"整形手术》1994 年，网址为：https：//bit.ly/2mirsOU。

253. Majdi Haseeb，《国家分裂计划》·Khairat Al-Shater，《撒旦授权计划的所有者》·2017 年，链接如下：https：//bit.ly/2kWL4ao。

4-9-1 谁是穆罕默德·马穆恩·胡德比 ？

他的全名是穆罕默德·马穆恩·哈三·伊斯玛仪·阿尔胡德比，于 1921 年 5 月 28 日出生于上埃及索哈格省。他是穆斯林兄弟会第二任导师-哈三·胡德比（1949 至 1973 年担任该职务）的儿子；他的家庭最初来自位于格力鲁比亚省的阿拉伯萨瓦里哈的一个村庄，由于其父在埃及司法部担任法官，所以穆罕默德·马蒙·胡德海比的家人埃及的各个地方都曾居住过一段时间，穆罕默德·马蒙·胡德海比就读于福阿德第一大学法学院，毕业被任命为检察官，后来他在司法仕途一路前进直到成为其父曾担任过的司法职务-最高法院院长。

<table>
<tr>
<td>

视频标题： 与穆斯林兄弟会总导师-Al-Hudhaibi 顾问的访谈。

链接如下：

https://www.youtube.com/watch?v=4n2T_vpZhic

- 穆斯林兄弟会的第六任导师-穆罕默德·马穆恩·胡哈比在穆斯林兄弟会频道上的的访谈期间，肯定了美国人正在寻求改变该组织所笃信的正确的伊斯兰概念，即鼓励圣战和寻求牺牲。

</td>
<td>

</td>
</tr>
<tr>
<td colspan="2" align="center">

https://www.youtube.com/watch?v=4n2T_vpZhic

</td>
</tr>
</table>

穆罕默德·马穆恩·胡德比参加了 1956 年对埃及的三方侵略期间的民众抵抗运动，并被以色列占领军逮捕；之后，他加入了兄弟会，由于他的法律背景，他非常重视公共政治工作。1965 年他和父亲在一次兄弟会组织举行的会议上被捕后，他被免去司法职务，并被转交至军事法庭判处有期徒刑一年，然后将他拘留期再延长五年，直到萨达特于 1971 年发布新政才使得包括他在内的许多穆斯林兄弟会领导人得到释放。获释后他被新总统再次被调回司法部门，任职开罗上诉法院

院长，直到退休为止。1973 年他的父亲去世。他于 1977 年退休后前往沙特阿拉伯，在那里担任沙特内政大臣内耶夫·本·阿卜杜勒阿齐兹的顾问，并于 1986 年回到埃及，开始了他在该组织中的实际活动。

该组织提名他和一群兄弟参选人民议会兄弟会成员，其中（36）名成员在 1987 年的议会选举中获胜，他是吉萨省道奇选区的代表，然后是议会中穆斯林兄弟会组织的官方发言人，他还被选为穆斯林兄弟会的副总导师和发言人[254]。

4-9-2 穆罕默德·马穆恩·胡德比及其在穆斯林兄弟会中的晋升

穆罕默德·马穆恩·胡德比顺其自然地在该组织内担任领导职务，他是穆斯林兄弟会的第四任领导人-穆罕默德·哈米德·阿布·纳赛尔于 19860-1996 年在任期间的官方发言人，然后在艾哈迈德·米拉博士去世后 1995 年 6 月被任命为副总导师，1996 年至 2002 年期间他曾担任该组织第五任导师-穆斯托法·马世豪尔的代理兼该组织官方发言人；穆斯托法·马世豪尔于 2002 年 11 月 14 日去世后，2002 年 11 月 27 日穆罕默德·马穆恩·胡德比被选为穆斯林兄弟会的新导师[255]。

在穆罕默德·马穆恩·胡德比的授权下，当由凯末尔·哈利巴卫所担任的欧洲穆斯林兄弟会的国际组织发言人职务被取缔后，该组织的其它国际分支感到担心；后来兄弟会内部似乎受到该组织中层领导看法的影响，他们认为该组织所在国外的每个分支机构，有权自我治理并决定其法律和相关行动，而不受穆斯林兄弟会国际组织规定的中央集权，但可以通过协商，谅解和建议完成对分支机构的管控

---

254. Hussam Al-Haddad，《 Mamoun Al-Hudhaibi，第六任兄弟会导师》·伊斯兰运动门户网站·2019 年 5 月 28 日，位于以下链接：https://bit.ly/2oQq46O。

255. 阿卜杜·穆斯塔法·德索奇（Abdo Mustafa Desouqi），穆罕默德·阿穆尔·胡德海比，"参赞穆罕默德·马穆恩·胡德海比.........离开穆斯林兄弟会的骑士。维基百科网站·位于以下链接：https://bit.ly/2nwPdD1。

，而不是组织承诺。这种状态一直持续到穆罕默德·马赫迪·阿克夫当选为穆斯林兄弟会的导师[256]"。

<table>
<tr>
<td>

视频标题：罕见视频：兄弟会导师：我们以秘密系统亲近上帝，并为此感到骄傲。

链接如下：

https://www.youtube.com/watch?v=GD81tBk5szo

- 兄弟会的最高领导人穆罕默德·马蒙·胡德比（Muhammad Mamoun al-Hudhaibi）说："我们为秘密系统感到骄傲和亲近上帝。"

- 穆斯林兄弟会总导师 Mamoun Al-Hudhaibi 于 1992 年（1 月 8 日）为特殊系统感到自豪，该部门曾对包括公共人物，法官和商店炸弹案件在内的许多埃及人犯下罪行。当这段视频内容被公布后，他否认他曾在九十年代末回复 Tharwat al-Kharbawi 博士的文章中说过这一点。

</td>
<td>

</td>
</tr>
<tr>
<td colspan="2" align="center">

https://www.youtube.com/watch?v=HyAGu-ljvpM

</td>
</tr>
</table>

但是，穆罕默德·马穆恩·胡德比保留了该组织的特殊系统，并在开罗国际展览会上的一次会议上通过录像清楚地表达了这一点，他说："至于我们对恐怖主义和特殊系统的看法，我们感到自豪，并通过特殊系统与上帝亲近。[257]" 穆罕默德·马穆恩·胡德比没有隐藏他对真主党的支持。他解释了他对那些禁止支持真主党以及煽动逊尼派和什叶派之间的教派分歧的人的看法，他说："从第一天起，

---

256. 在哈马斯提交文件后，侯赛姆·欣迪（Hussam Al-Hindi）...兄弟会的国际组织还剩下什么？2017 年 5 月 2 日，ULTRA 语音网站，网址为：https://bit.ly/2mYXf79。

257. 视频："兄弟会导师说，我们通过特殊系统感到骄傲和亲近上帝"，"在以下链接中：https://www.youtube.com/watch？v = HyAGu-ljvpM。

这是一件奇怪的事，我呼吁支持真主党，并奉行穆斯林兄弟会的原则，即我们是一个国家，我们崇拜一个神，我们有一样的古兰经，一样的使者，一样的朝拜方向；这些伊斯兰学派，不管是逊尼派还是什叶派都是伊斯兰民族的一份子；我发表过一份声明，解释了兄弟会对一些没有正确理解伊斯兰的人提出的某些琐碎问题上的立场，这是自哈桑·班纳以来的穆斯林兄弟会的做法[258]"。这表明了穆斯林兄弟会与许多武装组织和暴力集团其他国家有关联的本质。

4-10 穆罕默德·马赫迪·阿克夫（Muhammad Mahdi Akef）：适度派的回归（2004-2010）

穆罕默德·马赫迪·阿克夫：新的开始

第七任导师-穆罕默德·马赫迪·阿克夫（2004-2010 年）出任穆斯林兄弟会主席后，该组织再次偏向于所谓的"改革运动"。阿克夫的改良主义方法代表了一系列立场，决策和法律，包括：

- 在兄弟情谊的讨论和实践中，首次引入并采用了 "民主与人民主权"一词。

- 实际参与政治体系（穆斯林兄弟会在 2005 年议会选举中赢得 88 个席位）。

- 他通过了 2010 年的法律法规，该法规对 1994 年的法规进行了修订，其中最重要的条款之一是确定该组织导师的任期为最多两届，每届任期六年。

- 在该组织的各个级别采用选举原则。

---

258. 侯赛姆·哈达德（Hussam Al-Haddad），《兄弟会第六任导师-麦蒙·哈德比》，与前同源。

<table>
<tr>
<td>

视频标题：Al-Qaradawi 承认其中一位兄弟会某位成员对 Abdel Nasser 实施了 Mansheya 事故。

链接如下：

https://www.youtube.com/watch?v=HdatRy4Rb4w

- 尽管穆斯林兄弟会否认在 Mansheya 事件中暗杀贾马尔·阿卜杜勒·纳赛尔的企图，但该组织的领导人证实了这一点。

- 卡拉达维（Al-Qaradawi）说：穆斯林兄弟会与暗杀加马尔·阿卜杜勒·纳赛尔（Gamal Abdel Nasser）无关。 而那些对此事件负有责任的人应该是欣达维·德维尔和他的团队；德维尔深信整个系统是建立在阿卜杜勒·纳赛尔的基础上的，对他而言，一颗子弹足以消除七月革命。

</td>
<td>

</td>
</tr>
</table>

https://www.youtube.com/watch?v=HdatRy4Rb4w

4-10-1 谁是穆罕默德·马赫迪·阿克夫？

他于 1928 年 7 月 12 日出生，即穆斯林兄弟会成立的同一年，在达卡利亚省阿加镇的库福尔阿瓦多的村里，在曼苏拉上的小学，从埃及中学毕业后，加入了工程学院，在穆斯林兄弟会的创始人哈桑·阿尔·班纳的间接指示下，他很快将报名材料转移到高等体育学院，因为那个阶段他热衷于兄弟会在各所学校，学院和机构中的宣讲，通过在高等体育学院就读可以更方便他参加兄弟会的活动。阿克夫于 1950 年 5 月毕业于高等体育学院。毕业后，他在埃及高中担任体育老师。随后，他于 1951 年入读法学院。阿克夫于 1940 年开始了解兄弟会，他的激情迅速被点燃。在 1936 年条约废除后，在运河区对英军的武装抵抗升级期间，他曾领导艾因沙姆斯大学阵营，然后成为隶属穆斯林兄弟会旗下的学生生部负责人，这个部门长期以来一直是该组织中最重要的部门之一[259]。

---

259. Moataz Mamdouh, Muhammad Mahdi Akef：**兄弟会倒数第二任**负责人，请访问以下链接：2017 **年**，https://bit.ly/2kteuN5。

他多次入狱，第一次是在 1954 年，当时阿基夫因协助阿卜杜勒·莫尼姆·阿卜杜勒·拉夫（穆斯林兄弟会政权的领导人）逃逸而被审判，并被判处死刑，然后被判终身监禁。之后，他因穆斯林兄弟会的国际组织负责人身份而受指控，于 1996 年入狱，并被判处三年徒刑，定于 1999 年释放[260]。

在已故总统安瓦尔·萨达特时代，穆斯林兄弟会与埃及政权之间的关系取得了重大突破，阿克夫参与了这一时期的活动，为阿拉伯和伊斯兰世界，非洲，欧洲，澳大利亚和美利坚合众国的伊斯兰青年组织了几个营地。后来，他担任了慕尼黑伊斯兰中心的主任。

4-10-2 增强政治层面

2004 年 3 月，阿克夫被任命为该组织总导师，他试图调和该组织内部的两个敌对势力，即优先传统招募和获得成员的老派和更加重视政治的新派。阿克夫经常批评埃及政权改革步伐缓慢，拒绝第一任布什政府执政期间在埃及及该地区事务中有外国人干涉[261]。

穆斯林兄弟会见证了阿基夫任期内对埃及的政党和其他政党前所未有的开放，见证了人们对公共工作领域的热烈参与，最终使该组织在 2005 年的议会选举中获得了埃及人民议会的 88 个席位，约占该议会 20％的席位，穆斯林兄弟会一时成为当时该国最大的反对派政治集团[262]。这一阶段还目睹了在共同利益的基础上加强与其他思想和政治团体的合作并与其建立伙伴关系。穆斯林兄弟会和纳赛尔派及拿撒勒阿拉伯民主党之间的和解具有特别重要的意义[263]，但是这激发了纳赛尔特时代的穆斯林兄弟会中老派的不满，从而对该组织构成了及压力。

---

260. **前源**。

261. **参见**：Barry Rubin, TH E MUSLIM BROTHERHOOD THE ORGANIZATION AND POLICIES OF A GLOBAL I SLAMIST MOVEMENT, New York, Palgrave Macmillan, p.50

262. Ibid.

263. **参见**：Israel Elad-Altman, The Egyptian Muslim Brotherhood After the 2005 Elections, 2006, https://bit.ly/2kZLD3b.。

视频标题：穆斯林兄弟会副领袖穆罕默德·哈比卜（Muhammad Habib）：阿克夫·马尔豪什（Akef Malhoush），并将该组织的钥匙交给了"大骗子"穆罕默德·埃扎特。

链接如下：

https://www.youtube.com/watch?v=G1poonykIKA

穆罕默德·马赫迪·阿克夫（Muhammad Mahdi Akef）时期曾任穆斯林兄弟会副主席的穆罕默德·哈比卜（Muhammad Habib）在 2010 年选举上届指导委员会和总导师时指责兄弟会存在欺诈和暗箱操纵，这使时任总导师的穆罕默德·巴迪（Muhammad Badi）辞职，并指控阿克夫（Afef）把该组织的领导权移交给其嫡亲和孩子的舅父 Dr 马哈茂德·埃扎特（Mahmoud Ezzat）手里，从而将个人关系置于行政关系之上。

https://www.youtube.com/watch?v=G1poonykIKA

遵循前任导师的做法，马赫迪·阿克夫在 2006 年以色列对黎巴嫩的战争中重申了对黎巴嫩真主党的支持，表示穆斯林兄弟会愿意派遣数千名圣战者与该党并肩作战。当阿基夫担任穆斯林兄弟会导师的第一任期届满时，他拒绝再次当选导师，并于 2010 年 1 月 16 日穆罕默德·巴迪当选导师，该组织后继有人后离弃了该职位。

4-11 穆罕默德·巴迪（Mohamed Badie）：赋权梦想的回归（2010 年至今）

第八任导师-穆罕默德·巴迪（2010 至今）继任兄弟会导师职务构成了对激进趋势的回归，因为他属于库特布式的人物。 2010 年 1 月 16 日，穆罕默德·巴迪继任继前领导人马赫迪·阿克夫的导师之位后引起了分歧和反对，该组织内部的声音谴责了他选举他的方式和指导局成员，并认为这不是选举的结果，而是选拔的结果，这违反了穆斯林兄弟会的内部规则。

4-11-1 穆罕默德·巴迪是谁？

穆罕默德·巴迪·阿卜杜勒·马吉德·穆罕默德·萨米（Muhammad Badi'Abd al-Majid）于 1943 年 8 月 7 日出生于埃及的莫赫拉库巴尔市，曾在贝尼·苏埃夫大学兽医学院任病理学教授。它被埃及国家信息服务于 1999 年发布的《阿拉伯科学百科全书》列为"一百位最伟大的阿拉伯科学家"之一。他在也门阿拉伯共和国成立了高级兽医学院，自 1993 年当选为埃及穆斯林兄弟会指导局的成员。

4-11-2 穆罕默德·巴迪及其与穆斯林兄弟会的交往初期

穆罕默德·巴迪生活的主要转折点是在 1959 年，当时他遇到了叙利亚穆斯林兄弟会成员穆罕默德·苏莱曼·纳加尔博士，邀请他加入兄弟会。年轻的穆罕默德·巴迪对此深信不疑，尽管担心穆斯林兄弟会当时正在经历贾马尔·阿卜杜勒·纳塞尔政权针对该组织所发起的逮捕和酷刑等运动，但纳加尔博士对穆罕默德·

巴迪的动之以情，晓之以理的宣教，给后者留下了深刻的印象，后来在纳加尔的引荐下，穆罕默德·巴迪会见赛义德·库特布，并对其著作《古兰经的阴影》爱不释手。按照他自己的话说：他的身体为之颤抖，他之前没品尝到古兰经如此甘甜[264]。关于穆罕默德·巴迪的档案，则涉及理科学，兽医学和教育学。

4-11-3 穆罕默德·巴迪，穆斯林兄弟会总导师

于 2010 年 1 月 16 日穆罕默德·巴迪当选为穆斯林兄弟会总导师，成为该组织的第八任领导人引起了很大的争议。人们说穆罕默德·巴迪被任命为穆斯林兄弟会的总导师是在前导师的第一副代表-穆罕默德·哈比卜不在会议上宣布的，并且反对者还对指导和指导办公室的程序提出了质疑，理由是该投票违反了穆斯林兄弟会的内部规则。他们指出，新导师的是选拔而非是而非选举的结果。通过内部指定穆罕默德·巴迪继承了前任总导师-穆罕默德·马赫迪·阿克夫存在（在世的情况下）是该组织历史上的第一个先例[265]。

穆罕默德·巴迪和穆罕默德·马哈迪·阿克夫二人皆被被视为穆斯林兄弟会理论家赛义德·库特布的学生，此人于 1966 年在埃及的军事审判中被前埃及总统加玛勒·阿卜杜勒·纳赛尔政权处死。自那时起穆罕默德·巴迪便被当作是穆斯林兄弟会的"库特布主义"，但这并没有阻止他与该组织内部的不同意见团体建立关系，在他掌管该地区后，他成功扩大了在埃及的势力范围，因此在该组织中广为人知。那些接近巴迪的人形容他是铁人记忆的拥有者[266]。

---

264. **穆罕默德·巴迪 博士** （Muhammad Badi ..)，《穆斯林兄弟会组织的第八任导师》·网址为：https：//bit.ly/2n9dz5N。

265. **穆罕默德·萨迪克·伊斯梅尔**（Muhammad Sadiq Ismail)，《阿拉伯世界的伊斯兰运动：穆斯林兄弟会-什叶派圣战运动的榜样》·阿拉伯培训和出版集团·2014 年，链接如下：https：//bit.ly/2oJ9tlg

266. 关于穆罕默德·巴迪（Muhammad Badi)，《穆斯林兄弟会第八任总导师》，BBC 阿拉伯语频道·2010 年 1 月 16 日，位于以下链接：https://bbc.in/35asQo8。

<table>
<tr>
<td>

视频标题：**穆斯林兄弟会是一个"神性"组织**

链接如下：

https://www.youtube.com/watch?v=rQjmI2DIBQk

穆斯林兄弟会是一个神圣团体的想法不仅限于哈桑·阿尔·班纳（Hassan Al-Banna），相反，他之后的那些领导人及其追随他的成员们都相信这一点。穆罕默德·巴迪（Muhammad Badi）-兄弟会第八任领导在英国频道"BBC"上曾证实了这一点。

穆罕默德·巴迪主张穆斯林兄弟会是一个对所有人施恩救济的神圣组织。

</td>
<td>

</td>
</tr>
<tr>
<td colspan="2" align="center">

https://www.youtube.com/watch?v=rQjmI2DIBQk

</td>
</tr>
</table>

巴迪于 1965 年与赛义德·库特布等人一起被捕，他们被指控"试图改变国家宪法，并联合他人建立一个强大的，由解散的穆斯林兄弟会组成的充满活力的集会和秘密武装组织，旨在通过破坏公共设施和煽动叛乱并暗杀共和国总统以武力改变现有政权，穆罕默德·巴迪被判处 15 年监禁，其中他度过了 9 年时间，出狱返回工作后，于 1998 年因贝尼·苏伊夫得伊斯兰宣教协会案再次被捕并被判处 75 天监禁。于 1999 年在工会一案中第三次次被捕，当时军事法院判他入狱 5 年，在狱中他度过了三年零四分之三的时间。2013 年 8 月，埃及安全部队以煽动罪名为由第四次逮捕了穆罕默德·巴迪，指控其与饶碧亚阿德维雅和拿哈朵广场暴力案有牵连，在对四个案件进行了 61 个月的审判和调查后，对其宣判的总数为执行两次，并被判处 263 年徒刑[267]。

---

267. Alaa Radwan， "**两次处决和 263 年监禁…前恐怖分子**导师的裁决结果"，2018 年 12 月 6 日，位于以下链接：https://bit.ly/2n9aOS0。

4-11-4 穆罕默德·巴迪和穆斯林兄弟会"赋权"的梦想

穆罕默德·巴迪州经历了历史性转变，在组织数十年的秘密工作之后，穆斯林兄弟会利用他们在穆罕默德·莫西领导下于 2012 年上台的时间，实现了他们所谓的"增强权力的梦想"。一年后，2013 年 6 月 30 日革命爆发，穆斯林兄弟会受到沉重打击，兄弟会的工作及其领导阶层，穆罕默德·巴迪首当其冲被判入狱。穆斯林兄弟会面临内部冲突，为此一些忠于埃及总部的团体发布了一系列脱离国际组织的公告，穆斯林兄弟会内部所发生的这些争端和分裂具体展现在著名的历史领导层之间的矛盾，即以穆罕默德·艾扎特为首的团体和新执政委员成员之间的矛盾[268]。

4-12 总指导局（委员会）

第四章的这一话题涉及穆斯林兄弟会的行政和政治体系中最重要的机构，即指导局，是直接与穆斯林兄弟会总导师和协商（舒拉）委员会联系起来的主要机构之一。

指导局的作用，性质和组成受到相同因素的影响，这些因素决定并确定谁接管穆斯林兄弟会，即导师的领导权。正如我们在上一个话题中所看到的那样，导师的角色和权力是组织内部和外部不同因素和力量相互作用的结果，并且我们在这里也发现了这些因素的影响，正如前面所详细描述的那样，穆斯林兄弟会第一阶段的个人意识形态因素占主导地位，权力和决策权集中在导师手中，他是主持所有机构并做出重大决定的人，即使这些决定超出了组织的法律规定，例如苏卡里和哈桑·班纳的姐夫[269]被罢免的事件中也是如此。指导局是执行导师意愿并将其权限扩展到整个组织的工具。

---

268. 有关穆斯林兄弟会看法的更多详细信息，请参阅随附的视频：视频``禁忌天文学''，"穆斯林兄弟会想要什么？" Al-Arabiya 频道，2019 年 9 月 6 日，在以下链接中：https://www.youtube.com/watch?v= ZnHcrwovtTI。

269. 更多详情，请参看前源。

4-12-1 根据各项法律法规，总指导局的综合特征

与指导局相关的法律体系涉及的几件事情，其中最重要的有：

- 指导局的性质，权力和重要性类似于极权主义政权中政治局的性质，例如前苏联和今天的中国共产党政治局。

- 组成指导局的具体法律条款的内容，其权力和职能是一致的，因为与指导局成员的人数和选举时间有关的变化很小。

- 该法律赋予指导局广泛的权力（第 25 至 32 条），该权力将执行权和监督权结合在一起，而行政权和监督权应由创始代机构负责。

- 该组织从 1932 年至 1994 年的法律法规以及对其进行的各种修改，赋予指导办公室"影子政府"的地位，因为它有权组建和监督许多具有技术，政治和宣传专长的部门和委员会（16 个部门和委员会）。

- 总指导局的特征是强大的地理和行政集中化，因为仅开罗办事处就有四分之三的代表（9 名成员），而埃及其他地区只有 3 名代表，这种情况一直持续到 2009 年的改革运动。

- 指导局所影响的最重要的法律变化尤其包括成员的数量和选举标准，因为它从 1932 年和 1948 年法规及随后的修正案中规定的 12 名成员增加到 80 和 90 年代的三十年和 2000 年的头十年（尤其是 2009 年的修正案）所体现的改革之后的 16 名成员，更改还包括了地理代表方法，而他则将最大的份额分配给开罗代表或导师的来源方。随着最近的修正，他在各地区之间取得了某种平衡。

- 法律上的变化并没有影响指导局，也没有削弱其广泛的权力，自 1948 年的法规以来，它具有行政和监督职能，其权力显然与协商（舒拉）委员会交织在一起，实际上，该委员会自 1995 年以来就一直无法正常和定期地开会，而且它似乎已经成为一个虚设机构，它的存在只是用来批准和通过指导局的决策[270]。

---

270. 请参阅：The Meir Amit Intelligence and Terrorism Information Center, The structure and funding sources of the Muslim Brotherhood, Sun, June 19, 2011. https://bit.ly/2qoe0J7

表格（1）
总指导局的最重要变化

年份	成员数目	代表	成员时限
1930	被称作"管理处"12 名成员+导师	从总协会处选举	三年（可接受更新）
1932	12 名成员+导师	9 名开罗成员，3 名地区成员，由导师任命。	两年（可接受更新）
1948	12 名成员+导师	9 名开罗成员，3 名地区成员，由舒拉委员会任命。	两年（可接受更新）
1951 指导局未发生任何变化			
1982	13 名成员+导师	舒拉委员会推选其中 8 名来自导师居住区的成员，另外 5 名则代表其它区域。	指导局担任时长为四年，允许多次选拔会员
1994	13 名成员+导师	与前相同	与前相同
2009	16 名成员+导师由。舒拉委员会从其成员中以秘密抓阄的方式进行挑选	每个城市至少有一名代表成员。	舒拉委员会有权为已到期的会员更新一届会员身份

尽管法律和法规对指导局的作用和权力有明确的规定，但真正的关键因素是如何到达指导局，有哪些限定因素？随着该组织的扩大和传播，指导局开始承担更广泛的权力，更精确的任务以及更复杂的工作机制，将其与导师以及该组织组织结构中的其他机构和部门捆绑在一起。由此，创始机构演变成录取会员的一个部门。

同时，指导局是该组织导师的延伸，因为任命工作任务由他本人落实，他是整个指导局和组织中的主导人物，因此指导局的角色与导师的角色之间没有区别，前者只是后者的愿望及其决定的助手和实施者，这是兄弟会领导人哈桑·班纳任职期间所呈现出实况。

4-12-2 总指导局的发展

A. 修正 1930 年总法

由穆斯林兄弟会在该组织总导师-哈桑·阿尔·班纳领导下早年编制的第一部章程采取了纯粹的行政组织。在 1930 年的规定中，指导局被称为"董事会"，而在此期间，管理穆斯林兄弟会工作的机构和办公室的名称和职务并未完全明确。1930 年的穆斯林兄弟会法在第（16）条中指出，董事会成员（共有 12 名成员）是通过无记名投票从大会成员中选出的[271]。第（17）条至第（24）条，其中规定了董事会在实施本法律方面的责任及董事会的任务和权力。

B. 修正 1932 年总法

1932 年的穆斯林兄弟会总法进行了重要修正，首次批准了对总导师，指导局和修罗议会（制宪议会）的任命。这项法律是对穆斯林兄弟会迅速扩张的回应，因为它的人数在短时间内在整个埃及增加了一倍。但是，区别于该基本法则的是该组织导师的主导地位，因为任命指导局成员的任务归属于他。除了决策的中心性外，还反映了地理上的中心化，如上所述，开罗独自占理事会成员组成的四分之三。

C. 1948 年的内部法规

该规章中有关选拔指导局成员方法产生了变化，因为它将选拔问题交由选举指导局成员的舒拉理事会审议，使该法律依旧保持了其它安排。

D. 1982 年穆斯林兄弟会总制度

自从七十年代中期以来，埃及政治舞台发生了重要变化，兄弟会重返公共工作之后，这些法律安排开始反映出这些外部事态发展以及该组织领导人之间的内部冲突。关于指导局，除了由 1948 年法规中批准的创始机构选举产生之外，指导局还增加了理事会成员的数量，从而成为十三名成员，同时部分地区的成员代表资格被修改（八位成员代表开罗，五位成员代表其它地区）。

271.　《1930 年穆斯林兄弟会法》第 16 条"大会选举由 12 名成员组成的董事会"。

E. 1994 年规定

尽管具有重要意义，但对指导局，其权限和选举方法没有产生任何改变。

F. 2009 年修正

进行了涉及到指导局的重要的更改，将成员的数量从 13 个增至 16 个，并按照成员续签条款中的规定将每个地理区域的代表比例调整为至少一个成员，同时成员更新期限犹如导师期限更新一般，仅此一次限定，以使二者相辅相成。根据最后一项修正案，指导局及其组成和权权限如下：

它是穆斯林兄弟会的最高领导和行政机构，因为它制定并执行了其国家政策（包括指导和监督宣教活动并运营其部门）及其国际关系。根据运动系统：

1. 该指导局由 16 名成员组成，其中大多数是埃及人，其余为其他阿拉伯国家运动的代表。指导局的成员由该运动的舒拉理事会以无记名投票方式选出。

2. 指导局的选举每四年举行一次。当选成员最多可任两个任期（即八年），任命者只服务一期。

3. 指导局定期在开罗的总部开会，会议由总导师或其代表主持。

4. 指导委员会的四名成员也是常务委员会的成员，他们在紧急情况下或在相对简单的例行事务中可做出决定。

4-12-3 总指导局下注

由于该机构是穆斯林兄弟会决策的中心，因此由谁来领导该机构的这种争端和较量在该组织内部几乎没有消停过，对此，第一章中已做详细阐明。同样，关于它的构成，谁会加入等问题也是如此；因此，兄弟会自诞生起到时至今日，围绕着指导局的问题导致了该组织一步步走向内混和分裂。兄弟会发展的各阶段有很多这样的例子，我们提到其中一些：

1. 在哈桑·班纳阶段：律师-穆罕默德·何米思因组建"青年穆罕默德"运动而成为哈桑·班纳的反对者并与其分道扬镳，此外，指导局的杰出成员-艾哈迈德·苏克卡里于 1947 年受到了逐出兄弟的决定。

2. 在哈桑·胡埭比阶段：他与以阿布都拉赫曼·三迪所代表的的特殊系统发生了冲突，结局是后者被逐出该系统。

3. 在奥马尔·特莱姆塞尼阶段，关于如何实施该组织事务（因其关系到指导局工作）方面，强硬派与所谓的"改革派"之间的争执仍在持续。

4. 在穆斯托法·马世豪尔阶段：1996 年 1 月，该组织发生了另一次分裂，当时由于拒绝建立一个在政治上代表其党派的想法，导致由艾布·阿俩·玛兑为代表的"改革派"和以马世豪尔为代表的强硬的库特布派展开了内部斗争。

5. 在麦蒙·胡埭比阶段：2000 年，工会运动中最杰出的领导人之一（沙尔沃·赫尔巴伊之间因众所周知的"工会主义者[272]"兄弟文献事件发生了争端，导致此人在 2002 年与兄弟会分离。

6. 在穆罕默德·巴迪阶段：易卜拉欣·尤素夫指出："在 2011 年和 2012 年期间以及 1 月 25 日革命之后，穆斯林兄弟会见证了其成员中最著名和最大的解雇和辞职案例，其中有很多是该组织的历史领导人，原因各有不同[273]。这些分歧和分离中最著名的如下：

- 海瑟姆·艾布合力力指控该组织的领导人在 2011 年 1 月的革命期间与穆巴拉克政权秘密谈判。

- 兄弟会领导层阿卜杜·艾布范塔哈在 2012 年 5 月至 6 月举行的总统选举中意见不同，后者毛遂自荐竞选，而前者起初无意参与此类选举。

---

272. **有关**这些分歧和分离的更多详细信息，请参见：易卜拉欣·优素福（ Ibrahim Youssef），《**穆斯林兄弟会**历史上最突出的分离》，请访问以下链接：https://bit.ly/2lVnQ4O。

273. **前源**。

隶属于穆斯林兄弟会总指导局的中央委员会

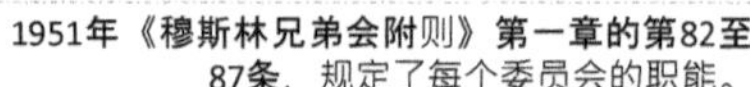
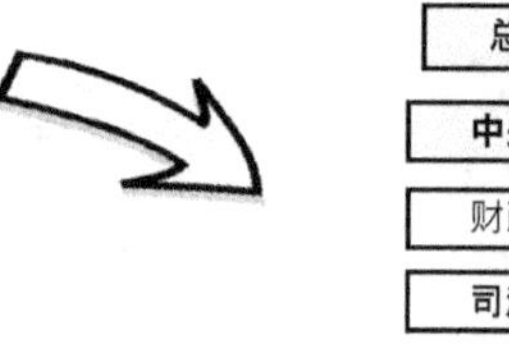

1951年《穆斯林兄弟会附则》第一章的第82至87条，规定了每个委员会的职能。

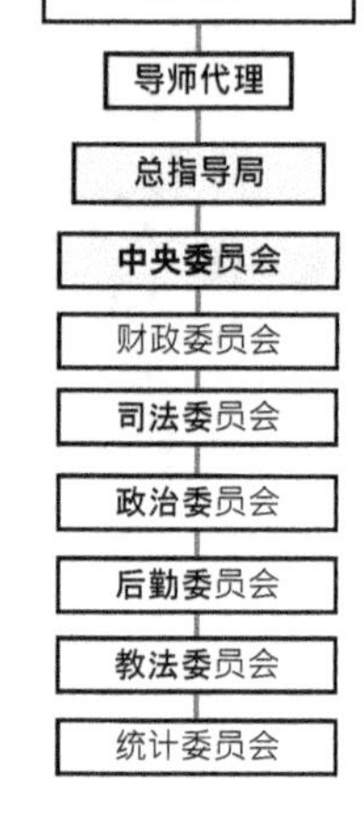

4-13 兄弟会的协商会（董事机构）

第四章的这一话题涉及总舒拉理事会，该理事会被认为是穆斯林兄弟会组织建设的最重要支柱之一，在兄弟会成立初期它被称为创始机构，并有望成为该组织的立法机构，其决定具有约束力，任期为伊斯兰教历四年，它的任务包括对该组织的完全监管，选举总导师和指导局。创始机构（制宪议会）于 1933 年 6 月 15 日举行了第一届会议[274]，此事在多年后该组织的创始人哈桑·阿尔·班纳才对外宣布，哈桑·阿尔·班纳才是该机构的掌权人，他独自具备决策权，并把个人意见强加于所有人，这清楚地说明了该组织创始人所享有的特殊权力和权限的程度[275]，而这些特权和权限是以牺牲该组织中各个机构的组织结构为代价的。

---

274. 穆斯林兄弟会的官方网站，《穆斯林兄弟会的法律和总规定》·通过以下链接：https://bit.ly/2ZeGQ0a。

275. 有关社区舒拉理事会的重要性及其在组织结构中的位置的更多详细信息·请参考：穆罕默德·哈比卜，《穆罕默德·哈比卜博士的回忆：关于生命·倡导·政治和思想》·（开罗·达·阿尔·舒罗克·2012 年）。

舒拉总理事会由约 108 名成员组成，包括指导局成员，行政办公室的官员，以及由指导局任命的 15 名成员，其余成员则根据各省兄弟会密度的比例从省舒拉理事会中选出。舒拉议会的大多数选举都是严格保密的，理事会成员的名字很少被宣布，特别是在该团体与政府的关系紧张的时期。至于国际舒拉理事会，它则由 33 名成员组成，并可任命另外两名的成员而增至 35 名成员，其中 8 名是埃及兄弟，其余成员则根据他们所在国家的密集程度进行分配[276]。值得注意的是，舒拉理事会的成员人数虽然每个时期都有所增长，但是权限却没有发生任何转，但它的权力仍然没有改变，所以还是有名无实；对指导兄弟会工作和问责总导师权限方面它没有任何实际性效力，该理事会甚至成了兄弟会组织用来糊弄西方人的道具，以此来展示兄弟会的外部形象，使人误以为它信仰民主，遵守民主原则。该研究的核心包括舒拉议会总理事会根据该组织的法规和体系所经历的角色演变，然后根据实际做法评估了理事会的绩效，以及其与穆斯林兄弟会在未来有关的重要决定上的立场。

4-13-1 舒拉总理事会的作用按照相关章程的演变

根据穆斯林兄弟会章程的第一条规定，舒拉议会被称为创始机构，是最高权力机构，其职能是召开大会。创始机构由早期从事宣教工作德兄弟会成员组成，最初，该机构的任务是监督宣教工作的进展，并勾勒出该组织的主要政治蓝图和选拔指导局成员，其成员人数在 100 至 150 名成员之间[277]。

创始机构的成立是伴随着穆斯林兄弟会的传播及其成员人数在社会中的不断增加而展开的，有些人认为它取代了该组织的大会，有了它就没必要再召开大会；因为对于从各地方赶来参会的人来说大会不仅花钱多，又费力，而且根本没有充分的机会围绕未来的建议和过去的工作报告提出的问题进行有效的讨论，更何况兄弟会在各地方的人数暴增，已成立各辖区的情况下大会也没有实际功效，因为不管地方有多大，总还是容纳不下参会人领土参加会议的成员付出了大量的努力和金钱；这员。因此上，成立创始机构的想法不失为一个适当的解决方案，它既可以某种程度上维持民主的形式，与此同时又可以让导师对兄弟会继续把控。

---

276. 1948 年《穆斯林兄弟会章程》第 73-76 条。

277. Waheed Abdel Majeed，《历史与未来之间的穆斯林兄弟会……这个组织以前怎么样和以后会怎么样？》（开罗：Al-Ahram 出版，翻译和发行·2010 年），第 52-56 页。

该组织的章程规定，创始机构是最高的倡导机构，负责制定该组织政策的主要方针，每年举行一次会议，但总指导或推广办公室随时邀请其提出实质性问题；至少有 30 名成员可以邀请他们参加会议。组成机构于 1941 年首次由导师根据三项标准选出的一百名成员组成，他们是宣教工作中的领袖，具有出色的能力或牺牲精神，他们是国家各省的代表，并从其成员中选出了指导局和成员委员会，由于每年从 10 名成员中取消会员资质，以便选拔合适的人代替他们，甚至在五十年代初，其成员人数还未超过 150 名，。该机构的议程包括任何政党会员大会的传统事项，例如讨论总导师的活动报告，上一年度审计员报告以及当年预算。接下来，选选拔新成员以替换被取消会员资格的十个成员[278]。

创始机构的名称更改为舒拉议会，特别是在 1941 年 1 月举行的该组织第六次代表大会上[279]，凭借创始机构和行政办公室的制度后者完全代替了大会的方式。创始机构由一百名成员组成[280]。上世纪四十年代末，创始机构进行了一些修正，以适应兄弟会在社会中的扩展和传播，因为 1948 年穆斯林兄弟会的内部规定表"穆斯林兄弟会"的创始机构由早期从事宣教工作的兄弟组成，该机构负责总体把控宣教工作的进展，选拔总指导局成员以及选举审核员；穆斯林兄弟会的舒拉总理事会被认为是总指导局大会的职级[281]。

该机构在每个回历年度的第一个月定期开会，以听取并讨论指导局在新年中的倡导活动报告，测试新成员（如果测试日期一到），讨论去年度最终帐户的审计报告，下一年的开放预算，并在以下情况下选举新审计员：他的选举日期已经到来（必须经由成员选举而不是由指导局选拔），并考虑提交给它的其他作品和建议，并且特殊情况下可以破例在其他日期开会，比如应总导师要求或指导办公室的决定要求召开选举大会。总指导通常是主持会议的人，如果会议与他有关，他无法出席是可以选择代表主持或代替他出席会议；如果代表也无法受托胜任，则是年龄最大的成员，并且如果绝多数出席，会议则是有效的（一半加一），除非需

---

278. **前源**，54- 55 页。

279. **阿卜杜·穆斯塔法·德索基**（Abdo Mustafa Desouki），《**兄弟会舒拉议会及其发展（创始机构）**》·兄弟会在线网站·2010 **年** 1 **月** 23 **日**，**通**过以下链接：https：//bit.ly/2nTg2Sx。

280. **穆罕默德·阿明**（Muhammad Al-Amin），《**从成长到解散的兄弟会**》·维基百科穆斯**林兄弟会**，**通**过以下链接：https：//bit.ly/2kabiGh。

281. **有关详细列表**，请通过以下链接参阅：1948 **年兄弟情**谊章程·兄弟会维基百科：https：//bit.ly/2oMiH01。

要特殊的法定人数，如果人数未完成，则会议延期两周，并就此主题重复邀请进行规定，并且任何人数出席会议都将使会议合法化，特殊情况除外[282]。

同样，该机构可以在任何会议上或根据下列条款所规定的委员会的推荐来决定，授予某些兄弟创始机构的成员资格，但条件是被授予这些条件的人应具备以下条件[283]：

A. 属于稳定型成员。

B. 必须不小于 25 岁。

C. 从事宣教工作不少于 5 年。

D. 应当具备良好的道德修养和一定的文虎素养。

授予这种成员资格的人数每年不得超过 10 个兄弟，但在选择这些成员时应尽可能考虑到地区的代表性。

创始机构从其成员（和被选举产生的非成员成员）中选出一个委员会，该委员会由七个成员组成，最好是非强势的，有领导力且知识渊博的，并熟知伊斯兰教法和法律程序的委员会，其工作执行总导师交办的任何任务包括督导该组织成员行为。该委员会可以实施任何制裁措施，直至执行会员资格豁免，但前提经导师批准。当这些成员受到选拔时，他们便会以上帝的名义发誓：他们将尽其所能，诚实和守信。委员会选出后立即从其成员中选出其会长和秘书，其决定和会议记录均记录在专门的登记册中，并且只要有主席在场，其会议在有五名成员出席的情况下有效，并且由参会者的绝多数票通过时，其决定也有效。而且，随着办公室的选择，它的选择得以更新，并且不反对一次全部或部分选择。它应其主席的邀请举行会议，被解雇的成员通过向总指导局提交书面请求，可以对该解雇决定提出上诉，以便指导局在第一次会议时将其提交给创始机构，其意见是决定性的。

如果创始机构的一名成员未能履行其职责，导师将对其进行劝告，如果再次发生这种失误，则将其转交给上一条提到的委员会，除非他是指导局的成员，否则对

---

282. 1948 年穆斯林兄弟会章程的第 （33-35）条。

283. 1948 年穆斯林兄弟会章程的第 （36）条。

其将采取第二十五条规定。创始机构成员的会员资格应通过罢免或丧失符合其资格的条件之一，或根据第（37）条所载委员会的决定或根据该团体本身的决定而予以取消，在任何情况下，总导师均可下令中止该成员资格，并将其立即移交至相关部门等候发落[284]。

1951 年 11 月 2 日，发布了穆斯林兄弟会的内部规章，它总体上集中于该组织的行政组织，而未发布与该组织的舒拉委员会有关的任何修正案，因此舒拉委员会与之前提到的权力相同[285]。 1982 年 7 月，穆斯林兄弟会的总体制度获得批准，该修正案对兄弟会的大会制度进行了一些修改，表明其成员人数至少由三十个代各地区代表的兄弟组成，并应该从各地区舒拉理事会或与其职能相同的部门选拔产生。舒拉理事会可包括三名由总指导局提名的具有专门知识的成员，如果得到总指导办公室的批准[286]，任何新的兄弟会组织均可在舒拉理事会中代表。虽然成员资格的条件保持不变，但舒拉理事会的任务定义如下[287]：

- 选举总导师和总指导局成员

- 批准该组织的目标和总体政策，并确定其在各个方向，各种议会和各种问题上的立场。

- 批准总体计划和必要的执行手段。

- 讨论并批准年度总报告和财务报告，并采用新的年度预算。

- 选举最高法院成员，审议总导师，总指导局或总舒拉理事会转交的案件，要求总指导局成员对团体和个人负责，并接受舒拉理事会绝多数成员的辞职。

- 根据该法规第（16）条的规定，免罢免总导师或接受其辞职。

---

284. 1948 年穆斯林兄弟会章程中的第 （37-39）条。

285. 要查看 1951 年穆斯林兄弟会的内部规定，请访问以下链接：http：//bit.ly/2IGX1Rx。

286. 有关 1982 年兄弟会公共秩序的信息，请参见以下链接：http://bit.ly/2LfdGoq。

287. 穆斯林兄弟会总则第 39 条。

- 根据总导师或总指导局提交的提案或经舒拉总理事会八名成员批准的提案对法规进行修改，必须在审议的一个月前将修订案文告知各成员，除非特别法定人数的条款另有规定，否则必须获得舒拉理事会绝大部分成员的批准才能进行修订。未经三分之二的成员批准，不得修改。

至于 1994 年 4 月 12 日发布的穆斯林兄弟会国际章程，则没有增加任何新内容，因为它表明舒拉议会是穆斯林兄弟会的立法机构，其决定具有约束力，任期为 4 年。它由至少 30 名成员组成，这些成员代表由各个国家/地区认可的兄弟组成，并且由该国的舒拉理事会从其成员中选出。舒拉理事会增加五名有专长的成员。如果得到总指导局的批准，他可以代表舒拉理事会中任何新的兄弟会组织。如果该国在舒拉总理事会中的代表只有一名，则他必须是总观察员；如果该国有一名以上的代表，则该总观察员必须是其中的一名；如果该总观察员不能作为理事会的固定成员参加，则该国可以选择另一名[288]。

2009 年 5 月，颁布了穆斯林兄弟会总条例，无论是从成员资格条件，任务性质还是取消成员资格的原因来看，兄弟会舒拉理事会的制度都没有产生实质性变化[289]。

2013 年 6 月 30 日的革命给该组织的组织结构带来了沉重打击，特别是对该导师的机构和办公室，包括该组织的舒拉委员会造成了很大影响，其中许多成员被捕，而另一些人则逃往国外。尽管该组织的一些领导人发表了关于舒拉委员会的工作和任务执行情况的声明，并且填补了许多空缺职位，但是，舒拉理事会未宣布新的选举或新成员的名单，也许是由于对舒拉理事会的选举或安全方面的起诉该组织活动受到禁止并被列入恐怖组织名单中。但是很明显，在 6 月 30 日革命之后，许多成员在土耳其的国际舒拉理事会负责管理该组织的事务，特别是在与国际机构对话方面，以表达该组织在各种问题上的看法和立场[290]。

---

288. 1994 年国际兄弟会条例，穆斯林兄弟会维基百科

289. 有关 1982 年兄弟会的公共秩序信息，请参见以下 htt：https：//bit.ly/2LfdGoq。

290. 内森·布朗（Nathan Brown）和米歇尔·邓恩（Michel Dunne），《埃及穆斯林兄弟会：空前的压力和未知的道路》，卡内基中东中心，2015 年 7 月 29 日，通过以下链接：https：//bit.ly/2naK9Eq

国家组织结构和穆斯林兄弟会组织结构之间的比较

4-13-2 根据实践评估该组织中舒拉理事会的作用

如果该组织的舒拉理事会基于该组织的规章制度，具有许多权力和职能，并且在议会中具有类似的作用，那么无论是在批准该组织的总体计划及其实施机制，批准其自身的预算以及选举最高人民法院的成员，以调研总导师或总指导局提及的案件，有权发布不一致的决定（即产生争议的决定），并有权制裁总指导局的团体和个人的成员，接受绝多数理事会成员的辞职，它甚至有罢免总导师的权利，但这些权力实际上并没有落地，因为舒拉理事会行使其职能和权力取决于一系列决定因素，其中一些决定因素与该组织总导师的个性及其特殊特征有关，而另一些因素与该组织内部相互矛盾的思潮之间的关系性质有关，这严重限制了舒拉理事会的作用。

从这个意义上讲，该组织的舒拉理事会只是一个穆斯林兄弟会试图在外面展现自己的阵线，作为一个信奉西方民主的组织，但实际上它是一个封闭的组织，与舒拉的价值观或现代民主原则的坚持相去甚远，对此有许多数据和证据可以证实，最值得注意的是：

1- 从该组织成立初期开始，就对舒拉委员会成员的选拔方式上缺失适当的标准，因为该组织的创始人哈桑·班纳是基于信任而非能力，基于忠诚度，听从，服从和亲属关系来选择组织成员[291]（，而缺失了客观和效率及任人唯贤的标准。同时，创始机构的成立并不是在民主基础上进行的，尽管依靠选举方法每年创始机构换届十名成员，但这既不是自由选举，也不是自下而上的选举，而是根据总导师的提名在同一机构进行的一次内部选拔。哈桑·阿尔·班纳本人选择了创始机构的成立，1941 年该机构首次成立时，他选择了 100 名成员，同时他本人也控制着新成员的加入。在这种情况下，这种以个人个性为集权领导风格的特征，将所有权利集于一身，从一开始就使该组织成员习惯于通过听从和服从来遵守其领导才能[292]。

---

291. 兄弟会舒拉会理事会的席尔·沙美尔（Hor Sameh）..《导师专政制作的"致命的幻想"》，参考网站，2018 年 6 月 18 日，通过以下链接：https://bit.ly/2n9Xvkh。

292. 前源，瓦黑德.阿卜杜.麦继德，第 55 页。

虽然穆斯林兄弟会基本法第 34 条规定，创始机构"应考虑到穆斯林兄弟会的舒拉总理事会和指导局大会"，但该条也赋予了该机构"选择指导局成员"的最高权力。该规定第 9 条授予他选举总导师的权力，该规约第 19 条规定，导师和指导局成员应从创始机构本身的成员中选举产生，但该规约或内部法规均未提及创始机构所遵循的任何一种选举或换届选举。虽然《基本法》第 33 条提到："创始机构由早期从事宣教工作的兄弟构成。但谁选择这些人？选择的标准是什么？该文本忽略了该组织中最高宪法机构享有的领导合法性的根源，原因是哈桑·阿尔·班纳亲自选择了该创造机构的成员[293]。这意味着创始机构赋予了自己永久的合法性，并剥夺了非创始成员运动的任何变更或共享选择领导权的权利。

2- 该组织的舒拉理事会所扮演的角色的性质一方面受到该组织导师的特征的影响，另一方面又受到与历届埃及政府的关系的影响；在已故总统贾玛尔·阿卜杜勒·纳赛尔去世之后，以及已故总统安瓦尔·萨达特时代的开始，该组织的导师哈桑·胡埤比认为有必要对舒拉委员会有关的章程进行修订，以便所有穆斯林兄弟会成员按照该组织创始人哈桑·班纳所设定的规则基础上开展工作。有趣的是，哈桑·胡埤比过去一直将舒拉理事会视为该组织所基于的坚实核心，但他对此施加了限制，即该理事会的成员由"阿米林"的兄弟组成，它具有很高的组织职级，其上只有"穆贾希德"的兄弟作为更高职级，其下有"蒙特谊目"，"蒙特塞布"，穆安逸德"，和"穆新卜"的兄弟作为较低的组织职级，胡埤比将舒拉理事会的职权范围定义为制定宣教政策的机构，并选择负责执行工作的人员，且已结算的方式管理他们，同时协调指令范围内的各类活动；但是胡埤比去世后，舒拉理事会并没有行使职权，行政指导局以安全部门不允许他们召开舒拉理事会会议为由仍是该组织所有决策的主导[294]。

---

293. Muhammad ibn al-Mukhtar al-Shanqeeti，《穆斯林兄弟会的主要困境的特征》，半岛电视台网·日期不详·请通过以下链接：https://bit.ly/2py0NP6。

294. 萨拉赫·丁·哈桑（Salah al-Din Hassan），《第二份创始文件..在萨达特时代·兄弟会是如何形成的？》·中东在线·2019 年 1 月 3 日，通过以下链接：https://bit.ly/2o5gcWH。

穆斯林兄弟会舒拉理事会的第一次会议是在 1978 年 5 月第三任总导师-奥马尔·特莱姆塞尼通过的临时章程的基础上举行的，该章程充分界定了舒拉理事会的性质，职能和权力，它具有穆斯林兄弟会的立法权，它的决定具有约束力，任期为回历四年。但是，值得注意的是，尽管这份临时章程清楚地界定了舒拉委员会的性质，但除 1992 年"沙拉沙比尔事件"之后发表的那些信息之外，尚无关于舒拉委员会总议员姓名的准确信息，这是由于该组织担心受到安全起诉，或舒拉理事会成员遭到逮捕。 1994 年下半年再次举行了舒拉议会选举，理事会成员于 1995 年 1 月举行会议，在会上他们讨论了舒拉理事会在 1989 年提出的建立兄弟会的问题；他们还讨论了该组织是否应当转型为一个政党或该党是否应该成为该组织中的一部分[295]。

3-舒拉理事会对该组织的命运决定的影响有限性…与该组织的一般规章制度规定的任务和权力相反，该理事会缺席了有关该组织命运和未来的许多决策，或者更准确地说，在有关该组织命运和未来的许多决策中都忽略了该理事会，因为在选举穆斯托法·马什豪尔担任该组织第五任导师的过程中，理事会并没有发挥作用；当时马世豪尔于 1996 年著名的"坟墓之约"开始担任第五任导师职务，那是在完成了第四任导师-穆罕默德·哈米德·阿卜杜勒·纳斯尔的葬礼之后，在离开坟墓之前发生的。埃及以外的国际组织的领导人认为这一措施是在没有返回的情况下进行的，以便规避它并剥夺选举该组织领导层和指导其政策的任何权利，埃及组织领导人选举导师的规章被绕过，当时他们把在指导局内部成员间选举导师的制度局限于只在埃及舒拉理事会的 85 成员间选举导师，而完全忽略了国际组织的会员[296]。

---

295. **前源**。

296. Imad Muhammad Hilmi， 《**穆斯林兄弟会国**际组织的未来》·2003 年 11 月 1 日，Diwan al-Arab 论坛·通过以下链接：https://bit.ly/2AM3A9C。

视频标题：前指导局成员谈论 Khairat Al-Shater 和穆斯林兄弟会的财务丑闻。 链接如下： https://www.youtube.com/watch?v=kUD2Rp7pPS0 来自导师的压力强制性要求舒拉总理事会批准 Khairat al-Shatir 入选 2012 年共和国总统职位，这证明该理事会受总导师的约束。 值得注意的是，当凯莱特·沙迪尔（Khairat al-Shatir）被提名担任总统职务时，他并不是一个著名的政治人物。 Khairat al-Shater 否认为穆斯林兄弟会在埃及境内管理公司，因为他不具备商人特质。 以 Khairat Al-Shater 代表的自由与正义党有一个宽松而笼统的计划，而 Khairat Al-Shater 的正义概念是在穆斯林兄弟会内部实践的。	
 https://www.youtube.com/watch?v=kUD2Rp7pPS0	

在 2011 年 1 月 25 日革命后的 2012 年埃及总统选举中做出提名该组织的决定时，舒拉议会的作用是形式的。2012 年 3 月，穆斯林兄弟会舒拉理事会举行了会议，决定了该组织对 2012 年 5 月举行的埃及总统选举的立场。最终，该意见决定进行总统选举，该意见是由舒拉理事总会 108 名成员中极度少数的 56 名成员中提出的，这意味着反对派是 52 名成员，值得注意的是，舒拉理事会没有正式指定候选人的姓名[297]；后来的事态发展表明，导师-穆罕默德·巴迪对候选人的姓名强加了他的意见，这与舒拉的原则，议会的实质及其章程的基本规定明显矛盾，这明确表明穆斯林兄弟会的舒拉理事会是一个形式上的议会。实际上该理事会与该组织并没有任何协商的关系，而仅仅是美化该组织的形象。事实是，该理事会

---

297. 为什么穆斯林兄弟会在政治上沦陷？ **大西洋理事会（无日期）**，位于以下链接：https://bit.ly/2pG6n27。

有它的独裁主席，即，该组织的导师。他的意见对兄弟会所有效行根深蒂固的兄弟情感原则的成员都是有效的，即："即使导师错了也比你对了更有意义"。值得一提的是，那些敢于违反导师意见或试图纠正舒拉理事会内部成员观点的人会被永久开除，他在兄弟会的最基本权力也将被剥夺；此外还会针对他发起诽谤运动以防止可能泄露与该组织现实有关的任何秘密和细节[298]。

<table>
<tr>
<td>

视频标题：无界限 –埃及穆斯林兄弟会的未来。 链接如下：

https://www.youtube.com/watch?v=v7xEPxip5JI

这一集特邀穆斯林兄弟会国际关系前专员尤塞夫·纳达（Youssef Nada）作为访谈嘉宾，他谈到了对兄弟会在埃及执政经历评估； 在兄弟会被指控犯有恐怖主义罪的同时，他们将走向何方？

优素福·纳达（Youssef Nada）说，我们可以把穆罕默德·莫西（Mohamed Morsi）统治埃及期间发生的事件归类为暴乱，而不是革命或政变。

优素福·纳达说，穆罕默德·莫西（Mohamed Morsi）的统治期间引起了很朵麻烦，所有人都与他对着干；莫西犯的最重要的错误是他推迟了宪法宣言。

</td>
<td>

</td>
</tr>
<tr>
<td colspan="2" align="center">

https://www.youtube.com/watch?v=v7xEPxip5JI

</td>
</tr>
</table>

随着 2013 年 6 月 30 日革命的影响，该组织的舒拉理事会无法执行其任务开始表现的十分明显，这不是由于其数个成员遭到逮捕，而是因为对该组织垮台的形势采取对待的方式所引发的抗议导致到很多成员辞职。根据组织舒拉委员会工作的

---

298. **尔·沙美（Hor Sameh）**，**《兄弟会舒拉理事会》**，与前同源。

章程规定，假定有一定数量的成员参加舒拉理事会的会议，而这促使他们中的一些人对该条例进行了修改以解决此问题，但是负责导师工作的人对此表示拒绝，这导致该组织的一些领导人提出了挑战该负责人人，他们呼吁从兄弟会的行列中选举组成大会，他们有权通过新章程或修改或取消其中的一些条款。国际组织的领导人易卜拉欣·穆尼尔证实了这一点，他说在设定新章程的实际成熟前该组织必须受到特殊法规的管理[299]。

因此总的来说，舒拉理事会虽然在穆斯林兄弟会的组织和等级结构方面处于先进地位，并享有强大的权力，但它仍然受到限制，并受制于特殊系统的和总导师的领导，然而尽管如此，该理事会的重要性主要在于它象征着穆斯林兄弟会信仰商议和民主信仰的重要性。

4-14 特别系统或秘密组织（穆斯林兄弟会的军事部门）

私人系统或秘密机构是穆斯林兄弟会组织结构的最重要支柱之一，它直接遵循总导师，并对成员姓名或工作性质实行完全保密。自 1928 年穆斯林兄弟会成立以来，建立此系统的想法与哈桑·阿尔·班纳的项目密切相关。特殊系统并没有在该组织的组织结构中具体化而与当时埃及境内外发生的政治，社会和经济事件相隔离，当时整个世界见证了受俄国布尔什维克革命思想影响下的多元而广泛的交融，以及第一次世界大战结束后世界面临的形势，新的国际秩序的影响，更不用说包括埃及在内的生活在外国殖民主义重压下的国家内部状况了。

也许这些多重而又相互交织的元素在使这些事件适应以服务于穆斯林兄弟会启动特别系统的主要目标方面具有重大影响，该系统一方面体现了武力和圣战在该组织宣教方面的体现，另一方面又增强了该组织在社会中的地位。

---

299. 内部情况的发展："兄弟会是否趋于真正的行政分裂之中？》，2016 年 3 月 25 日，网址为：https：//bit.ly/2nXfSJS。

4-14-1 思考创建特殊系统的开端

考虑建立特殊系统时，哈桑·阿尔·班纳从与成员的军事成长有关的共产主义和法西斯主义运动的经验中受益；情报和恐怖主义信息中心准备的一项研究中有一些证据表明，贝纳受到了源自法西斯意大利和纳粹德国的军事青年运动的影响，当他最初建立穆斯林兄弟会的童军运动时，他就对上述运动钦佩不已，并开始复制这些经验，后来其成员被合并为"指路兵"系统，并且该童军运动的成员在夏令营和该运动的其他聚会中接受了常规的体育锻炼，然后他在 1940 年成立"特殊系统"时，他们中的一部分人并入到了该组织的军事部门[300]。

在创始机构成员-马哈茂德·阿卜杜勒·哈利姆的题为"穆斯林兄弟会...造就历史的事件-来自内部的观点"一书中，提到了该组织具备的两种类型的系统，第一种是"私塾"系统，类似于先知时代（愿真主赐福他），以打造一批肩负伊斯兰使命的精英力量，并旨在"深度的集中训练教育方法，因为这是唯一的让教授者和被教授者面对面，互相间心智对流的训练方法，使心和心处于最高的接收和交付得准备状态，或者用现代语言表述为接收和传输的状态[301]。哈桑·阿尔·班纳采用的第二种系统是建立机动队伍"坚瓦莱"，训练他们携带武器，并为接受训练者提供展示身体力量和军事技能的一切要素。

建立"坚瓦莱"系统的初衷是认真的；班纳渴望避免在推广穆斯林兄弟会中的军事组织的想法时触犯法律，因为除政府组织的注册外，这段时期法律不允许成立其它组织。因此，班纳设法将"坚瓦莱"系统纳入到全国童子军协会下面，该协会被认为是隶属于该组织的年轻成员"童军"系统，而成年人则属于"坚瓦莱"系统，由此其活动是合法的和正式的，以便"坚瓦莱"可以在国家童子军协会指定的地方建立营地，从而达到训练耐力和承受苦难力的目的。

300.　The Muslim Brotherhood, The Meir Amit Intelligence and Terrorism Information Center, P. 31 https://bit.ly/2IVRVK9.

301.　Mahmoud Abdel-Halim，第 150 页，前源。

1940 年，阿尔·班纳召集了五名成员，分贝是萨利·阿什马维，侯赛因·卡迈勒·阿丁，阿卜杜勒·阿齐兹·艾哈迈德和马哈茂德·阿卜杜勒·哈利姆[302]，并向他们介绍了建立"特殊系统"以履行未来责任的想法和理由，前提是这五名成员务必担负起训练和建设的责任。"除了各成员之外，其他任何人对此系统不会有任何了解，其运转资金应该来自其成员的口袋，因为愿意为此奉献生命的前提标志就是奉献财产[303]"。

一项研究表明[304]，哈桑·阿尔·班纳致力于建立后来成为"军队"的特殊系统，以取代埃及军队，阿尔·班纳委托该组织的两名领导人建立了该系统的几个分支机构，例如军队，警察和在人民中传播的另一个受欢迎的分支机构。该系统由以严厉严谨著称的阿卜杜拉赫曼·三迪领导。

4-14-2 支持特殊系统的教学结构

穆斯林兄弟会是第一个树立政治暴力影响的政治运动或政党。这种思想加强了该组织对采用体能训练的方法培训成员并提高其身体技能的依赖，必要情况下使其成为随时能够执行任务的军事运动系统的一部分[305]。

综上所述，穆斯林兄弟会的教育结构是建立在个人兄弟情义的心理和道德能力的基础上，以巩固其身体结构，并在某个时刻推动其执行最危险的命令和指示，而

---

302. Mahmoud Abdel-Halim， 258 页·前源。

303. 前源，258 页。

304. 有关特殊系统出现的情况的更多详细信息·请参阅：苏赞·哈菲（Suzan Harfy）、、《特殊系统和穆斯林兄弟情况》（开罗·梅勒出版社·2013 年），马扎马研究中心和研究中心·https：//almezmaah.com/2018/ 08/30/166954 /

305. 易卜拉欣·扎穆尔（Ibrahim Zahmoul），前源

无需讨论或反对；也许这种结构在运动和组织的层面上采用从较小的圈子向该组织更大的圈子循序渐进的发展。该组中最大的组，如下所示[306]：

- 家庭：它是该组织中最小的组织单位，负责人被称为家庭队长，各成员学习由该组织领导层许可的教育课程，旨在形成该组织成员的个性，按照该组织的概念纠正其信仰，加强各成员之间的联系，增进他们之间的相识，理解和团结，且每周为他们举办一次聚会。

- 小营地：这是一个由几个家庭组成的团体，成员每月聚集一次，他们睡在一个地方，目的是发展家庭的精神层面，并增强社会凝聚力。此外它在服从，纪律，努力奋斗，适应生活的坎坷和承担责任等方面遵循自我问责制，营长给每个成员分配问责（自省）表，要求成员记录个人体会和感受。

- 郊游：这是一种教育方法，它可以增进成员间的友爱和情义，是对其它教育方式的补充，参与者可以自由活动，进行体育锻炼和忍受饥渴，几个兄弟的家人可能会结伴而行，而旅行的最佳地点通常是远离城市的喧嚣，较为空旷的沙漠或乡村，为了防止男女混合，通常宣教士及兄弟会成员的家人有单独的郊游安排。

- 大营地：该组织历史上的营地被认为是"坚瓦莱"系统的扩展和应用。这种方法在该组织成立之初就开始使用，旨在收集，教育，培训并向兄弟会成员提供领导和管理技能，并使营地中的参与者习惯于粗野的军事生活，使其具有坚强的忍耐意志，通过遵守承诺和服从命令支持圣战。非学生营地的持续时间在学院和大学放假期间为两到三天，学生的露营时间可能持续一周到整个夏天。

- 培训：一群兄弟聚集在一个特殊的地方，接受该组织教育课程中规定的与伊斯兰工作相关的特定主题的专门讲座和培训，这些课程的目标之一是针对某个特定的主题提供专门的研究，这些主题可能是科学的或教育的，由具有专长的特聘教授带着他们参加课程，这些教授在所研究的主题上拥有最大程度

---

306. 请参阅：《兄弟会的组织结构》·位于以下链接：https://bit.ly/2kr0XWz。 以及《2019 年夏季穆斯林兄弟会的教育方法》，请访问以下链接：https：//bit.ly/2kCpsQz。

的经验和专业知识，并且课程的主题是该组织领导人之间进行探讨和交换意见后预先确定的。

- 座谈会：邀请一些专家和学者参加研究主题或评估问题并提出解决方案，而被邀请者或讲师不一定是来自兄弟会的成员；座谈会是一种教育和文化手段，可以提高参与者的文化大观，并使他们能够从问题中了解情况和问题背景，并为他们提供最合适的解决方案。

- 大会：会议包括来自不同地区的一大群参与者，会议的参与者通常准备在会议上讨论有关该主题的新研究或近期研究，这些可以会议提高参会者的文化和知识层次。

4-14-3 特殊系统的组织结构

该特殊系统是根据群集组形成的，领导小组由五个人组成，每个人分贝组成另外五个小组，并且此事项保持无限连续。从这个顺序来看，彼此交流并认识的个人不超过八个。但是，秘密组织的最高领导层由十个人组成，包括阿卜杜勒·拉赫曼·三迪，穆斯塔法·马什豪尔，马哈茂德·萨巴赫，艾哈迈德·扎基·哈桑和艾哈迈德·哈萨赛印组成的基本集群小组，另外五人是萨利赫·阿什马维，穆罕默德·阿哈迈德·哈密达，筛赫·穆罕默德·梵乐希，卡梅尔和马哈茂德·阿萨夫[307]。

4-14-4 加入特殊系统的条件

新成员加入特殊系统并不容易，因为新成员要接受多种考核，如下所示[308]：

- 宣布为上帝之路为奋斗的决心。

- 新提名的成员需要自费购买手枪。

---

307. 穆斯林兄弟会组织·Maarifa 网站，https：//bit.ly/31f2Apj。

308. 有关更多信息，请参见：前源。

- 新成员需要在"穆侃翁"（负责督导组建特殊系统的人）陪同下通过七次座谈，期间候选人会被完全认知。

- 候选人通过包括祷告，塔哈朱德和阅读《古兰经》在内"灵魂"考核，之后候选人得到委托给他的任务，在执行任务之前，他要写下自己的遗嘱。这个阶段是一个紧密的观察阶段，用于评估候选人的行为及其成功实施的程度，而"穆侃翁"会在最后时刻进行干预，此时候选人将通过该阶段的考核。

视频标题：兄弟会 .. 半岛电视台制作的一部令人震撼的罕见纪录片。

链接如下：

https://www.youtube.com/watch?v=AecqPx4LeOk

私人组织/特殊系统选择了一名秘密导师-穆罕默德·希尔米·阿卜杜勒·马吉德（Muhammad Hilmi Abdul Majeed），并要求兄弟会成员效忠于此人，但许多人拒绝承认该导师。

与该组织普通会员入会仪式不同，私人组织/特殊系统保留了其隐私权，其成员资格仍由穆斯林兄弟会精心甄选。

https://www.youtube.com/watch?v=AecqPx4LeOk

- 通过考核后，候选人进入宣誓阶段，这个程序在临近赛比尔欧姆安巴斯附近的索利比亚居民区的一所房屋中举行，在那里，候选人被要求宣誓效忠，阿卜杜勒·拉赫曼·三迪，"穆侃翁"和候选人进入暗室，三人面对一个从头到脚被白色大衣裹起来的人席地而坐，被大衣裹盖的人将手放在有古兰经的矮桌上，他开始提醒候选人关于暗杀的指令和特殊系统的秘密身份，强调他背叛此次宣誓的结果是从兄弟会中永远除名，说着便从衣兜里掏出手枪要求候选人拿着古兰经和手枪宣誓。根据班纳所说的特殊系统，通过这一关，候选人将成为一名伊斯兰军人[309]"。

---

309. 有关更多信息，请参见兄弟会组织·Maarifa 网站，https：//bit.ly/31f2Apj。

视频的标题是：我来负责 -观看兄弟会成员效忠仪式…..以及暗室和特殊效忠的秘密

链接如下：

https://www.youtube.com/watch?v=xW1e9y28QDk

地下组织/特殊系统有一个特殊的效忠宣誓，它是按照某些程序并以保密方式进行的，而古兰经和手枪在效忠宣誓中的存在证实了效忠宣誓的建立在随时准备牺牲的真实性。

在共济会中，对效忠的特殊誓约也以同样的方式作出，唯一不同的只是宣誓名义，即在宣誓效忠的仪式上替换了共济会而提到了兄弟会。

在加入兄弟会的特殊组织之前，该成员要接受一系列的考核。

该组织在"哈萨穆"中的所有成员都完成了特殊效忠仪式。

https://www.youtube.com/watch?v=xW1e9y28QDk

4-14-5 特殊系统..该组织清除对手和反对者的工具

尽管特殊系统明确表达了该组织创始人哈桑·阿尔·班纳的信念，即该组织必须拥有强大的军事力量面对其对手来捍卫该组织，但他意识到这种组织会引起政府和政治力量的敏感性，焦虑和忧虑，因此他寻求将爱国主义归于特殊系统，并多次在不同场合重申自己的目标是对抗英国殖民主义和捍卫巴勒斯坦事业。哈桑·阿尔·班纳认为："埃及政府和阿拉伯政府是软弱的，有缺陷的甚至是同谋的；除了埃及军队以外，阿拉伯国家中没有其他军队，但是这支军队也是草包一个，且无知并缺乏经验，无法与训练有素的犹太军队进行对抗，犹太军队持有英国和美国的最新武器打击他们（阿拉伯人）的宗教信仰。这也是第七任导师-穆罕默德·马赫迪·阿克夫于 2008 年三月在"阿尔黑瓦尔"电视台的"穆拉基恩"节目采访期间所证实的；即 1948 年巴勒斯坦战争中特殊系统的工作及其参与的重要性[310]。

但是后来事态的发展揭示了真相，即特别系统是四十年代时期穆斯林兄弟会的军事和情报机构，并参与了许多谋杀和恐怖主义活动，其中包括这一时期的著名政治和司法标志。其中最突出的是由于组织哈桑·阿尔·班纳在伊斯梅尔参加选举，艾哈迈德·帕夏·马赫总理在 1945 年 2 月 25 日被暗杀[311]，以及 1948 年 3 月 22 日，艾哈迈德·哈金达法官因为兄弟会在亚历山大于 1947 年 11 月 22 日袭击英军，将其成员判处永久徒刑而遭暗杀[312]。

哈金达法官被暗杀的事件激起了哈桑·班纳与阿卜杜拉赫曼·三迪之间的尖锐争端，哈桑·班纳声称他没有为此下达命令，但三迪却指按照班纳的指令即："上帝或某人可以将我们从这个人中解救出来"执行暗杀行动，特殊系统还于 1948 年 12 月 28 日参与了暗杀迈哈穆德·法海觅·尼格拉希总理的行动，以抗击后者在 1948 年 12 月 8 日解散穆斯林兄弟会活动的决；这是在企图炸毁上诉法院，企图销毁被查封的文件和材料，就是所谓的"吉普车"案的指控材料之后发生的，该资料显示兄弟会卷入暴力事件，且企图暗杀卜拉欣·阿卜杜勒·哈迪总理[313]。

在此期间，特殊系统的工作不仅限于清除穆斯林兄弟会的对手和反对者，还起到了"情报局"的作用[314]。根据信息中心提供的有关隶属于大将军–穆尼尔·艾玛雅

---

310. **穆罕默德·马赫迪·阿克夫**（Muhammad Mahdi Akef）在 Al-Hewar 电视台的"**交谈**"中接受采访，该录像是 2008 年 3 月录制的第一集，https：//bit.ly/341tDXk

311. **有关更多详细信息**，请参阅：Maher Hassan，"**他们暗杀了总理艾哈迈德·马希尔·帕夏**"（Ahmed Maher Pasha），2015 年 7 月 19 日，**星期日**，Al-Masry Al-Youm 网站 https：//bit.ly/33PQnsU。

312. 视频：三迪·**埃米尔·垗穆**（Amir of Blood Al-Sanadi）**关于暗杀总理艾哈迈德·哈金达的新细节**，DMC 频道 https：//bit.ly/2JhEpkc。

313. **有关更多详细信息**，请参阅：艾哈迈德·**阿德尔·卡马尔**（Ahmed Adel Kamal），书信上方的要点，"**穆斯林兄弟会和特殊制度**"，《**阿拉伯媒体的 Al-Zahraa**》，第二版，1989 年。

314. 前源。

[315]的恐怖及情报表明，特殊系统有一些隐秘机构如："专门搜集外部势力力量和运动机构及其成员信息的秘密情报机构"，有"军事导向的特别机构"，这些机构专门预期最高领导人的指令，进行追踪和监视该组织对手的动态。

1940 年代清楚地表明了特别政权带来的危险，这就是为什么已故总统加玛勒·阿卜杜勒·纳赛尔政权热衷于拆除这一系统并将其权力限制到最低限度的原因，尤其是在与兄弟会的关系进入冲突阶段的时候。但是，值得注意的是，穆斯林兄弟会理论家赛义德·库特布关于裁决论和叛教论的思想得到了特殊系统的追捧，他们认为武力和暴力能够改革社会。

在该组织的第二任导师-南哈桑·哈迪比领导期间，特殊系统被重组，它取消了军事性质的特殊任务，库特布在其著作《宣教士而非法官》一书里的极端主义意识形态开始消退，这是试图指导该系统的规则，防止其破坏该组织，或损害其形象。

1973 年胡埭比逝世后，特别系统的领导人通过选择一名秘密导师而将其愿景强加于组织结构上，并要求该组织的成员对此人表忠，但许多人拒绝了；后来奥马尔·特莱姆卡尼（被认为是倾向于中正和改革派的领导人）被选该组织的第三任导师，他致力于显着降低特殊系统的影响。由于该组织于 1987 年公开承认并拒绝秘密行动，该组织的影响已大大减少，其职能的性质也发生了变化。

但是，2010 年举行的穆斯林兄弟会内部选举为复兴特殊系统的作用提供了新的机会，特别是因为这一选举导致了库特布潮流的兴起，由于热衷于其思想的许多成员都属于特殊系统，这导致兄弟会与穆巴拉克政权之间的关系紧张，并致使穆巴拉克政权以发动特殊系统，返回武装暴力控诉理由羁押了多个兄弟会领导人，这一点正如之前本研究第三章所提到的。

---

315. 请参阅：The Muslim Brotherhood, The Meir Amit Intelligence and Terrorism Information Center, P.31. https://www.terrorism-info.org.il/Data/pdf/PDF_11_033_2.pdf

"2011 年 1 月 25 日革命"是恢复特殊系统作用的新机会，但埃及军队和安全部门的警惕在早期就挫败了这些尝试，直到 2013 年 6 月 30 日革命对特殊系统和整个兄弟会构成了沉重打击。但是，鉴于以下两个因素，从该组织成立至今，特殊系统仍然是穆斯林兄弟会组织建设的**最重要支柱：**

第一个是：在决定该组织的命运决定时所起的关键作用的性质。也许这可以解释特殊系统成员享有的特权地位，因为它高于该组织的其他成员，在该组织中，属于特殊系统的成员被当作该组织名副其实的成员。与哈桑·班纳进行宣教的兄弟比他们（特殊系统的成员）低一个级别，所以哈桑·班纳将他们定义为"穆贾希德"（圣战士），而与阿尔·班纳一起从事宣教的人则被称为"阿米里"（劳动者）[316]。

第二个因素是该系统对许多采用武力和武装手段的极端主义和恐怖集团的出现产生了重大影响，毫不夸张地说，这一特殊系统是许多后来成立的极端主义和恐怖圣战组织得以建立的核心。其中最重要的是"基地组织"和"伊斯兰国"[317]

---

316. 艾哈迈德·哈桑·巴古里（Ahmad Hassan Al-Bagouri），《记忆遗迹》（开罗·艾哈拉姆翻译与出版中心·1988 年），第 69-91 页。

317. 穆罕默德·哈米德（Muhammad Hamid），《穆斯林兄弟会"特别组织"...恐怖组织的摇篮》·Al-Bawaba 新闻·2015 年 3 月 24 日，通过以下链接：https://www.albawabhnews.com/1190880。

第 5 章

穆斯林兄弟会的组织结构中的行政委员会和中央委员会

序言

社会运动通常是由于所处的环境而普遍产生的，这导致它与各种问题和和事件进行互动，并试图寻找解决方案。因此，"社会运动"一词当然包括具有政治目标的宗教团体，例如"穆斯林兄弟会"，用于描述着重于特定政治或社会问题的有组织和非正式的社会实体。这是一种团队合作的形式，其外观与人们对社会变革的感知需求有关，并且与公众表达抗议的机会有关[318]。

社会运动的主要特征可以概括如下[319]：

- 在组建运动或组织它时依赖于强大的组织基础（包括领导人，成员或追随者，正式或非正式的关系以及联盟）。

- 跟进政治议程或集体关注的问题。

- 参与旨在实现清晰目标的集团工作，并使用各种策略实现目标。

- 利用现有机会并以确保其连续性的方式发展其组织和管理框架。

- 为个人和团体使用有形和无形的资源；带来政治，社会或文化变革。

---

318. Social movement, New World Encyclopedia, https://bit.ly/2IXTNJI.

319. 请参阅：Debbie H. Martin, Ann C. Macaulay, and Pierre Pluye, can we Build on Social Movement Theories to Develop and Improve Community-Based Participatory Research? A Framework Synthesis Review, American Journal of Community Psychology, 2017, https://bit.ly/2jXOdGr.

- 毫无疑问，总体而言，社会运动的战略家会考虑制定集体行动的必要性，首先定义环境的各个方面及其对个人和社会的影响，然后义社会运动身份的框架，然后介绍社会运动的身份，目标和动力机制，除此之外，还可以做些什么迎接并克服带来社会变革的挑战[320]。

因此，社会运动的活动不仅限于动员权威，还包括形成新的价值观和身份认同，这些价值观和身份是社会运动的主要产物[321]。也许社会运动的发展不仅取决于它如何面对社会问题和挑战，而且还取决于其内部发生的事情，从而导致它的互动成为一个"生命周期"或一个历史阶段，而这种互动往往以运动的消失而告终，或者尽管受到压力仍然保持其强大和有效[322]。

因此，社会/政治运动在你所生活的社会中的影响受到体制的限制，反映了其出现的环境特征，同时也影响了其流动性和优势的可能性[323]。只要政权灵活地应对这些运动并允许他们有一定幅度的运动，它就能够增强其在社会中的作用和影响力，反之亦然。

在大多数情况下，具有实际和适用方法和形式的组织结构被认为是实现这些运动目标的手段之一，这是基于三个主要要素的，第一个要素与行政和行政结构的形式和作用有关，第二个要素与如何组织集体行动并确定该运动各部分之间的关系的特征，然后动员起来，第三个问题涉及控制各种结构的目标和工作形式的协调机制[324]。

---

320. 请参阅：Derrick Purdue, Civil Societies and Social Movements...Potentials 2007, https://bit.ly/2lS8Cxe, p.7.

321. Ibid.

322. 请参阅：Ajay Kumar Yadav, SOCIAL MOVEMENTS, SOCIAL PROBLEMS AND SOCIAL CHANGE, Academic Voices, A Multidisciplinary Journal, Volume 5, NO. 1, 2015, p. 2.

323. 请参阅：Roberta 'Garner, Mayer N. Zald, Social Movement Sectors and Systemic Constraint: Toward a Structural Analysis of Social Movements, https://bit.ly/2kr5QPd.

324. 请参阅：Jurgen Willems & Marc Jegers, Social Movement Structures in Relation to Goals and Forms of Action: An exploratory model, https://bit.ly/2m0FP9X.

关于穆斯林兄弟会，它一直渴望在其组织结构内建立各种行政框架，以实现其协调宣教，政治和社会工作的目标，并抓住机会进入政治进程，只要该系统允许他们在某个时候这样做，以确认其对民主和自由标准的承诺；确保政治参与，并随后达到在埃及建立伊斯兰国家和改变政府体制的目标。

另一方面，这些框架与埃及人民各阶层之间建立了更加全面，多元化和充满活力的民政关系，因此很难忽视该组织在影响政治和经济方程式以实现高度社会接受和满意度方面的作用。穆斯林兄弟会已成功地建立了一个强大的组织，其组织方式类似于埃及国家部门及其各种结构：指导局与部长议会平行，舒拉理事会代替议会，行政办公室可代替各省份职能，各地区适用于行政和选区部门[325]

前述内容肯定了上世纪九十年代初公布的赋权计划，因此，只有通过该项目渗透到社会，学生，工人和专业人士，商业部门以及大众团体等重要阶层，才能使该组织具有控制国家机构并掌控政权，[326]这种授权是通过更接近平行国家的统一监管机构来实现的。

因此，穆斯林兄弟会寻求扩大其在社会所有领域的权力和行政职能，并在其业务活动中采取集中化的态度，且始终倾向于将社会和经济以及文化生活方面的政治化程度进一步提高，从而在比较其提供的服务时增强其独特性和力量感，有时这些生活和社交服务，甚至倒退的国家满足不了公民的需求，所以该组织便有机可乘。

鉴于上述情况，本章旨在分析这些不同行政框架（例如行政机关，中央委员会及其在组织的组织结构内的不同部门）追求的动态性质，结构特征和目标，以及它们如何构成该组织最重要的工具之一，以渗透和进入社会各个群体。

---

325. 引自侯赛姆·塔玛（Hussam Tammam），《穆斯林兄弟会的转变》，前源，第 22 页

326. 前源，26 页。

5-1 行政办公室，委员会和部门：形式和职能

众所周知，穆斯林兄弟会的组织结构是按等级划分的，由控制组织成员和领导人之间关系性质的法规和法律以及通过私塾或该组织家庭精心选择的总规则。

可以说，穆斯林兄弟会自成立之初到扩展到社会各阶层和中产阶级之间不过是建立在其行政组织的基础上，该行政组织将村庄与城市，首都和伊斯兰家园联系起来；并号召公众以及不同年龄段的人参加精心组织的活动。该法规对基本法的最新修正案做出了规定，该基本法经创始机构于 1948 年 5 月 21 日批准，并由总指导局于 1951 年 11 月 2 日批准[327]。

因此，穆斯林兄弟会的行政委员会和中央委员会受委托为该组织执行宣教培训任务，并扩大其群众基础。除了行政和组织任务外，它还倾向于将志愿和行政工作政治化，以期实现政治变革，包括削弱国家，破坏其无法兑现其诺言或丑化某些职能的形象；利用政府政策与公民之间的鸿沟；并利用经济调整方案的政治效果煽动民众反对国家，推翻政权[328]。

埃及的案例表明，穆斯林兄弟会崛起的原因之一是埃及国家效力下降和合法性动摇的结果[329]，特别是在前总统胡斯尼·穆巴拉克统治的最后十年中，他保留了政治权力，同时在对立的伊斯兰反对派面前放弃了对社会和文化领域的管理[330]。

---

327. 易卜拉欣·扎穆尔（Ibrahim Zahmoul），《**穆斯林兄弟会**历史论文》，穆斯林兄弟会维基百科，网址：https://bit.ly/2kbmv9k。

328. 哈利勒·阿纳尼（Khalil Al-Anani），《谁管理穆斯林兄弟会？》，2014 年 4 月 15 日，阿哈特报纸（Al-Hayat News）上，链接为：https://bit.ly/2n5QssQ。

329. Sheri Berman, Islamism, Revolution and Civil Society, https://bit.ly/2PBjCO2, p. 258

330. Ibid, p.259.

在实践和充满活力的地区，穆斯林兄弟会成功建立了经济，社会，科学和宗教机构，例如：清真寺，学校，药房和庇护所，以及对诸如回教保险等社会事务的重视，组织了扎卡特慈善活动，慈善事业，引导青年利用业余时间。

还有一些其他方面的重要性与上述内容相辅相成，并基于穆斯林兄弟会通过其中央委员会和部门的作用，采取基于对伊斯兰教义的社会理解的动态动员方法，涉及培养兄弟会的世代，并根据其原则在身体，心理和精神上对他们进行训练，并且他们还建立了专业网络和工会分支机构；特别是班纳定义的组织结构取决于成员之间的兄弟关系：了解彼此，寻求共识和加强成员之间的情义与互相间的支持和联系。几十年来，直到今天，穆斯林兄弟会已经通过专注于伊斯兰概念（如兄弟情义优先于其它）的文化节目，或由某组织里某个成员诵读的每日经文及祷告词加深该组织成员间的关系，这些措施旨在加强成员之间在精神，人文和社会层面的共有的联系[331]。

因此，穆斯林兄弟会的行政委员会和创始机构关注的是培养符合其原则的穆斯林兄弟会世代，尤其是在制定计划和确定必要的优先事项后将这些原则根植于他们的心灵和行为。 兄弟会的大部分领导在重要的社区机构中表现十分积极，他们投身于职业工会，行业协会，宗教慈善管理部门或参与重要的社会俱乐部。

在这些参与的背后，该组织能够在政治性工作长期处于关闭的时候巩固自己的地位，这种参与积极性也帮助该组织扩展了其交流网络，通过提供社会服务和加大招募力度获得了民众的广泛支持[332]。

该组织的早期阶段着重于扩大成员资格，建立有纪律的听众群体并通过持续的交流和灌输动员会员；直接联系是班纳所采取的与在清真寺，家里，俱乐部以及其

---

331. 请参阅：Ammar Fayed, Is the crackdown on the Muslim Brotherhood pushing the group toward violence? 2016, https://brook.gs/2Z4eCoP.

332. 埃里克·特拉格（Eric Trager），《埃及穆斯林兄弟会的一些领导人简介》，华盛顿近东政策研究所，2012 年 9 月 4 日，链接如下：https：//bit.ly/34imUJa。

他地方和会议中的人们交谈的一种方法。这促进了新分支机构的建立，随后创建了广泛的社会福利项目，例如：清真寺，学校，俱乐部，小型家庭企业，卫生所，以及向村庄通电。

因此，穆斯林兄弟会追求两个主要目标：保持其组织结构并增强其社会和政治影响力。具有各种利益的服务网络是满足公民在社会，健康，教育和经济需求的门户。

由此，穆斯林兄弟会开启了该组织从改革和宣教为初衷到恢复伊斯兰政权的转变。对此，阿尔班纳说，兄弟会"并不为自己寻求统治。如果他们发现本民族中有人堪当此重任，并以伊斯兰和古兰经作为其执政方针，那么兄弟会便是他的军队和支持者；如果没有人堪当此重任，那么兄弟会将自立门户，并从所有不执行上帝命令的政府手中夺取政权[333]。

同样，阿尔班纳创建组织的这种努力按照穆斯林兄弟会的设想要求建立一个伊斯兰国家；打造一个社区是迈向伊斯兰化的第一步；通过教育孩子，并在他们心中根植对兄弟会的爱，确保他们的忠诚和服从，从而建立一个相互支持的社区网络，创建一个完美的兄弟家庭。用同样的话说，新的兄弟会实体的形成需要首先改变个人，只有这样才能够改变社会，并以其独特的心理，社会和认知特性构建一个群体。

因此，穆斯林兄弟会采取了一种组织模式，其特征在于等级复杂性和行政框架的相互交织，这些组织能够通过其领导层和精英在社会中扩展，以期通过委员会和部门实施的运动计划改变个人和群体的信念和趋势。尽管实行了专制的行政和组织等级制度，但是穆斯林兄弟会的行政和行政结构仍然是按照总统/导师的指示而进行管理的父权制度，奥利维尔将伊斯兰运动比喻为包围在苏菲维度中的列

---

333. **哈桑·阿尔·班纳（ Hassan Al-Banna）**，**第五届会**议论文·，位于以下链接：4/1/2003，https：//bit.ly/2F4PhjQ

宁主义模型，这在领导人和组织框架名称的相似性中显而易见。如：导师/秘书长，兄弟/同志，理事会/中央委员会[334]。

在此基础上，该组织的技术运营分为两类：第一类与穆斯林兄弟会的行政事务有关，由直接向指导局报告的六个委员会组成，六个委员会是：财务委员会，政治委员会，法律委员会，统计委员会，服务委员会和法塔瓦委员会。至于第二类：它涉及意识形态或传播信仰，它由以下部分组成：传播宣教，工人，农民，家庭，学生，与伊斯兰世界的通讯，体育，专业，新闻和翻译以及穆斯林姐妹部门[335]。

这些委员会和部门可以是临时的也可以是常设的，它们隶属于总指导局并且设在总中心，总书记应在总导师或指导局批准后将这些部门和委员会的活动及其决定告知人民。部门和委员会在提供建议和调查中的作用向指导局总结报告，指导局负责任命各部门和委员会的负责人。

因此，穆斯林兄弟会优先考虑在与儿童和青年思想文化状况有关的机构中工作。不管怎样，哈桑·阿尔·班纳本人是教师出身，所以他对"少年强则国强"的概念有着深刻的理解的。因此，格外重视教育和媒体领域[336]-法国社会学家路易斯·阿尔托瑟将其描述为国家的意识形态工具。尽管穆斯林兄弟会在大部分时期都是被禁止的组织，但它设法在埃及的学校，教师培训单位，教育学院，学生会以及大学和夏季体育俱乐部中保持强大的势力，所有这些都成为该组织发展和传播其反政权的意识形态的主要招募站。

---

334. 引用奥利维尔·罗阿（Olivier Roa）的《政治伊斯兰经验》，第二版（伦敦：达·萨奇，1996 年），第 51 页。

335. 穆斯林兄弟会的意识形态，组织和意识形态，第二部分，位于以下链接：https://bit.ly/2jUq8jQ。

336. 请参阅：Linda Herrera and Mark Lofty, E-Militias of the Muslim Brotherhood: How to Upload Ideology on Facebook, 2012, https://bit.ly/2LScZDm

穆斯林兄弟会的第二阶段，特别是从上世纪七十年代中期到 1987 年，目睹了社会主义和工会活动的集权化和参与度以及在政治和经济领域中的存在。此外，它已开始着手建立广泛的社会机构网络，包括学校，服务项目，慈善团体和医院[337]。

这些变化产生了一个复杂的制度结构，优先考虑与社会的直接互动，并将更多的注意力放在更具包容性，紧密联系的组织模型和广泛而可靠的社会基础上-特别是在穆巴拉克统治时期与国家断断续续的冲突中接纳该组织的广泛社会基础。该组织在处理事务时也依靠这些组织框架（单位，委员会和部门），并在 2013 年 6 月 30 日革命后满足其成员的要求，这对组织和财务结构构成了重大打击，正如之前在本研究第三章中所述。

5-2 穆斯林兄弟会的行政机构

5-2-1 行政处

该国分为行政处，每个省都有其行政处，各行政处负责监督位于该省的地区，并受制于指导局；允许将其范围扩大或缩小到省或自治区的范围，每个行政处都有一个理事会来管理，而行政理事会由主要部门的负责人领导，或由指导局从兄弟会中选出的，他们认为胜任的人；每个行政处都有代理，秘书和财务受托人，并且理事会成员还包括行政处部门的地区负责人以及舒拉理事会的成员，并且行政处以辖区的形式分布其区域，以促进后续任务，并且每个辖区至少包括三个区域[338]。

---

337. Ammar Fayed, op. cit.

338. 穆斯林兄弟会章程（1951），位于以下链接：https://bit.ly/2IGX1Rx。

5-2-2 区域

行政处分为多个区域，该区域由位于中心或部门的所有小区（最少三个部门，最多十个部门），区域的边界可能比中心或部门的边界更宽或更窄。每个地区都有一个由主要部门负责人管理的中心，或者由总中心从该部门的行政会选出。

5-2-3 辖区

区域分为多个小区，小区是最小的行政单位，由其成员内部的行政会，部门负责人，其代理人，秘书和司库管理，小区有公益协会，小区包括居住在其范围内的所有兄弟，不论他们什么身份。小区内的兄弟分为"蒙泰西乃"，"蒙泰最米乃"和"艾米林" 兄弟，他们都履行会员职责并承诺效忠和服从[339]。

5-2-4 家庭

小区的成员分为家庭，而家庭成员则根据以下类型进行分类："纳西妥"，或"阿迪"，或"蒙泰西布"，或"穆安逸德"，或"木台阿忒夫"成员[340]。兄弟会个人的过程始于消除个人自我并将其转变为集体自我，如此，个人坚信没有团队合作，他将无能为力。根据一位研究人员的说法，该组织生活在一种自我提升的状态中，因为他们（我知道/我可以/我理解）因此可以做所有事情，谈论所有事情并管理所有事情。紧随其后的是"兄弟即信任"的概念，这是个人忠诚度不断提高的原因，它将传播奉承，攀登，偏爱，自卑，孤立主义的指标，所有这些指标的结果就是完全意义上的腐败[341]。

---

339. 易卜拉欣·扎穆尔（Ibrahim Zahmoul），与前同源。

340. 请参阅：History of the Muslim Brotherhood, A Report by 9 Bedford Row, 2 April 2015, https://bit.ly/2IPjsPx.

341. 伊萨姆·阿卜杜勒·沙菲（Issam Abdel Shafi），《穆斯林兄弟会..关于未来的想法》，位于以下链接：https://bit.ly/2FaOPAw。

https://www.youtube.com/watch?v=hMfcqOiRHYo

3-5 部门

阅读穆斯林兄弟会的内部制度，可以看出各部门在运动活动中所占据的重要性，这远远超过了中央委员会及其角色的重要性，因为这些部门与会员的教育和培训密切相关。因此，部门的主席在该组织的组织结构中被认为是一种奖励，因为这一职位伴随着它的所有者成为组内有效力量的可能性，此外，部门直接关注研究成员资格问题，从而导致部门负责人在制定政策方面的贡献，甚至可以让他们能够参与隐藏在该组织内的权力斗争的游戏[342]。

根据 1951 年穆斯林兄弟会的内部规定，该组织分为 12 个部门，每个部门都以其职能的名义来称呼[343]，如：

---

342. **穆斯林兄弟会的意识形态·前源。**

343. **穆斯林兄弟会（1951）的内部规定，先前提到的来源。**

传播宣教部：它负责组织有关穆斯林兄弟会思想的宣传，发布宣教所需要的科学，文化和体育信息和出版物，并组织规范该组织发行的信件和书籍，它对宣教工作非常重视，任何材料须呈交给此部门预先批准，否则不会予以印刷。

职工部：在工人阶层组织宣教工作，在工厂，公司，工会等地营造伊斯兰氛围并从工会和劳工活动中受益，满足职工需求，研究他们的问题，找到解决问题的合适方法，并努力使工人和雇主搞好关系。

穆斯林兄弟会部门

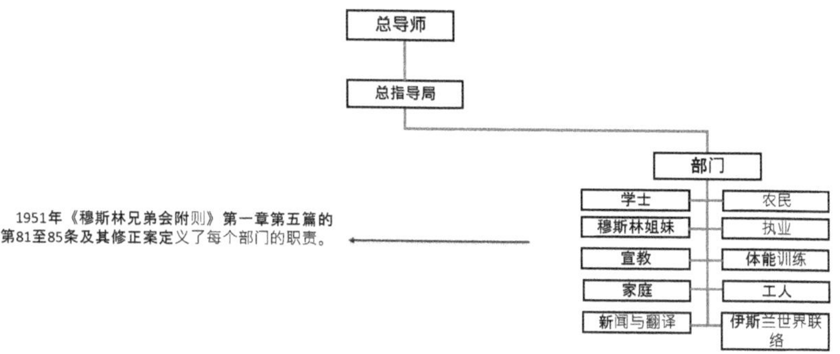

农民部：在农民阶层组织宣教活动，在农场和农业工会中营造伊斯兰氛围，并根据农民的需求或需要。

家庭部：家庭成员不超过五个人，后来增加到十个人，然后由家庭选举一个队长，代表家庭与小区领导沟通协调。家庭被认为是负责其行动的一个综合的集体单位，每四个家庭构成一个家族由第一任家庭队长并领导；这种单位的构成以家庭和家族为核心。

学生部：负责监督穆斯林兄弟会在学生环境中的思想，履行兄弟会学生的需求，并在他们之间组织学校合作。此外还在暑假期间通过组织活动使学生们互相受益。

隶属于穆斯林兄弟会的辖区兄弟式家庭

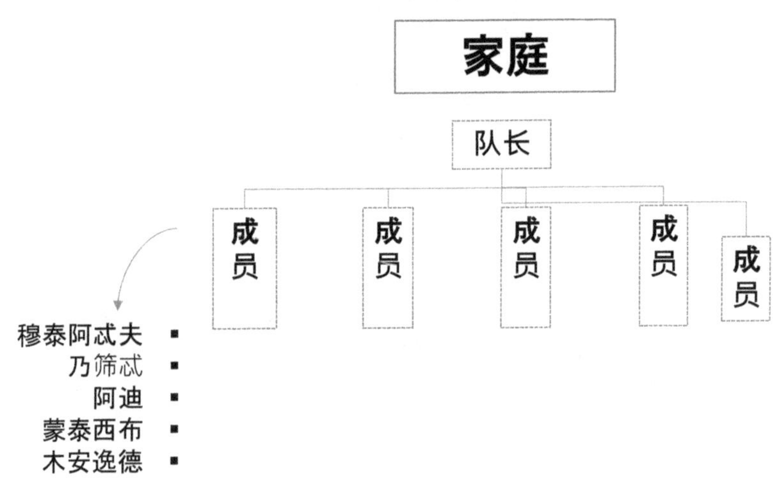

与伊斯兰世界的交流部：它致力于通过统一伊斯兰文化课程，统一法律和法规，消除海关壁垒以及便利这些国家的入境和居住程序，将伊斯兰国家相互联系并指导其总体政策；且努力在所有这些国家中建立伊斯兰政府作为宗教和国家，并建立伊斯兰政治统一体。这个部门下设有从事各类活动的委员会，包括：

近东委员会（包括阿拉伯国家和非洲其他伊斯兰人民以及土耳其和伊朗）；远东委员会（包括阿富汗-土耳其斯坦-中国-印度-印度支那-印度尼西亚-日本），以及欧洲的伊斯兰委员会。

体育部： 为兄弟会的体育和体能锻炼设置必要的教程和学习课程，并为他们执行所分配的任务做好准备，以便根据指导局制定的政策监督这方面的组织。

新闻和翻译部： 在指导局批准的政策范围内监督兄弟会的报纸和杂志，并保存阿拉伯和非阿拉伯报纸编辑的关于该组织的内容，以便在需要时可以提及，还翻译了宣教工作要求将其从阿拉伯语翻译成其它语言的内容。

职业部： 它致力于在专业人员的背景下传播宣教，并从他们在该组织的宣教领域的专业上相得益彰。 1984 年，穆斯林兄弟会控制了医疗工会，接着在 1986 年掌控了工程师协会，然后在 1988 年掌控了医药协会，最终使各类工会成为该组织参与国家政治生活的平台[344]。

穆斯林姐妹部门： 成立于 1932 年，主要由女儿，妻子和她们的女性亲戚组成，这一做法一直是招募姐妹的最主要方式，家庭关系在增加成员人数方面一直发挥着重要作用，因为该部门担任该组织女性成员专门协助慈善和宣教委员会的工作，事实上姐妹部门的任务就是协助该组织领导层摆脱对其施行严酷打压的安全部门，这一点第四章里已有叙述。

为了回应班纳基于采用伊斯兰教义来抵抗征服西方影响的思想，从组织的角度限制个人行为标准需要女性主义的支持；要培养包含集体观念并从其观念中产生出来的世代，更不用说他们在支持夫妻承担动力工作负担方面的作用。更重要的是，妇女在该组织中日益重要的作用不允许她加入舒拉理事会或指导局[345]。

---

344. 请参阅：Barry Rubin, THE MUSLIM BROTHERHOOD: THE ORGANIZATION AND POLICIES OF A GLOBAL ISLAMIST MOVEMENT, https://bit.ly/2mo6H41

345. 请参阅：Omayma Abdel-Latif, In the Shadow of the Brothers. The Women of the Egyptian Muslim Brotherhood, The Carnegie Middle East Center, 2008, https://bit.ly/2lFJBWb.

隶属于指导局的主要委员会有：

财务委员会： 它负责组织该组织的财务并提供一切规范它并使它发展的要素/需求。

政治委员会： 它研究国内外的总的和特殊的政治潮流，研究紧急政治事件，确定组织立场，并研究针对指导局的且由指导局批示的建议，委员会无权以其名义发布决定，但有权向指导局提出自己的意见，由指导局参考。

司法委员会： 监管指控兄弟会的案件或兄弟会内部呈上的案件，进行研究和辩护，或者指示专人跟进处理案件。委员会应保留准备进行审查的案件档案的完整副本，直到其中的最后一个程序为止。

服务委员会： 组织并促进必要的特殊服务的提供，并满足或促进兄弟会的要求，为之提供一切便利。

法塔瓦委员会： 其任务是审查提交给指导局的教义问题，并根据古兰经，圣训和教法学家的意见作为支持的证据阐明宗教法的规定。

统计委员会： 它统计该组织的各种活动，并对此类活动每三个月报告一次。

5-4 穆斯林兄弟会的组织结构变化

鉴于穆斯林兄弟会在 2013 年 6 月 30 日革命后承受的压力，其组织和财务能力大大降低，因此对其组织结构进行了一些战术上的调整，并于 2015 年 4 月宣布在艾哈迈德·阿卜杜勒·拉赫曼的领导下在国外成立了一个行政办公室，以管理逃离埃及的兄弟会成员的事务。在四个国家（分别是马来西亚，苏丹，卡塔尔和土耳其）举行选举之后[346]。（上述国家是大部分逃亡的兄弟会成员所在地）

---

346. 阿卜杜勒·拉赫曼·约瑟夫（Abd al-Rahman Yusef），《穆斯林兄弟会的迁徙（3-5）..组织结构和内部结盟》，2015 年 7 月 9 日，位于以下链接：https://bit.ly/2kanV43。

此外，内部工作委员会也发生了变化。根据规定，该它负责管理该组织的日常活动；内部委员会的结构发生了很大变化，例如慈善委员会，之前负责慈善工作和社会保障工作，并每月向穷人提供补助和补贴。之后改为"受灾者委员会"，其主要目标是向该组织成员提供援助，捐赠或赞助；具体工作是向穆斯林兄弟会的烈士家属及被捕或被驱逐的成员和他们的家庭提供援助，以保障兄弟会成员保持其社会凝聚力而不会陷入乞讨的窘境，并为他们留存一丝生活尊严[347]。

至于宣教工作的层面，具有影响力的宣教委员会则被另一个名称代替，而成为"意识委员会"。之前它负责宗教倡导，传播宗教理念或虔诚的思想或与宗教场合有关的思想，并出版和印刷具有相同内容的小册子和出版物，但现在则在兄弟会小区内工作，以提高该组织成员对运动及其发生的认识，并与群众进行交流，以解释该组织的愿景和反对政权的缘由，以试图营造反对政权的公众舆论和其他动员事项，通常各小区设有这样的委员会[348]。

该组织还在小区内设立了新的委员会，例如危机与运动委员会，该委员会负责协调示威活动，为示威游行及其行程做准备，此外，负责该组织妇女方面及其工作和活动的"姐妹"委员会自运作该职能以来一直在该组织内外发挥着重要作用，它为该组织的生存作出了巨大贡献，发挥了重要的精神作用。此外，取消了按年龄划分的工作委员会，例如筹备委员会和中学委员会以及大学委员会，这些委员会进行合并后统统属于青年委员会，不再是以前独立的部门[349]。

除了行政处外，还有传媒委员会，政治决策支持委员会和教育委员会，它们依次回顾了穆斯林兄弟会教育家庭中流传的课程，因为这些课程着眼于形成兄弟会的个性，为下一阶段做好准备。

---

347. 前源。

348. Abdel-Rahman Youssef，前源。

349. 前源。

在称之为姐妹的层面上，他们在街头的所有活动和对抗中都表现出强烈的影响力，与 2013 年 7 月 3 日之前的时期不同，她们通过扮演社会和团结的角色，以作为生存的坚实核心，以及打造信奉该组织观念的后代，发挥了举足轻重的作用；更不用说她们支持丈夫们担负运动重担的作用了[350]。这不过是对妇女的政治剥削，该组织将它用作改善其形象的工具，并强调其为解决妇女问题并捍卫妇女权益的自由的伊斯兰模式，但事实并非如此。

结论

穆斯林兄弟会的组织结构仅仅是划分角色和责任的模式或网络。因此，此结构描述了层次结构，内部关系和沟通渠道的组织，并确定了任务的划分，分组和协调方式。因此，该组织的组织结构为其成员提供了两个重要的角色，每个成员都知道自己应该做什么，并清楚其在该组织中的角色所受到的活动限制。

---

350. 请参阅：Ida Bary, Women's Political Participation in Muslim Brotherhood between the Hammer of Ambiguity and the Anvil of Inclusion- moderation: The Case of Egypt and Tunisia, https://bit.ly/2ylgSsQ, p. 17.

第 6 章

根据方针和理论方法检验组织结构优劣势的假设

序言

穆斯林兄弟会的组织结构是实施该组织的政治和社会项目的基础，因此，从成立到现在，它一直受到该组织领导人的高度重视。 政治伊斯兰文学的理论家之间达成共识，即这种结构是在一定的等级制度下并根据特定的角色建立和发展的，在过去的整个九十年中一直处于该组织的连续性背后。

政治社会学研究人员齐亚德·敏森说：“穆斯林兄弟会的成功动员是因为该组织的组织结构和它的活动，策略，以及对埃及人日常生活的适应性与伊斯兰使命联系在一起”。因此，它与寻求转变观念的社会和政治运动没有什么不同。它相信有一个表达其总体目标的特定组织模板[351]，为此，该组织的创始人哈桑·阿尔·班纳呼吁回归伊斯兰作为一种完整的生活方式，将个人，家庭，社会，政府和伊斯兰国家的生活组织起来，并考虑将这种方法作为该组织和行政结构的基础[352]。

　本章试图根据第一理论章中提到的理论和方法论方法来测试组织建设的实力，以便提供对组织的全面了解，其中要考虑社会，行为，官僚，领导和社会维度，这是研究人员在评估穆斯林兄弟会实力时经常提出的维度。特别是保证其凝聚力和连续性的组织和行政建设的实力，这在很大程度上增强了它适应内部和外部发展的能力。

---

351. 请参阅：Ziad Munson, ISLAMIC MOBILIZATION: Social Movement Theory and the Egyptian Muslim Brotherhood, Forthcoming in The Sociological Quarterly 42(4), January 2002.

352. **阿布·埃莱拉·马迪**（Abu El-Ela Madi），《**穆斯林兄弟会运动的组织状况**》

6-1 官僚主义方法 The Bureaucratic Approach

根据对这种方法的分析，穆斯林兄弟会的组织和行政结构通过其立法，行政和司法三项法律权力与国家的官方组织结构几乎相似，但是各方都采用了自己的工具和机制来实现其目标。从一开始，哈桑·阿尔·班纳及其之后的导师就建立了组织结构，使一个宗教国家的支柱从伊斯兰法律中衍生出其规定，与官方的公民国家平行，并假设是从这三个当局的合法和主要来源的人民那里分享或获得权力的合法性，也许他在第五届会议上的致辞可以证实这一假设："我们认为伊斯兰的规定及其教义在组织人类在当今（世俗）世界及后世（来世）事务方面是全面的……伊斯兰是一信仰与崇拜，祖国与民族，宗教与国家，灵性与工作，古兰经与宝剑[353]"。

哈桑·阿尔·班纳还根据严格和官僚的集权制度设计了穆斯林兄弟会正式组织结构的职能，包括职能和权力，以及他后来寻求实现的伊斯兰统治的特殊目标，这一点得到了顾问-塔里克·比什力的证实。他说："阿富汗尼确立了穆罕默德伊斯兰教圣战士思想，穆罕默德·阿卜杜在伊斯兰教法学和经注学中加入了更新的思想，穆罕默德·拉希德·雷达将创新和萨拉菲主义联系与国家政策互动起来；哈桑·班纳则在此基础上补充了伊斯兰的全面性和其在政治，立法与运动组织及其思想上的紧密联系；并把国民党的国有化和苏菲派的存在论以及爱资哈尔的法学思想交融在一起[354]"。

就是说，穆斯林兄弟会的组织结构及其各种框架，主要旨在实现其领航世界的宗教目的和获得政权的政治目标；该组织已对该结构进行了许多更改（如前几章所述），以便与这些目标保持一致。 从该组织过去几年的实际情况来看，可以说，一方面由于该组织内部之间库特布思想与"中正派"之间的冲突，另一方面由

---

353. 在以下链接中阅读穆斯林兄弟会的官方网站第届五会议论文的解读：https://bit.ly/2mx4zaj。

354. 塔雷戈.白喜尔参赞·《当代上伊斯兰政治总体特征》，第二版（开罗：达·阿尔·索鲁克·1996年）第第 168 页。

于兄弟会受到埃及历届政府的打压的结果，特别是自 2013 年 6 月 23 日革命以来该组织领导层产生了分裂，所其组织和行政结构并未实现其所有目标。

6-2 行为领导方法 Behavioral Leadership Approach

按照这种方法，穆斯林兄弟会的组织和行政结构在很大程度上取决于其具有启发性特征的超凡魅力领导力的形成，使其在中下层领导人和组织的所有部门中更具影响力。在这种情况下，可以指出的是，该组织的创始人哈桑·阿尔·班纳提供了一种结合了精神和超凡魅力的领导模式，因为他所成长在宗教信仰的环境，他的父亲-谢赫·艾哈迈德热衷于研究先知的圣训，并且他自己年幼时（8 岁）曾在拉沙德宗教学院就读四年[355]，这使他获得了宗教权威的基础，特别是因为埃及和阿拉伯文化总体上倾向于尊重"宗教人士"。

班纳的宗教权威的特征自幼便十分明显，他仅站在清真寺的讲坛上并掌握讲道和指导宗教话语的技巧就足以提取这种精神上的宗教权威；举个例子，他的宗教演讲结合穷苦大众的需求，关心他们遭受的苦难，针专注于砭时弊埃及社会上各种问题；专注于拒绝穆斯林遭受的任何不公正待遇，而埃及当时正面临着最强烈封建主义的权力和英国占领的权威。所以宗教方面是该组织的组织结构的固有特征，也是如前所述数十年来其凝聚力的因素之一[356]。

如果说社会学家-马克斯·韦伯在解释传统权威的力量时强调精神和宗教方面的重要性[357]，那么哈桑·阿尔·班纳-该组织的创始人则从很早的时候就意识到了这一事实，他带领公众和组织内部的追随者增强了他的传统权威，因为追随者对他以绝对的听从和服从表忠使他加强自己的精神地位，而成为一个获得拥护和赞赏的领导人，同时他的一切决策无人反对。

---

355. Hassan Al-Banna，**穆斯林兄弟会的官方网站**，**位于以下链接**：https://bit.ly/2oal6k4。

356. Ziad Munson, ISLAMIC MOBILIZATION, op. cit, p. 6-7

357. 诶那.纳赛尔.**古来西**，《马克斯·韦伯官僚组织与权力的性质》巴比伦大学艺术学院· 链接如下：https://bit.ly/2o4DgVs。

同时，哈桑·阿尔·班纳所享有的魅力在该组织的成立初期就发挥了重要作用，这种魅力并非来自真空，而是一系列因素的结果，最显着的是，他是极少数登上清真寺宗教讲台与清真寺伊玛目着装截然不同的绅士，当时班纳戴着领带穿着西装[358]，这导致他在穷人，绅士，中产阶级和资产阶级中间获得了超凡魅力。美国国务院的数据说："穆斯林兄弟会获得的大部分支持来自趋于现代化并模仿西方的阶层，例如学生，工程师，医生和政府雇员，直到 1953 年参加穆斯林兄弟会协商会议的成员数量接近 1950 人，其中只有 22 个成员来自非现代欧洲阶层"[359]（即带着土耳其小帽穿着西装的非欧洲人），这表明班纳的魅力促进了该组织的组织结构的巩固，因为它吸引了穆斯林兄弟会的中产阶级以及低产阶级，使穷人成为组织结构的广泛基础，而绅士精英则在兄弟会的权威金字塔中形成了上层领导阶层。这与伊斯兰法学中的法学规则有所不同，即："你们都是牧羊人，你们所有人都要为他的羊群负责"或"人们与梳子的牙齿一样[360]……"

促使阿尔·班纳和其他总导师上升至人格影响力的另一个重要因素是，实际工作与他们呼吁的意识形态的号相结合，特别是在建设学校以及在社会和医疗保健领域提供志愿服务等方面，穷人和公众免费获得这些服务，由于总导师和组织同时所拥有的这种超凡人格魅力使得人们成群结队的加入穆斯林兄弟会组织。

正是由于这种魅力，班纳对 1952 年 7 月埃及革命的许多官员产生了影响，并且在上个世纪三十年代至四十年代整个组织的行政办公室在整个埃及激增，特别是在班纳的政治和导师个性成为焦点时，他的思想得到了埃及政府的领导人及许多思想家和政客的接纳和赞赏，例如（但不限于）埃及第一任总统穆罕默德·纳吉布在 1952 年 7 月革命后说："哈桑·阿尔·班纳的事迹会永垂不朽，因为上帝

---

358. **穆斯林兄弟会的官方网站**，历届导师的图片存档。链接：https：//bit.ly/33VHMoS。

359. 请参阅：Nazih N. M. Ayubi, "The Political Revival of Islam: The Case of Egypt", International Journal of Middle East Studies, Vol. 12, No. 4 (Dec. 1980), pp. 481-499. See: Ziad Munson, ISLAMIC MOBILIZATION, op. cit, p 7.。

360. 请通过以下链接参看《布哈雷圣训全集》：https://bit.ly/2onlUmR.

安息他的灵魂，他不是为自己而活，而是为人民而活，他不是为自己的利益而工作，而是为公众利益而工作[361]"。

对穆斯林兄弟会的行政组织结构来说没有比哈桑·班纳的去世在随后的几年中造成了组织真空，致使特殊系统将他的意见强加于最高层，并控制了与该组织的政治未来有关的关键决定更能说明领导力的重要性。

6-3 社会交流方法

按照这种方法，穆斯林兄弟会的组织和行政结构成功地适应了社会环境，因为如前所述，它依赖于建立一个社会保障网络的体系，以确保该群体融入社会。研究员齐亚德·明森认为，"穆斯林兄弟会组织结构成功的主要原因之一是它宣扬的伊斯兰使命及其适应埃及人日常生活的能力[362]"。 从农民，家庭，学生，专业，与伊斯兰世界，体育以及新闻和翻译部门的对外关系，从事许多工作和程序，这些工作和程序有助于为埃及社会的大多数阶层，尤其是贫困和边缘化群体提供服务这一点或许可以解释穆斯林兄弟会组织结构得以建立的方式。

按照这种方法，可以说，组织和行政结构能够通过满足埃及许多社会群体的社会需求而有效地处理社会和经济成果，甚至有时甚至超过国家的传统作用，尤其是在贫困人民社区。

6-4 制度方法 Institutional Approach

这种方法试图根据塞缪尔·亨廷顿提出的标准（适应性，复杂性，自治性和连贯性）来检验制度和组织建设的实力。

---

361. **穆斯林兄弟会的**创始人 - **哈桑·阿尔·班**纳（Hassan Al-Banna），位于以下链接：https://bit.ly/2LKfS7m。

362. Ziad Munson, ISLAMIC MOBILIZATION, op. cit.

6-4-1 检验责成标准

组织和行政结构增强了该组织应对从成立到最近所面临挑战的能力。毫无疑问，该组织在这方面的成功增加了过去几十年来获得的重要创立经验，并且这与理论研究相对应，该研究表明，成功适应环境挑战（从内部吸取）为未来的适应成功以及类似的后续挑战铺平了道路。社会组织面临的挑战越多，其适应性水平就越高，例如，如果成功适应第一个挑战的概率为 50%，那么成功适应第二个挑战的概率可以达到 75%，而适应第三个挑战的成功率可能达到 87.5%，在第四次挑战中达到 93.75%，依此类推，这意味着该组织的适应能力可以大致按其年代顺序来衡量[363]，尤其是自从穆斯林兄弟会成立以来直到 2013 年 6 月第 30 次革命之后，无论是其领导人受到起诉，还是其资金被没收，组织受到解散，活动遭到禁止以及该组织被列入恐怖主义名单中等等，这所有的事件，在适应性上一部分取得了成功，另一部分则遭到了失败。

如果说直到 1940 年代末的 30 年代见证了穆斯林兄弟会的组织结构的显着扩张，在整个埃及诶其行政分支机构的激增，以及该组织的对外和国际关系圈的扩大，那么该组织在那个时代面临的最大挑战就就是 1948 年 11 月 15 日吉普车事件之后埃及政府于 1948 年 12 月 8 日下达解散穆斯林兄弟会，没收其财产的决定，但该组织通过吸收这一事件并在法庭上捍卫无罪，成功克服了这一挑战。包括哈桑·班纳在内的被告人数为 32 名，班纳本人受到多项指控，其中有几项指控构成死刑[364]，但尽管面临如此严峻的挑战，最终穆斯林兄弟会还是被裁定所有罪名不成立，被囚人员于 1951 年 3 月 17 日无罪释放[365]。就这样根据国务委员会的决定：下令解散该组织和没收其财产是非法的。穆斯林兄弟会在同一年再次从事其活动。有趣的是，穆斯林兄弟会面临另一项挑战，即 1949 年 2 月 12 日总导师-哈

---

363. 请参阅：Cf. William H. Starbuck. "Organizational Growth .and Development," in James G. March, ed. Handbook of Organizations (Chicago: Rand McNally, 1965), p. 453: "the basic nature of -adaptation is such that the longer an organization survives, the better prepared it is to continue surviving."

364. 吉普车事件，穆斯林兄弟会维基百科，位于以下链接：https://bit.ly/39tQjSr

365. 前源。

桑·班纳遭到暗杀，但该组织很快也克服了这一挑战，在兄弟会舒拉理事会中对哈桑·胡德海比进行了投票后，选择其作为哈桑·班纳的接班人，成为该组织的总导师。

正如我们之前提到的那样，该组织在已故总统贾玛尔·阿卜杜勒·纳赛尔政权时期面临着前所未有的挑战，但该组织通过投资埃及和沙特阿拉伯之间的政治分歧而逃离纳赛尔的迫害逃往沙特阿拉伯，从而成功地满足了这一阶段的要求。兄弟会依靠其在沙特阿拉伯的存在，通过控制他们中在大学和学校的教育方面的许多人，尤其是在六十，七十年代和八十年代的几十年期间，以及对许多媒体平台的控制，特别是在费萨尔国王统治沙特阿拉伯的时期，来增强他们的宣教和政治地位。值得注意的是，伊拉克和叙利亚的穆斯林兄弟会成员，利用他们的祖国与沙特阿拉伯之间存在的分歧，并加入了位于沙特阿拉伯的埃及兄弟会组织成员[366]。

穆斯林兄弟会表明，它不仅在此阶段无法适应影响其组织和行政建设的挑战和风险，而且也无法为组织实力增加新的基础。伊斯兰事务研究人员阿卜杜拉·本·巴哈德·奥泰比表示，该组织在埃及，沙特阿拉伯或其他国家的移民危机之后，无论是在埃及还是在其他任何国家，都有以下代表：其中最重要的是通过控制教育进程，慈善机构以及具有政治色彩的伊斯兰机构，通过各种方式渗透整个社会以传播穆斯林兄弟会的思想及其宣传内容[367]。在已故总统穆罕默德·安瓦尔·萨达特和前穆罕默德·霍斯尼·穆巴拉克的统治下，穆斯林兄弟会在很大程度上利用了现有的机会，这有助于重建其组织和行政结构，正如我们之前在本研究的第三章中提到过一样。

在许多人以为该组织能够利用" 2011 年 1 月 25 日革命"最大化收益并发展其组织和行政结构的时候，该组织并未能管理革命后的阶段，也未能适应该组织统治时期埃及的发展，直到成千上万的埃及人揭竿而起发动反对兄弟会统治。

---

366. 阿卜杜拉·本·巴哈德·奥泰比（Abdullah bin Bajad Al-Otaibi），《穆斯林兄弟会和沙特阿拉伯...移民与关系》，马斯巴研究中心·迪拜·2013 年 9 月 16 日，链接如下：https://bit.ly/2Smy60B。

367. 阿卜杜拉·本·巴哈德·奥泰比，穆斯林兄弟会和沙特阿拉伯（前源）。

该组织在治理方面的经验及其领导人穆罕默德·穆尔西·伊萨·艾亚特于 2012 年 6 月 30 日就任总统的经历显示出该组织的灾难性失败，证明其无法应对挑战和危险。尽管该组织在慈善和宣教领域拥有至关重要的存在和社会影响力，但它从未有担任政治权力的经验。对此美国作家埃里克·特拉格在其 2016 年出版的一本书中做出了说明，该书题为：《阿拉伯沦陷：兄弟会如何赢得了埃及统治，并在 891 天后失去了它？》[368]，得出的结论是，国家行政不同于管理慈善组织和为政党建立组织结构，如果将其应用于公民国家的金字塔，将是不可行的，也不会具有政治价值。此外，统治一个政党的宗教意识形态很难成功地通过一部公民宪法来领导一个公民国家，这就是为什么穆斯林兄弟会在埃及掌权后，它与埃及公民宪法的壁垒相撞，穆斯林兄弟会的意识形态与与埃及宪法相抵触很大，促使埃及迅速着手改变埃及的宪法。但是，在这种情况下，埃及社会的广泛的民间反对派挫败了其计划，这表明未能使组织结构适应 2011 年 1 月 25 日革命的要求，特别是因为穆斯林兄弟会希望更改宪法以赋予埃及国家以宗教身份的愿望得以实现在大多数民间势力和潮流人士的强烈反对下，他们表示担心埃及的多元化身份会改变，并成为一个宗教国家，最终以伊朗的什叶派模型中以"效命法学家"的形式隐藏"效命导师[369]"。因此，因此，埃及主要反对派联盟于 2012 年 12 月 9 日星期日宣布，反对总统穆罕默德·莫尔西决定在该日期之后的一周举行全民公决的决定，称"该公投有可能使该国陷入暴力冲突[370]"。

很明显，穆斯林兄弟会是在 2011 年 1 月革命后将埃及人民当作该组织的成员来与其打交道的，就如同穆斯林兄弟会组织的等级制是实际上的统治者，穆斯林兄

---

368. 易卜拉欣·萨耶德（Ibrahim Al-Sayyad），《为什么``兄弟会"未能统治埃及？》·Al-Hayat 报纸·伦敦·2019 年 6 月 22 日。

369. 开罗东方区域和战略研究中心主任穆斯塔法·阿尔·拉巴巴德（Mustafa Al-Labbad）博士说："兄弟会的宪法建立了一个宗教国家，并确立了逊尼派法学家的职责。"他由德国 DW 公司在以下链接上接受采访：https://bit.ly/2Zwv01k。

370. 哈马姆·萨尔汗（Hammam Sarhan），全民投票，2012 年 12 月 15 日，"对以下提议的全民投票埃及宪法草案的批判性解读"：https://bit.ly/2UwaCv1。

弟会的总导师穆罕默德·巴迪已然成为埃及国家的第一位决策者，而不是总统莫西，因为该组织每个成员听命于总导师；这震惊了与穆斯林兄弟会无关的选民。当时，埃及的"兄弟制"统治时代被称为"导师统治"，而兄弟会的总导师-穆罕默德·巴迪则将穆罕默德·莫尔西视为追随者，而不是被追随者[371]。

兄弟会在埃及上台后，他们试图建立穆斯林兄弟会的金字塔组织结构代替官方机构的组织结构，在该组织中，宗教，法律和法律权力完全由导师掌控，而国家官方机构已被清空其法律和实践内容。事实上该组织未能为埃及人民所面临的生活问题提供有效的解决方案，尤其是随着增长率的下降和外汇战略储备的崩溃以及通货膨胀率和失业率上升，埃及人在许多工厂停产后每天遭受着燃料和能源危机。因此，"兄弟"制度与当时代表反对派的其他政治潮流发生冲突[372]，这是由于该组织无法根据其应享权利和对社会的重要性来适应和优先考虑社会，经济和政治层面的优先事项。

6-4-2 根据该组织进行的工作和活动的性质，检验"团结与和谐"力量在穆斯林兄弟会组织结构中的标准

因为该组织自成立之初就表现出组织凝聚力，特别是因为它专注于慈善，宣教或人道主义工作；但是当该组织参与政治工作时便开始出现分歧，因此自从兄弟会成立起到几十年前，即整个组织参与政治工作之前积累的关于兄弟会的历史知识并未对该组织进行重大违反，这在其领导阶层中或在其大众基础的公众舆论中构成了严重的分裂。

穆斯林兄弟会目睹了许多缺乏"凝聚力"的例子，但实际上并没有显着影响该组织的力量维持；根据兄弟会的官方网站，该组织在发展的早期阶段所目睹的最突出的分裂的之一是争夺政治头领方面的因素。当穆斯林兄弟会的影响不断发展和

---

371. **易卜拉欣·赛义德**（Ibrahim Al-Sayyad），前源。

372. 前源。

壮大，艾哈迈德·苏卡里成为（比班纳年龄稍大）该导师的总代表之后，他就立志要超越班纳发挥的领导作用，对此有证据显示，艾哈迈德·苏卡里是穆斯林兄弟会的真正创始人，尤其是他创立了苏菲性质的哈萨菲亚慈善协会，其目的是与邪恶斗争并反基督教福音的传播。他参加了 1933 年 6 月 15 日穆斯林兄弟会舒拉理事会的第一次会议，然后他被任命为指导局的董事总经理。在兄弟会搬到开罗并在那里建立总中心之后，他于 1939 年被选为伊玛目·班纳的代理人，此外还担任穆斯林兄弟会日报的政治行政主管。艾哈迈德·苏卡里认为他是该组织的政治引擎，尤其是因为他被认为是穆斯林兄弟会的创始人，并且是该组织复兴的原始伙伴，而伊玛目·阿尔·班纳是该组织的精神之父，因此他致力于领导庆祝活动，会议和政治协议，他甚至认为自己才是兄弟会真正的总导师，因此他致力于领导层的排他性，他不服班纳的领导权，并对其发起挑战[373]。对此，穆斯林兄弟会指导局的前成员，创始人之一之一阿巴斯·西西在对艾哈迈德·阿尔·苏卡里展开调查的消息发表评论时说：有一天当《穆斯林兄弟会》周刊数次公布成立调查委员会，对艾哈迈德先生展开调查时，感到惊讶。艾哈迈德·阿尔·苏卡里是穆斯林兄弟会的秘书长，兄弟会对此消息感到恐惧，他们预计这将导致该组织领导层凝聚力的重大变化，称该决定为"兄弟会之间的严厉和激烈的分裂，因为反对宣教者将借此机会报复该组织[374]"。

班纳遇刺后，直到今天，穆斯林兄弟会出现了许多分裂，这些分裂影响了该组织的组织结构的力量和凝聚力，但并未导致其垮台。 2013 年 6 月 30 日的革命对组织结构的整体性构成了明确的考验，该组织似乎无法应对其各种影响，甚至暴露于明确的分裂之中，因为该真正中出现了两个对立的组成部分，他们分别竞争追随者和支持者以及使用组织名称的权利，第一个组成部分包括 2013 年 6 月以前该组织中剩余的部分领导人；这一部分由三个人领导：由马哈茂德·埃扎特（不知去向）委任的总导师，居住在土耳其的秘书长马哈茂德·侯赛因和居住在伦敦的兄弟会国际组织秘书长易卜拉欣·穆尼尔。这个组成部分的成员仍然将指导局

---

373. Ahmad Al Sukari，**穆斯林兄弟会的维基百科网站**·位于以下链接：http://bit.ly/2ZeGQ0a。

374. **前面提到的艾哈迈德·苏卡里（Ahmed Al-Sukari）**。

和舒拉委员会视为穆斯林兄弟会的法律机构，并认为鉴于埃及当前的安全环境，不可能举行新的内部选举。也许在这个组成部分中最重要的事情是它控制了组织的外部资产[375]。第二个组成部分则在 2014 年建立了新的组织结构，并在 2016 年巩固了这一组织。该组成部分最初由穆罕默德·卡马尔（后来于 2016 年被杀），穆罕默德·塔哈·瓦丹（其后于 2015 年被监禁）和阿里·巴提赫（自 2015 年以来在土耳其居住）指挥。这个组成部分的成员依靠该组织的内部系统争辩说，如果没有至少一半的成员在场，不允许指导局和舒拉委员会开会并采取行动。由于此事在埃及政府于 2013 年 12 月 25 日发布针对"兄弟会"的恐怖主义法之后变得不可能，因此该组织宣布解散了两个旧机构，并在埃及内部进行了选举，选举从最低层开始，以在 2016 年选举两个新机构。他们还在土耳其设立了办公室以负责埃及以外地区的事务，办公室由艾哈迈德·阿卜杜勒·拉赫曼领导[376]。每个分裂的组成部分都谴责另一个组成部分并宣布其为非法，并声明其高级官员不再来自兄弟会，并且每个组成部分都有一个特别发言人和一个自称是官方代表的网站（"（ikhwanonline.com 和 " ikhwanonline.info"）)），但俩伙人都认为在监狱里的总导师是该组织的总导师[377]。

穆斯林兄弟会在意识形态鸿沟中其凝聚力原则遭到严重打击的最突出的一点是，它对阿卜杜勒·法塔赫·西西总统政权所持有的使用暴力的立场；因为以马哈茂德·埃扎特为首的集团呼吁其成员实现和平，并强调该集团长时间通过遵守著名的战略，即采取革命性的非暴力方法，首先改造个人，然后改造社会，直至实现改变政治制度的最终目标，从而实现由下而上的逐步变革。用马哈茂德·侯赛因的话说，"反暴政斗争必须植根于绝对和平"，即使它造成"暴力，逮捕，杀戮，酷刑和迫害[378]"……而另一集团则捍卫了暴力的做法，因为它构成了处理政权的可能选择之一，实际上"穆斯林兄弟会"成员与其他人士（包括"人民抵抗委

---

375. **安妮特·兰科（Annette Ranko）和穆罕默德·亚吉（Mohamed Yaghi）**，前源

376. **安妮特·兰科（Annette Ranko）和穆罕默德·亚吉（Mohamed Yaghi）**，前源。

377. **前源。**

378. **前源。**

员会”和革命惩罚运动）的合并产生了几个武装反对派组织，这些组织的目标是安全机构和当地基础设施（例如电力网络）。此外有证据显示革命集团成员与列在美国恐怖名单上的"决定性"和"革命旅"组织之间存在联合行动。除了革命集团的意识形态所发挥的作用外，其领导结构的权力下放还有助于促进这些联系的建立，因为只要成员的行动与集团的总体愿景相一致，成员就无需再获得领导的事先许可就可以实地行动[379]。

视频标题：被捕前两天：与强大埃及党领袖 Abdel Moneim Aboul Fotouh 博士举行了专门会议。

链接如下：

https://www.youtube.com/watch?v=q_JzpgI5Lsc

强大埃及政党主席，前总统竞选人，政治候选人 Abdel Moneim Aboul Fotouh 认为，埃及政治舞台上有关任何伊斯兰组织争夺权力的事态发展对宗教和政治构成威胁，其中包括穆斯林兄弟会，这就是他执政失败的原因。

https://www.youtube.com/watch?v=q_JzpgI5Lsc

前指导局成员和 2012 年总统选举的候选人-阿卜杜勒·莫尼姆·阿布·福图赫对很大程度上破坏了组织凝聚力及其在穆斯林兄弟会中造成瓦解的最主要的核心要素，尤其是在 2011 年 1 月革命之后，总结如下[380]：

---

379. Annette Ranko 和 Mohamed Yaghi，前源。

380. 半岛电视台·现场直播 Dr.. 前埃及总统候选人阿卜杜勒·莫尼姆（Abdel Moneim Aboul Fotouh）。

https://www.youtube.com/watch?v=ag7QbqQ5pVM&t=2410s

发布于 2018 年 2 月 11 日。

穆斯林兄弟会违反了其基本的教育和倡导目标，其领导层已参与政治竞争，目的
是实现政治权力并将宪法国家转变为宗教机构。

- 在穆斯林兄弟会领袖穆罕默德·莫西取得政权后，穆斯林兄弟会的领导人排
  除了反对派，甚至排斥了那些不忠于兄弟会的人。

- 国家是官方的立宪制机构，不允许由限于任何宗教或特定人群的组织管理，
  而对于穆斯林，基督教徒和每个埃及人来说，这是国家，是所有人的权利和
  财产；此外，任何一方都必须是包括所有人民（宗教和政党）组成的官方机
  构。

- 该组织的领导层在国家政府的政治经验领域不具备其在传教和教育领域的
  经验，因此，前（晚期）穆罕默德·莫西和兄弟会领导层在国家管理方面
  惨败。

- 该组织的领导层尽管通过选举和民主竞争上台，但仍拒绝在其统治经验和执
  政能力失败后举行早期民主选举的民主选择，因为该组织的领导层不相信民
  主原则。

- 任何国家在人类，科学和教育发展领域的发展都取决于其对民主基本原则的
  应用，但是宗教或军事组织却无法实现。

6-4-3 检验标准的连续性和复杂性，阿育王·梅塔指出组织生命周期的跨度非常
重要，简单来说，组织或实际实施的程序越老，机构体系的水平就越老。制度化
"更高。与新的组织相比较，组织越老越久，保持凝聚力并适应内部和外部发展
的能力就越大[381]。以此为基础，自 1928 年成立以来，在穆斯林兄弟会的体制系统
的强度和复杂性做出贡献的基础，以及随着年龄的增长而巩固的基础，已经开始
于人们从农村迁移到城市的时期，这是兄弟会成员人数迅猛增长，及其组织网络
的广泛蔓延的时期。根据美国国务院的报告和数据，该组织具有通过吸引科学专

---

381. 请参阅：Ashoka Mehta, in Raymond Aron, ed., World Technology and Human Destiny (Ann Arbor:
　　　University of Michigan Press, 1963), p. 133. 。

业知识来领导其行政机构的能力，穆斯林兄弟会在 1949 年扩大了其行政网络并加强了其制度体系，而且该组织在埃及各地设有约 3,000 个分支机构[382]。

更准确地说，根据阿育王·梅塔的理论，自成立以来，穆斯林兄弟会在 21 年内取得了成功，从而加强了其体制的实力，并扩大了其遍布全国 300 个办事处和组织单位的网络。

尽管兄弟会的组织结构在已故总统-贾玛尔·阿卜杜勒·纳赛尔时代遭受了重大挫折，尤其是在 1954 年后者被兄弟和武装分子暗杀之后，该组织以形形色色的方式和手段在两位总统-穆罕默德·安瓦尔萨达特和穆罕默德·霍斯尼·穆巴拉克执政期间设法调动并维持了其机构能力和自我管理；但随着时间推移，由于与萨达特和穆巴拉克政权的关系得到改善，因此该增长在规划，实施，融资，吸引支持者，扩大内部和外部活动网络以及根据复杂的制度体系进行传播方面的实力得到了加强[383]。

可以说，该制度体系在 2012 年在整个埃及达到了组织实力的最高点，当时该体系能够在 2011 年 1 月的民众革命的环境中强加于人，并动员其成员为人民军事化作出了贡献，以对抗当时在埃及街头普遍存在的总统霍斯尼·穆巴拉克政权，并将其形容为腐败和暴政。兄弟会体制力量在 2012 年 6 月 24 日成功提名兄弟会领袖穆罕默德·莫尔西赢得 51.73% 的选民投票并担任埃及共和国总统后表现的十分明显[384]，但在能源危机加剧之后，兄弟会的规模经验并没有持续很长时间。电力，服务和基本食品的高价格导致拒绝摩西担任总统并进行抗议示威后，约有 3000 万埃及公民（估计数字）走上街头，抗议游行。而后者拒绝举行新的总统选举，这迫使军队进行干预以维持社会和平，特别是在 2013 年 6 月 26 日（即 2013

---

382. 半岛电视台（Al-Jazeera）的官方网站，《埃及的穆斯林兄弟会...其与时俱进的斗争》·由作者 Khalil Al-Anani 撰写，作者：Bader Muhammad Badr，位于以下链接：https://bit.ly/2NX2bH3。

383. 法赫德·纳泽尔（Fahd Nazer），《位于沙特阿拉伯和埃及之间的十字路口，在华盛顿的阿拉伯海湾国家研究所建立理解的桥梁》·网址为：https://bit.ly/2lDrEYn

384. Abdel Moneim Aboul Fotouh 博士，半岛电视台·前源。

年 6 月 30 日第 30 次革命前几天）总统穆罕默德·莫西进行了长时间的演讲后，
他承认未能成功统治埃及[385]。

<table>
<tr><td>

视频标题：埃及穆斯林兄弟会的兴衰

链接如下：

https://www.washingtoninstitute.org/polic
y-analysis/view/the-rise-and-fall-of-
egypts-muslim-brotherhood

"穆斯林兄弟会"的未来永远无法预测。 在经
历了类似于突尼斯的"伊斯兰复兴运动"幌子
下的消沉状态之后，该"组织"也许会重新掌
权。 美国和其他国家不知道 2013 年的经济危
机如何影响"该组织"的意识形态崩溃，而且
没人知道它会变得暴力，或是保持相对非暴力
还是在未来的革命形势下等待它再次崛起。

</td><td>

</td></tr>
</table>

https://www.washingtoninstitute.org/policy-analysis/view/the-rise-and-fall-of-egypts-
muslim-brotherhood

6 月 30 日的革命对穆斯林兄弟会构成了沉重打击，尤其是在埃及司法当局于
2013 年 12 月 25 日宣布穆斯林兄弟会是一个恐怖组织，并没收了其在整个埃及的
资产和财产后，这些措施旨在最终消除该组织并限制其组织动员的能力，至此该
组织的组织结构变得薄弱，并且在此期间它无法执行其事务。

将穆斯林兄弟会纳入恐怖主义法对该组织的组织结构产生了非常严重的影响。指导
局的 21 名成员（该组织的行政部门）[386]中只有 6 名被释放入狱，其中 3 名逃出了

---

385. Al-Masrya 频道，埃及总统穆罕默德·莫西（Mohamed Morsi）的演讲文字，2013 年 10 月 28 日
，位于以下链接：https://www.youtube.com/watch?v=PTeyAFagda4

386. 妮特·兰科（Annette Ranko）和穆罕默德·亚吉（Mohamed Yaghi），前源。

该国。同样，该组织舒拉理事会（该组织的立法机构）的 121 名成员中只有 14 名仍然自由或活着。由于行政结构的崩溃，这极大地影响了组织机构复杂性的原则，而长期以来，这种结构一直是该组织在埃及依靠组织力量的持久性的坚实基础。

6-4-4 检验穆斯林兄弟会力量（组织独立性）的假设

许多研究人员几乎一致认为，一方面穆斯林兄弟会具有制度上的组织独立性，特别是鉴于其能够摆脱周围社会结构的影响和行为的外部决定因素；另一方面则由于其财务上的独立性，其完全依赖自负盈亏；这使该组织的行动自由和行为自由没有太多压力或依赖性[387]。但是，这种财务独立性在 2011 年 1 月 25 日革命后相对下降，当时该组织主要依靠卡塔尔和土耳其提供的支持[388]。

有助于该组织支持其组织独立性的另一件事是，吸引组织成员的复杂机制和程序处于谨慎，精心挑选和经过多个阶段的覆盖之中，支持者要经受一段时间的考验，这可以保护他们免受外部渗透，并增强其机构独立性[389]。但是，随着时间的流逝，对这些程序的投入逐渐减少，尤其是在该组变得容易接受多个之前有很大差异的群体之后；因此，它扩大了对该组织的责任框架，维护独立变得比以往更加困难。2011 年 1 月革命之后，参与组织穆斯林兄弟会的人数有所增加，特别是随着该组织的党派和其它协会得以建立后（即自由正义党），该组织的独立性比以前更加困难。同样，穆斯林兄弟会为了实现权力而采取的政治方向要求它与政治力量和新的社会结构建立联盟，这使其放弃了独立的某些方面。

这不是穆斯林兄弟会第一次采用这种形式的联盟来实现其政治利益，即使这是以牺牲组织和意识形态独立性为代价。1984 年，兄弟会与新的瓦夫德党结盟，在 1987 年的选举中建立了统一的名单。该组织与伊斯兰团体建立了"伊斯兰联盟"

---

387. Yomna Soliman，《穆斯林兄弟会的制度结构：一种分析方法》，前源。

388. 卡塔尔向埃及提供的经济援助增加了一倍，2013 年 1 月 9 日，https : //bit.ly/2ouWVxW。

389. 有关穆斯林兄弟会严格的官僚制度的复杂性的更多信息，请参见：前源 Erik Trager 和 Marina Shalaby。

，其中包括（兄弟会，工党和自由党）他们的口号是"伊斯兰是解决方案"，并取得了巨大的胜利，获得了 56 个席位，其中兄弟会占有 37 个席位，在反对派中名列第一[390]。换句话说，2011 年 1 月 25 日革命之前的组织独立性与这次革命之后的显着不同，因为它已经受到结构性和组织性冲击[391]。

6-4-5 在穆斯林兄弟会的组织结构中检验平行状态假设

穆斯林兄弟会的创始领导人从一开始就热衷于建立该组织的组织和行政结构，以使其在物质，思想，社会，经济和政治成果与外部环境的现实相对应，并制定战略和计划，以通过发挥作用来增强组织结构渗透社会的能力与国家平行，特别是在提供一些社会服务和建立服务机构方面。穆斯林兄弟会的领导人之一阿布·穆萨布·苏里表示，该组织是基于五个基本要素组成的，缺乏这些要素的任何组织都是残缺的，否则，穆斯林兄弟会不是一个组织，而是一个无用的人类聚会。这五个要素如下[392]：

1. 方针和思想。

2. 专业神职人员的存在。

3. 存在稳定独立的经济结构。

4. 计划和程序或所谓的"战略"的存在。

5. 听从和服从的存在使基地与领导层合法地联系在一起。

---

390. Humam Sarhan，《2005 年 10 月 20 日在天秤座的兄弟会代表的议会表现》，链接如下：http://bit.ly/2mCZaPc。

391. Yomna Soliman，《穆斯林兄弟会的制度结构：一种分析方法》，前源。

392. Abu Omar Al-Kurdi，《建立组织基金的基础》，穆斯林兄弟会维基百科，11/29/2014，位于以下链接：https://bit.ly/2nq2EVp。

因此，建立兄弟会的组织结构的目的是要使这种官僚体系取代国家组织机构，这一点在穆斯林兄弟会于 2012 年 6 月获得埃及政府的正式统治权后，即寻求"国家兄弟身份"的情况下可见一斑，该文件规定，通过将其要素纳入国家机构和部委，可以使人联想到兄弟会领导人-克海特·沙特在 1992 年编写的秘密文件，该文件制定了一项综合计划，使穆斯林兄弟会能够将组织结构及其官僚体系代替官方国家机构的官僚体系。该文件规定了穆斯林兄弟会在裁决方面的兄弟使命，即"通过确保伊斯兰的价值观，伊斯兰法律在国家，个人和机构的意志和选择中占主导地位，从而实现穆斯林的统一，他们的优先和尊贵[393]。此外，该文件强调了以下方面的重要性[394]：

1. 总体上影响国家的机构包括以有效对抗和变革能力为特征的机构。

2. 媒体机构，其特点是影响区域的容易程度和广度，影响和对抗的时间跨度长，影响变化的能力和对抗的有效性。

3. 宗教机构，其特征是媒体机构本身的特征，并具有其自身的特征。

4. 司法机构，其特点是变革和对抗能力的有效性。

5. 立法机构，其特征是变革和对抗运动的能力的有效性。在关于如何与其他人打交道，海拉特·沙退勒在其计划中肯定了有意识地进行交往的必要性，这种交往方式会导致遏制，共存，中立，有效性分析或与尚未确定立场或完全或部分支持我们使命的中立机构，我们有能力同时处理其它情况。

海拉特·沙退勒制定的这项赋权计划可以被视为 2011 年 1 月 25 日革命之后该组织寻求实施的"国家兄弟"政策的另一面，但这是该组织倒台的原因，因为它跳上了国家的脊梁，并试图建立与国家合法性平行的新立法。

---

393. 1992 年赋权计划.. Al-Shater 计划控制埃及，前源。

394. 前源。

在这种情况下，更危险的是，兄弟会时期（2012 年至 2013 年）表明，该组织的领导层与一些强硬的伊斯兰力量之间存在关系，例如兄弟会与伊斯兰国（ISIS）或后来的"西奈的任务"之间的关系；当时的埃及政府认为他们是恐怖分子，这些组织与兄弟会领导人之间有着深厚的思想层面和圣战层面的联系[395]，在这方面重要的是要指出，穆斯林兄弟会领导人穆罕默德·贝塔吉蒂发表的声明说："在穆罕默德·摩尔西教授返回政权的时刻，西奈的行动将停止[396]"。这被当作是对两个组织之间的会员关系作出的实际解释。因为他将西奈的恐怖主义行动的结束与摩尔西再次执政的情况联系在一起，这就是为什么他认为西奈的军事行动是由于莫西受到监禁所致。

此外，穆斯林兄弟会是" ISIS"组织的民间孵化器，因为它通过数十项直接或间接支持军事行动的言论证明了其在西奈的暴力行为，这仅仅是为了反抗该国的政治制度，因为穆斯林兄弟会视" ISIS"基地组织比国家及其机构和公众更接近它，因此它看好" ISIS"[397]。同时已故总统穆罕默德·莫西上台后拒绝签署关于处决"塔瑟德和圣战"组织中（他们是安萨尔·拜特·马格迪斯组织和西奈行动的核心人物）多名领导人的最终司法裁决，尽管他们承认谋杀，但直到 2013 年 6 月 30 日革命背景下将他卸任之前，判决才得到批准，也引起了这种争议关系的怀疑[398]。

鉴于上述情况，可以说，穆斯林兄弟会由于其组织和行政机构的建设能够在一定程度上适应所面临的许多危机，这使它能够通过第二班领导人处理该组织的事务。但是，根据该组织先前的做法，该组织在埃及上任的那一年（2012 年 6 月至 2013 年 7 月 3 日）是真正的考验，其组织和行政建设无法提供处理埃及国家事务的专业知识，这清楚地表明：该组织的确缺乏专业知识和合格的人员来接管国家事务；该组织也未能响应许多社会团体的需求，无法满足他们对基本生活物资的需求，这是针对他们进行革命的原因之一。该组织也无法应对 2013 年 6 月 30 日革命的影响，并且受到前所未有的分裂，这严重影响了其组织凝聚力。

---

395. Munir Adeeb，"兄弟会"和" ISIS"-奈半岛的极端分子。2018 年 6 月 5 日，伦敦 Al-Hayat 报纸。

396. Munir Adeeb，同源。

397. 同源 。

398. 同源。

第 7 章

穆斯林兄弟会在连续性与变革之间的组织结构：
未来愿景

序言

当穆斯林兄弟会依靠组织和行政结构作为实现其社会，政治和经济项目总体目标的基础，并高度重视建立牢固的组织结构时，政治伊斯兰文献的研究人员对兄弟会历史上这种组织结构的性质和作用存在争议。它是否成功地诠释了该组织创始人哈桑·阿尔·班纳设定的目标，还是它是致使该组织陷入了目前的支离破碎的分裂甚至是导致他该组织崩溃的本质弱点？

因为谈论未来就不能不研究该组织的组织和行政结构的当前状态，所以本章将尝试根据组织处理自该组织成立以来所面临的各种危机和挑战的经验来分析组织结构的优缺点，即本研究的第三章提到的 2013 年 6 月 30 日的革命，直到组织的未来，以及在未来一段时间内的预期方案。

7-1 组织结构..优势方面

在评估穆斯林兄弟会的组织和行政结构时，有两种不同的趋势：第一种趋势认为，这种结构构成了在过去几十年中维护穆斯林兄弟会及其凝聚力和生存的最重要保障之一，这是由于构成该结构的要素所致，其中最重要的是[399]：

7-1-1 复杂的金字塔式特征

尽管该组织保留了等级领导结构，主要权力属于总导师办公室和指导局，但内部组织沟通渠道不一定遵循等级模式。特别是由于该组织对通信系统进行了改进，该系统不依赖于自上而下的垂直通信中的渐进模型，而是使用多个框架，

399.　Barbara Zollner, op.cit.

允许领导者继续相对垂直和水平地连续广播和传递信息。这种方法首先在已故总统加玛勒·阿卜杜勒·纳赛尔（1954 年-1970 年）时代进行了测试，但后来在两个主要政权安瓦尔·萨达特和胡斯尼·穆巴拉克统治时期的逮捕浪潮中也应用了这种方法。因此，穆斯林兄弟会积累了技能，使其能够通过基于人际关系的复杂水平网络（不仅是垂直权力关系）在监狱的内外的成员之间传递信息。

穆斯林兄弟会行政组织的优点

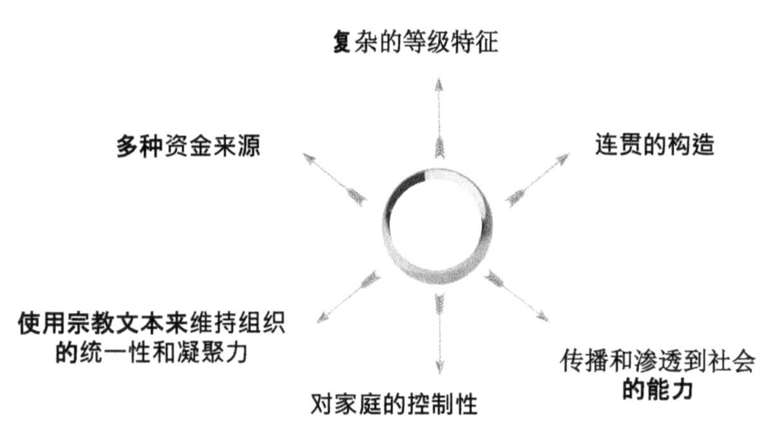

7-1-2 连贯结构

连贯的建设是组织实力的最重要体现之一 ， 由于埃及各城市城市和乡村的分支机构与位于开罗的中央指挥中心一起工作，因此分区制已在组织成立之初就形成了组织结构的基本结构，在该组织中，行政办公室起着主要作用，并充当成员的组织规则与中央领导之间的纽带。如果受到国家的限制，则分支机构和部门之间将在小组内部进行合作和沟通，以达到以家族为最小的组织单位。这样可以确保组织结构，活动和凝聚力保持一致，即使由国家正式下达解散指令或受到安全部门的持续监视也是如此[400]。该组织的这种一致统一的结构使第三班成员和普通成员与组织的政策有局部和不断增长的联系，这加强了重叠思想和组织结构的思想，并确保了穆斯林兄弟会各元素之间的忠诚度[401]。

与此相关的是，兄弟会领袖（第二班）继续管理组织并独立于中央领导而工作的能力，该组织的领导人物-伊萨姆·阿里安曾说："八十年代发生了一个重要的发展，影响了组织的运作方式，该组织开始依赖权力下放并在 1980 年提出了行政权力下放的想法，以提高运动的有效性[402]。特别是因为该组织的规则将组织的意识形态，目标和号召以及对效忠的承诺进行了整理，这是对组织的总导师的忠诚和服从的声明-因此上，这些领导人对该组织创始人-·阿纳所确立的最高典范的遵从正是保证以效忠和忠诚为特征的规则的存在，并且在危机期间不同时依赖于上至下的指导，因此，该组织可以在没有日常指示和行政指示的情况下继续长时间工作[403]。

7-1-3 传播和渗透社会的能力

穆斯林兄弟会具有在社会中传播和渗透的能力，有助于建立社会团体和社会组织的产出，例如协会，保健中心，清真寺等，以此来支持其总体目标；这也许可以解释为，尽管有人批评穆斯林兄弟会的政治表现，然而它的活动和社会角色的多样性一直是其持续进程的催化剂[404]。

---

400. 齐亚德·芒森（Ziyad Munson），《伊斯兰部落....埃及的社会运动和穆斯林兄弟会理论》·哈佛大学·有关兄弟会的系列译本，第 25-27 页。

401. 前源，第 31 页。

402. 穆斯林兄弟会和穆巴拉克，第六部分，《穆巴拉克时代的穆斯林兄弟会...从停战到对抗》·兄弟会维基·https：//bit.ly/2o6EQGb

403. Barbara Zollner, op.cit

404. 阿玛·法耶德（Ammar Fayed），《消除埃及兄弟会的社交活动是否会导致该组织陷入暴力？》，前源。

在过去的几十年中，穆斯林兄弟会目睹了一种重要现象，这一现象极大地促进了其组织和行政结构的发展，被称为"兄弟会农村化"，该组织的组织地位在中下层阶级和开罗郊外特权较低的阶层，尤其是在农村地区的基层得到了发展[405]。这种现象极大地促进了该组织在整个埃及的小城市和农村地区的传播，这代表了该组织真正实力的基础和以其领导人为代表的选举区[406]。

同时，该组织的社交网络的力量极大地促进了组织的生存和凝聚力，特别是因为这些网络能够为不同的团体（尤其是穷人）提供各种服务，从而使组织动员和影响的能力加倍[407]。但是，该组织用于动员和招募在所有这些产出和工具在 2013 年 6 月 30 日革命后，反恐怖法将兄弟会列入恐怖暴力组织名单，并没收其所有资产以及禁止该组织一切社会和政治活动后，人们质疑该组织是否有可能回到其先前时代和近期活动。

7-1-4 家庭和家族性质的控制

作为管理组织及其成员之间沟通便利的重要工具之一，有无数家庭与兄弟会成员产生联系的例子，这些联系建立了相对封闭的网络并确保他们存在可靠的交流手段来保持联系，同时，这些个人和家庭关系是防止可能存在的渗透尝试，或暴露的保证，尤其通过使用社交媒体传递信息来完善这种关系时更是如此。例如社交网站：脸书和在线平台，如兄弟网站以及许多支持该组织的卫星频道，例如"Rabaa TV"或"Al-Watan"，以及其他传播穆斯林兄弟会组织思想的平台[408]。

7-1-5 穆斯林兄弟会利用宗教文本来维持组织的统一性和凝聚力，成功地产生了

庞大的文学遗产，以保持其统一性，避免了分歧或分裂，并投资了许多属于伊斯

---

405. 易卜拉欣·胡哈比（Ibrahim Al-Hudhaibi），该伊斯兰计划的结尾：穆罕默德·萨伊德·赛义德（Mohamed El-Sayed Said）的编辑·《穆斯林兄弟会的未来还在等待中》（开罗人权研究所·2013 年）（第 65-66 页）·第 79-80 页。

406. Ashraf El-Sherif，同上。

407. Ziad Munson，前源，第 10-14 页。

408. Barbara Zollner, op.cit.

兰历史不同阶段的宗教文本，它整合了所有宗教文献，团结了穆斯林社区，拒绝穆斯林社群分裂，并重申了听从和服从其领导，以及不背叛其领导的原则。该组织受到了法律和思想上的保护，兄弟会的方针，教育决定和常用文学中充斥着诸如先知的圣训这样的文本：（没缔结盟约而亡者，犹如愚昧的状态下而亡），（上帝之手与公众同在），（你们当与组织同在），（即使埃塞尔比亚的奴隶掌权，你们也要听从并服从），（服从我的大臣者，便是服从了我）。该组织利用这些文本首先建立了组织结构，其次确保其连续性并防止不背离它。该组织还制定了其他一些文献，提出了留在组织，防止背叛组织或脱离组织的想法。毫无疑问，兄弟会借助的这些文献和文本能够在很大程度上维持该组织的的组织凝聚力，强调听从和顺从以及在任何事情上不违抗组织领导的原则[409]。

在这种情况下，该组织创始人哈桑·阿尔·班纳建立的效忠承诺系统具有十个支柱："理解，真诚，工作，圣战，牺牲，服从，坚持，公正，博爱和信任"增强了穆斯林兄弟会的组织凝聚力，特别是它在提高顺从，归属，自我控制和遵守等理念方面；同时该组织将其成员纳入组织结构并控制其个人行为，以使他们不偏离组织的总体原则或偏离其组织原则[410]。

7-1-6 多种融资来源

资金来源的多样性代表了组织建设的优势之一。从成立之初，该组织就意识到通过建立金融体系使其在面对经济问题的国家中具有巨大的经济实力，实现货币扩散的重要性[411]。该组织设法建立了一个高度复杂且难以遵循的金融体系，这导致了在该国内部形成平行国家，吸引并诱使更多的穷人，甚至背负重债的经济阶层

---

409. **有关**这方面的更多详细信息，请参阅：侯萨姆·**塔曼**（Hossam Tammam），《为什么穆斯林兄弟会不分裂》？**伊斯兰**天文台（无日期，通过以下链接：https://bit.ly/2lQldkB。

410. **巴比基尔·法萨尔·巴比克**（Babikir Faisal Babiker），《对穆斯林兄弟会效忠概念的批判》（1），**以前的**资料。

411. 马哈茂德·**哈桑**（Mahmoud Hassan），《**兄弟会的经济帝国的故事：英国的非法钱财是首要企图**》，萨乌特·乌玛（埃及），2018 年 6 月 1 日，位于以下链接：https://bit.ly/2KESF5d。

。该组织的资金来源很多，首先直接来自其成员的捐款，在那里，兄弟会成员有义务将其每月或年度资金的 8％捐出[412]。

视频标题：**与穆海磊一起解释穆斯林兄弟会的组织结构**

链接如下：

https://www.youtube.com/watch?v=Kt_DxVtVc4c

Mubarak Al-Muhairi 说：穆斯林兄弟会的法律委员会邀请个人参与秘密行动。

即使是穆斯林兄弟会在埃及以外的其他国家/地区的分支机构，其会员也有义务向该组织支付其每月收入的 5％至 7％，其中一部分用于该组织在当地分支的支出，另一部分则通过专门委员会进行投资。

Mubarak Al-Muhairi 说：我们不知道该组织成员所支付的钱投资在哪里。

https://www.youtube.com/watch?v=Kt_DxVtVc4c

因此，[413]每个行政办公室的任务是独立管理有关部门的经济活动。其次是外国援助，卡塔尔国在兄弟会上任的那一年为其提供了公开的财政支持，因为它意识到这种支持除了传统的区域大国的区域作用以外，还发挥着广泛的区域作用。成立于 1992 年的卡塔尔慈善基金会，是卡塔尔为欧洲的兄弟会项目提供资金的主要接口[414]。同时，土耳其在兄弟会统治时期向埃及提供了 20 亿美元的援助，并试图在埃及的许多部门增加数十亿美元的投资，但 2013 年 6 月 30 日的革命导致该援

412. Investigating the Muslim Brotherhood Economy, https://bit.ly/2lKGcp3.

413. The structure and funding sources of the Muslim Brotherhood, 2011, https://bit.ly/2qoe0J7.

414. Jonathan Spyer, Qatar's Rise and America's Tortured Middle East Policy, August 2014, https://bit.ly/1qYxFKK.

助暂停[415]。再次是该组织及其成员在埃及及其他地区的各种公司和机构中进行投资所产生的利润[416]。

该视频已从 YOUTUBE 删除

穆斯林兄弟会在经济的各个领域进行了各种投资，例如金融，房地产和服务业。根据萨拉赫·戈达（Salah Goda）博士在 2015 年 8 月向埃及首都频道发表的声明：该组织到 2015 年的投资范围在 4000 至 5000 亿美元之间，其中包括在埃及的 500 亿美元，而该组织的副总顾问 Khairat Al-Shater 在这些投资中的份额则约占 250 亿美金。

https://www.youtube.com/watch?v=02NtIkwZ05M

大量研究表明，穆斯林兄弟会与 1980 年代在埃及传播的伊斯兰银行和金融机构有着广泛的联系，其中包括由约瑟夫·纳达（巴哈马穆斯林兄弟会的成员）于 1988 年成立的泰格瓦银行，其在美国的资本超过 2.58 亿美元。除该组织存放资金的国际银行外，还有法国的兴业银行和巴黎巴希银行。[417]该组织使用所谓的"避税天堂"，也就是说，小国的特点是在进出货币方面没有严格审查税收或金融，因此这些避风港是该组织促进洗钱，逃税和其他可疑金融活动的安全场所[418]。

---

415. 阿卜杜勒·哈米德·安萨里（Abdul Hamid Al-Ansari），《埃尔多安在政治和心理之间的动机》·伊蒂哈德（阿布扎比）·2014 年 10 月 8 日。

416. Jonathan Spyer, op.cit.

417. 穆罕默德·卡亚提（Muhammad Qayati），《巴哈马两岸与列支敦士登公国之间的穆斯林兄弟会的资金来源》·2012 年，网址：https://bit.ly/2kbMNIx。

418. 马哈茂德·哈桑（Mahmoud Hassan），《兄弟会的经济帝国的故事》·先前被引用过。

7-2 组织结构..弱势方面

关于第二种趋势，鉴于许多因素，穆斯林兄弟会的组织和行政结构被认为具有若干弱点，其中最重要的有[419]：

7-2-1 组织结构的本质含混不清，该组织既不是政党也不是社会协会，已经发展成为一个封闭的等级社会，按照极权主义政党和布尔什维克的领导和控制方式进行组织，该组织仍然相信首先组织的极地思想。只要对组织有必要，就可以进行所有操作。也许这可以解释该组织在 2011 年 1 月 25 日革命后放弃支持它的政治力量和潮流，因为当时该组织意识到它对实现其在各个领域的绝对控制权力和对事务控制的梦想构成了障碍。同时，穆斯林兄弟会的组织结构中领导角色的性质没有明确限制，例如，导师和相关的指导局，尽管他们发挥着主要的政治作用，但这种作用仍然不受宪法的控制，这意味着他们行使任何权力并不需要承担任何责任，并且基于"没有责任就没有权力"的原则，这便成为该组织的组织结构所面临的缺陷[420]。

同时，根据机构内部的规定：兄弟会机构之间即便没有界限，那么它们之间的界限也几乎是重叠的。例如，该组织的舒拉理事会几乎受制于导师和指导局的权力，而其本身应该是该组织的立法和监督机构。 更不用说缺少有关清算该组织指导局或导师的机制文本了[421]。

7-2-2 意识形态性在运动和组织中占上风，在穆斯林兄弟会应重新考虑其许多组织和行政方面，并努力恢复组织结构，建立该组织中的主要内部机构（如：指导

---

419. Ashraf El-Sherif, op.cit.

420. 阿里·马布鲁克（Ali Mabrouk），《穆斯林兄弟会的未来和埃及的未来：在穆罕默德·萨伊德·赛义德（Mohamed El-Sayed Said）的社论中·"哪个未来在等待穆斯林兄弟会"（开罗·人权研究所·2013 年）（65-66），第 120-121 页。

421. 有关这方面的更多详细信息·请参阅社论中的哈利勒·阿纳尼（Khalil Al-Anani），《边缘化与有条件包容之间的穆斯林兄弟会的未来》·穆罕默德·萨伊德·赛义德（Mohamed El-Sayed Said），"穆斯林兄弟会的未来将在哪里"（开罗人权研究所·2013 年，开罗）（65-66），第 42-43 页。

局，舒拉理事会以及各省区行政办公室和舒拉理事会之时，一方面允许首先重新制定该组织内部的组织和社会权重，另一方面又鼓励兄弟会内部的思想，意识形态和世代多样性，但这并没有实现。同样当时期望除了实现这些机构之间的平衡外，重新制定决策机构之间的关系及其在组织内的执行工作也将完成[422]。但是该组织仍然处于组织停滞的恶性循环中，保持了僵化的结构，没有重新考虑晋升的程序，手段和规则，因此对整个组织的光谱更具代表性和透明性。事情的真相是，问题不在于修改兄弟会的内部法规的可能性，因为该组织内部存在一个专门负责该组织的委员会（规章委员会），但问题主要在于该列表中的任何更改被转化为组织事实的程度，这些事实使得该组织不仅在行政上无法进行重组，而且在教育，意识形态和政治方面也是如此。尽管在过去的几十年中已经进行了一个组织重组的过程，但最终导致了对某个特定派系的掌控，并导致了管理该组织的独特性，而没有来自其他潮流或该组织规则的真正监督或参与，自上世纪 90 年代末以来，进行了在兄弟会内部被称为"改革运动"的将一个组织排除在外的过程。

穆斯林兄弟会行政组织的弱点

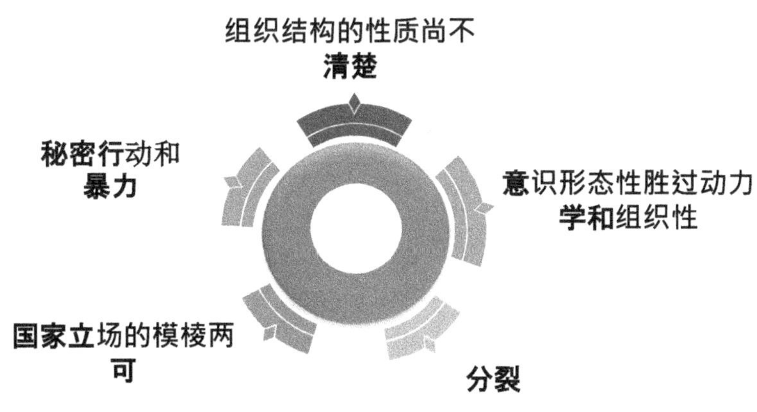

---

422. 同上，第 42-43 页。

保守派的统治不仅对整个组织执政期间的政策和决策产生重大影响，而且对该组织内部也没有任何批判性愿景产生巨大影响，这对该组织的组织和行政结构产生了负面影响，因为这导致在执行方式上占零倾向的该组织在政治斗争中处于零博弈中，并与保守的宗教和社会力量相识，这些力量过去和现在一直是穆斯林兄弟会的宗教和思想话语的负担，例如萨拉菲派的力量和一些激进的象征，而这正是导致兄弟会统治瓦解的因素[423]。毫无疑问，意识形态在该组织的组织和动态上得势导致各种政治潮流和势力感到失望，特别是在 2011 年 1 月革命之后，该组织在"国家兄弟"中表现出了自己的真实面目，并赋予其要素以权力，这导致了与各种权力的冲突。后来导致 2013 年 6 月 30 日革命的政治潮流推翻了其统治。

很明显，组织结构和团体意识形态之间的相互联系是该组织未能在 2011 年 1 月后的革命中管理组织事务的因素之一，当它宣布成立一个从事政治行动的政党时，它没有遵守党派工作的标准，而是一种欺诈。为了使"形式主义"在参与政治工作中具有合法性，同时仍然支持其思想意识形态，并采用宗教使其政治化以实现其目标，而该党本应根据官方和法律规则进行政治实践，但与此相反，它试图颠覆组织结构，它的目标是将公民国家及其正式机构转变为一个宗教化的国家机构，其目的是通过运用宗教来增强其吸引，动员和武装追随者的能力，这是该组织通过强调服从和默许与实现理性相交的价值观而成功的一种做法，这意味着该党仅是一座通过运用宗教宣传为政客服务的桥梁，以实现政权交叉[424]。

7-2-3 分裂

分裂是该组织变薄弱的最重要因素，尤其是它不仅限于个人，而且还形成了组织团体和政党的派系分裂，这种分裂导致了该组织的系统性失衡或未能实现目标；这种分裂自该组织的出现，直到 6 月 30 日革命之后。它表明，该组织的组织结构明显不平衡，尤其是在将该组织事务作为一种方法论，一种绩效和工作方法进

---

423. **哈利勒·阿纳尼（ Khalil Al-Anani）**，《边缘化与有条件包容之间的穆斯林兄弟会的未来》，前一个来源，第 45-46 页。

424. **阿里·马布鲁克（ Ali Mabrouk）**，《穆斯林兄弟会的未来和埃及的未来：以前的资料》，第 122 页。

行管理的性质方面，这种局面被绝对权力的专制所掩盖，并且没有为反对意见或不同的观点提供发声的余地[425]，如此反对派就会促使未来的许多领导人背弃它，并在公开场合批评其政策。

7-2-4 关于民族国家的立场模棱两可，有人指出，穆斯林兄弟会封闭的组织结构的特殊性使该组织成为一种特殊的"等级制"局势，不相信民族国家并超越了民族国家，这是该组织在过去几十年来与大多数埃及政府之间持续不断冲突的秘密。也许这也可以解释为什么该组织即使在埃及上台后也没有铺路，因此它自愿保留了受禁止组织的头衔，并保持在国家和法律之上。在该组织选择以排斥和边缘化的逻辑与国家和社会打交道之后，该组织强大而封闭的组织在广大埃及人中激起了厌烦该组织统治的情绪，这尤其是因为该组织忽视了曾对其表示同情的民众势头的自发力量，这是埃及人民群起反抗该组织的首要原因[426]。也许使该组织对民族国家缺乏信心并努力克服民族主义的信念是该组织在所谓的"兄弟国际组织"中进行了国际扩张，这是治理兄弟会危机的一个方面，因此它挑战了现代埃及民族国家，并提出了与组织进行国际联系和协调的建议越境不享有任何法律规定，这导致许多政治伊斯兰运动的研究人员认为这一因素是 2013 年穆斯林兄弟会仓促垮台的主要原因之一，特别是因为国际组织不仅被视为一个反政治派别，而且被当作是一个利用民族国家达成国际协议的实体跨国公司，这引起了埃及政府的关注，埃及政府开始注意到该组织的危险[427]。

这一危机自穆斯林兄弟会成立之初即表现出来，因为哈桑·班纳相信世界各地的穆斯林都是一个国家所以他对在埃及境内建立本地组织不满，并且该组织的目标是"从所有外国政权中解放伊斯兰国家"；就这样兄弟会成功地在大多数阿拉伯国家为他们建立了分支机构或支持了忠于他们的运动，并在后来的尝试中建立了

425.　Khalid bin Sulaiman Al-Adhaad，《分裂……**穆斯林兄弟会**组织脆弱的环节》，Qubust 网站，2019 年 9 月 14 日，**通**过以下链接：https：//bit.ly/2kMp0PD。

426.　**阿姆·肖巴基**（Amr Al-Shobaki），**在莫尔西**（Morsi）**倒台之后**，该小组还有什么未来？ **先前的** 资料，第 22 页。

427.　**艾哈迈德·阿卜杜勒·拉布**（Ahmad Abd Rabu），**以前的**资料，第 64-65 页。

这种组织，即穆斯林兄弟会的国际组织，该组织可能包括来自约 70 个国家的代表[428]。

穆斯林兄弟会对民族国家的观念的不信任，使它成为西方特别是美利坚合众国手中的工具，对它所在的国家，特别是埃及的统治政权施加压力。换句话说，穆斯林兄弟会已经变成了西方可以依靠它来实现自我利益的工具，例如但不限于，美国前总统巴拉克·奥巴马的政府陷入了兄弟会的信念的陷阱，即该组织是埃及街头的一支打击力量，其支持者数以百万计，因此，它可以保证美国改善在埃及的形象，以及它也可以保护自己的利益，也可以发挥圣战组织先前在 1970 年和 1980 年代表美国所扮演的角色，当时该组织在其部队入侵阿富汗后竭尽全力并耗尽了"前"苏联。因此，美利坚合众国将穆斯林兄弟会作为对埃及任何统治政权施加压力的工具之一，以不抗拒美国治理下的裁定，这清楚地表明，一些美国政府将穆斯林兄弟会的国际组织视为与西方政策联系在一起的机构，而且在其文学和实践中，爱国主义的思想尚未建立起准备扮演这一紧迫角色的政党[429]。

7-2-5 秘密行动与暴力措施， 在穆斯林兄弟会成立的最初几十年中，该组织采取了秘密行动和暴力手段来对付其政治对手，早几年在伊斯梅利亚，它重视圣战军事层面，并信奉伊斯兰宗教所确立的圣战原则，该组织还以此为口号表达了自己及其目标："上帝是我们的目标，使者是我们的领袖，古兰经是我们的宪法，圣战是我们的道路，死在为上帝奋斗的路上我们的最高愿望[430]"。此口号在该组织在此期间建立的准军事组织间得以诠释，其中最突出的是：该组织历史上最早形成游击队，这支队伍如同一支在伊斯兰教中实现圣战思想的军事团队。对游击队的军事层面训练包括四个方面：首先是正规的编队和娴熟的军事行动；其次是使用武器包括步枪和手榴弹以及战争燃烧装备；再次是该战争在稍后阶段建立的营

---

428. 伊斯兰主义者萨拉赫丁·朱拉希（Salah al-Din al-Jurashi），《西西弗斯的房间再次倒塌》，编辑：穆罕默德·赛义德·萨伊德，《穆斯林兄弟会的未来在等待什么》（开罗·人权研究所·2013年，开罗）·第（65-66）页·第99页。

429. 阿里·马布鲁克（Ali Mabrouk），《穆斯林兄弟会的未来》和《埃及的未来》，前源，，125-126页。

430. Hamada Mahmoud Ismail，前源，第25-28页。

地制度，每个营由 40 个兄弟组成，而营效忠于哈桑·阿尔·班纳，并且效忠誓言不超过三个词，即："工作，顺从，保密[431]"。

特殊制度的建立始于 1940 年，以确认该组织对在实现其目标中诉诸暴力的重要性的信念。哈桑·阿尔·班纳个人对伊斯兰宣传的理解基于："是信仰和崇拜，是国家和身份，是宗教和国家，是灵性和实干，是古兰经和宝剑"。由此，兄弟会的标志来自《古兰经》和两把剑，上面写着"准备"[432]。哈桑·阿尔·班纳在他的一封信中申明："力量的级别，信念和信仰的力量，然后是团结和依恋的力量，然后是装备和武器的力量。"他在同一封信中补充道："当其它力量无济于事的时候兄弟会将使用实际力量，他们将诚实坦率地先礼后兵[433]"。兄弟会领袖之一马哈茂德·萨巴赫在他的书《特殊组织的现实》[434]中强调："该机构成员未经任何人的同意就有权暗杀政治对手；他们所有人都借使者的教导使得杀害上帝敌人合法化。"

该组织继续进行秘密工作并诉诸暴力，这在 2013 年 6 月 30 日革命后很明显，那里出现了几支隶属于该组织或支持该组织的武装运动，从"革命之旅"和"阿贾纳德·米斯尔"开始，经过"赫尔旺旅"。"，直到"赫思慕"运动，在其连续数次在全国各地发动袭击之后的过去几年中，它一直是头等大事。"赫思慕"运动于 2016 年 7 月发布的第一封声明证明了它与穆斯林兄弟会的密切关系，正如它在此声明中确认的那样，它将针对其所谓的"针对穆罕默德·莫尔西的军事政变"发起复仇行动。为了赢得并吸引新的公众，"赫思慕"将自己打扮成革

---

431. Al-Azbawi 提出"穆斯林兄弟会"……真相，形成，秩序和思想……（第 1 集），Al-Khaleej 报纸（沙迦）·2014 年 5 月 5 日。

432. 阿卜杜勒·哈克·萨那比（Abdel-Haq Al-Sanaybi），《特殊系统或特勤局：穆斯林兄弟会的军事联队》（迪拜·马兹瓦玛研究中心·迪拜）·2016 年 12 月 13 日，通过以下链接：https://bit.ly/2MIByEX。

433. 有关 Hasan Al-Banna 的信息，请参考：Imam Hassan Al-Banna 的论文·通过 Wiki Brothers 网站：链接如下：https://bit.ly/2jU09cp。

434. Mahmoud Al-Sabbagh，《特殊系统的现实及其在穆斯林兄弟会宣教中的作用》·（开罗·Dar Al-Itsam 印刷，出版和发行·1987 年），第 429 页。

命和武装的革命运动，决定恢复 1 月 25 日的革命及其为烈士的鲜血而做出的目标和报应。它并未在其出版物中隐瞒恐怖主义运动，即他基本上是抵抗而不是和平的武装运动[435]。同样，穆斯林兄弟会成员与其他人士的合并产生了几个武装反对派组织，包括"人民抵抗委员会"和"革命惩罚"运动，这些组织的目标是安全机构和当地基础设施（例如电力网络）。此外有证据显示革命集团成员与列在美国恐怖主义名单上的"赫思慕"和"革命旅"两个组织之间存在联合行动[436]。

视频标题：与 Dr. 前埃及总统候选人阿卜杜勒·莫尼姆（Abdel Moneim Aboul Fotouh）的直播节目。

链接如下：
https://www.youtube.com/watch?v=ag7QbqQ5pVM&t=2410s

兄弟会前领导人/Abdel Moneim Aboul Fotouh 警告说，在面对政权时不要使用暴力，不充当某些组织的尾巴，暗指穆斯林兄弟会。

阿卜杜勒·莫尼姆（Abdel Moneim Aboul Fotouh）拒绝将"坚强的埃及"政党称为伊斯兰政党，并表示这并不否认其拥有宗教权威。

阿卜杜勒·法塔赫·西西推翻兄弟会政权是通过选举和投票，而不是政变。

https://www.youtube.com/watch?v=ag7QbqQ5pVM&t=2410s

穆斯林兄弟会统治埃及的那一年证明了该组织结构缺陷的严重程度，因为它混淆了该组织的行政管理和国家行政管理，从而导致了灾难性的失败结果，而且很显然该组织在其统治期间缺乏国家行政管理所需的最低效率，更不用说该组织在解

---

435. "胡思木"为莫西报仇的兄弟会之臂，2019 年 8 月 9 日，Al-Arab 报纸（伦敦·）。

436. 安妮特·兰科（Annette Ranko）和穆罕默德·亚吉（Mohamed Yaghi），前源。

释和揭示其希望实施的伊斯兰政治计划方面所应当具备能力和效率，通曾设想可以控制埃及机关并掌控其归属权，但它遭到民众的普遍反对，并最终以结束统治收场[437]。

7-3 组织结构..未来场景

在对穆斯林兄弟会及其组织和行政结构造成沉重打击的 2013 年 6 月 30 日革命进行了六年多之后，无论是政治伊斯兰运动的研究者，还是持续关注穆斯林兄弟会的西方研究中心，谈论未来都越来越受到关注；因为它是该地区和世界政治伊斯兰的各种潮流和运动的母体。

谈论组织和行政结构的未来也是谈了该组织的未来，特别是如果自组织创立以来就考虑到组织领导者的中心地位则尤其如此。这个未来也不能与内部和外部环境的发展分离开来，因为有一系列决定因素可能会影响穆斯林兄弟会的未来之路，进而影响其组织结构，首先是埃及政府与该组织打交道的性质，并且禁止该组织的恐怖主义法将继续有效并以某种方式耗尽资源，以防止兄弟会的物质和社会成果恢复原状，并重新组织到它以前的时代；或者埃及政府（如先前的政府所做的那样）倾向于对该组织表现出一定程度的灵活性，并允许其以一定幅度再次重新组队？其次是阿卜杜勒·法塔赫·阿尔·西西总统政权保持其在 2013 年 6 月 30 日革命后获得的强大合法性的能力的程度，以及他作为"救世主"的形象的延续，根据流行的说法，他保护埃及免受"法西斯兄弟会"的统治，特别是考虑到由一些普遍对埃及政府采取的经济改革政策及导致埃及青年的贫困和失业率上升表示不满的群体所发起的民怨。第三是国际环境的发展，以及国际上对西西总统政权的持续支持的程度，特别是美利坚合众国和西方大国的支持，这一制度将视为维护中东地区安全与稳定的重要因素。

---

437. **穆罕默德**·赛义德·赛义德（Muhammad al-Sayyid Saeed），《哪个未来在等待穆斯林兄弟会》，前源，第 10 页。

这些决定因素将在很大程度上决定未来一段时间内穆斯林兄弟会的未来，进而决定其组织和行政建设。在任何情况下，都有几种情况可以导致该组织在未来一段时间内的组织结构，其中最重要的是：

7-3-1 组织当前状态的场景（最有可能）：无论是关于组织结构的形式及其指挥链，还是关于组织和行政级别之间关系的性质，或者为了维护而强调思想和动态方面之间的联系论组织凝聚力。在这种情况下，该组织的组织和行政结构将保持不变。其特征已在本研究的第二章提到，决策权集中在总导师及从属于其的主要机构中。在这种情况下，穆斯林兄弟会将继续在思想和组织停滞的圈子中前进，因为他们坚持基于听从和服从的思想和信念，从而阻止了出现新的声音，而这些声音往往会提出旨在恢复组织结构的生命力，活力和有效性的提议，从而使该组织摆脱目前所面临的困境。

在此阶段，此方案是该组织的首选方案，在此阶段中，它寻求在法律限制和安全起诉对组织结构产生负面影响之后保留其其余的组织和行政结构。为了维持现状，它采取了开发新工具的方法，这些工具不仅使组织在埃及，而且在区域和国际环境中都变得更加灵活和适应于形势的发展；有许多证据和数据能够说明这一点**，也许在这种情况下最为突出的有：**

- 在 6 月 30 日革命后，在导师和指导局的领导被捕后，允许组织结构中的中下层领导者在管理该组织事务中发挥更大的作用，从而导致打破组织中的等级关系，并赋予省市办公室地方中层和下层领导者特别是年轻人以新的权力。

- 重新考虑委员会和该组织行政办公室的任务，合并数个委员会，尤其是政治工作委员会和电子委员会（特别是在各省），以规避第三十次革命后针对该组织的安全运动和法律限制，因此从 2013 年 6 月开始，合合并了多个委员会以减少对更多官员的需要。

- 激活某些委员会的作用，特别是那些与宣传，法律和慈善有关的委员会的作用，一方面这些委员会的工作保证该组织保持其在社会中的存在，另一方面继续向穆斯林兄弟会家庭提供援助，尤其是其成员被捕的穆斯林兄弟会家庭。

- 建立与组织的主要部门平行的非正式实体，例如"支持合法性的全国联盟"，"反对政变的学生"，"反对政变的作家和文学家"，"反对政变的大学"和"反对政变的专业人士"，并以此来捍卫该组织并在国内外促进其事业。

- 由于该组织（家庭）中的基本本地单位已从 8 个群集成员减少为 3 个，因此用群集结构代替了层次结构，并且因为担心安全追踪，现在通过更安全和创新的方式进行通信，例如：加密文本消息，社交媒体和电子邮件。

除上述规定外，该组织可能会努力利用某些埃及社会团体所遭受的艰难经济状况，并再次满足这些团体的需求，以此作为再次渗透埃及社会结构的入口，因为该组织可能会诉诸放弃其政治机会主义-尽管是暂时的-为了向反对西西政权的政治力量敞开大门，并加强与它的组织联系，以形成反对该政权的统一战线。

同时，该组织可能会返回秘密行径，因此，对于不符合法律的非法活动，以及对支持暴力的武装组织的支持，以及在三十年代革命后时期参与了许多恐怖主义行为的武装组织，都可能返回秘密行径。从 2013 年 6 月开始，并在政治上利用这一点使阿卜杜勒·法塔赫·西西总统的政权尴尬，并质疑他在国内的成就，尤其是有关反恐战争的文件。

7-3-2 组织分裂场景（可能）；这是由于该组织无法适应 2013 年 6 月 30 日革命带来的发展，导致该组织被罗列在恐怖组织名单内，并没收了其资金及其为从事慈善和经济活动所挪用了各种资金来源，然后通过司法裁决禁止了该组织的政党。由于这些措施构成了该组织凝聚力和适应能力的考验，尽管一些人认为该组织在这一阶段的能力有限，但是，实地证据显示该组织存在分裂的迹象，最明显的迹象是该组织分成了两个集团，每个集团都有其组织和行政结构独立主义者以及它对如何处理当前局势的不同看法；此外，每个集团都将自己视为该组织的合法代表，并指责对方没有表达该组织的原则和目标。组织分裂的另一个迹象是，该组织在埃及的许多领导人与国外领导人之间在如何处理组织事务以及如何应对该组织当前面临的困境之间仍然存在分歧，因为显然兄弟会内部，特别是那些属于库特布潮流的兄弟会成员，他们拒绝海外领导人的提议，并继续努力加强对组织的控制。

但是，尽管如此，这种分裂可能不会完全导致该组织的组织结构崩溃，尤其是考虑到该组织在其悠久的历史中见证了许多分裂，并且没有导致该组织崩溃或对其组织和行政结构进行瓦解，而这些缺陷也得到了克服，该组织恢复了其组织结构，但是在可预见的将来，这些分歧的继续和深化可能削弱该组织的组织结构，限制其作用，甚至可能使其瓦解。

7-3-3 为该组织成立新组织结构的场景（防患于未然）是基于当前组织的废墟的方案，它利用了该组织历代以来的组织错误，并致力于与社会"共存"，因为它是存在于国家中的组织和潮流的不可分割的一部分；它遵守法律和法规，放弃"隐喻"特征，这是当前组织的最重要特征之一，向社会上的政治力量和潮流开放，遵守由官方框架和法律确定的政治行动条款，并为赢得群众的芳心，放弃其将宗教与政治混为一谈的空泛的口号，相信民族国家的思想，不再寻求克服民族国家或在社会中发挥主要作用。

穆斯林兄弟会内部的"改革派领导人"惯用此种做法，他们认为，现阶段需要再次努力重建组织，从其他经验（尤其是土耳其事件）中受益，并效仿正义与发展党对各种潮流开放方面的经验，例如苏菲运动，社会和宗教运动，并使其成为新组织的核心[438]。在这种情况下，可以理解穆斯林兄弟会的一些领导人于 2019 年 6 月 20 日，即被驱逐的埃及总统穆罕默德·莫尔西去世后不到两周，以及在第 30

---

438. Ashraf El-Sherif，同上。

届革命六周年前夕发表的声明，在此声明呼吁"统一革命力量"，此声明还强调，"该组织进行了多次内部审查，在此期间，它认识到革命阶段和政府阶段所发生的错误，并将允许其成员参加"，通过与与我们相交的政党和运动传播来从事政治工作。它代表的是其政治立面，这与先前的条件相矛盾，即成员的党派工作仅限于自由和正义党，该组织于 2011 年 1 月革命之后产生的政治部门现已被禁止[439]。

但是，在许多将来可预见的因素，这种情况不太可能实现，首先是穆斯林兄弟会难以获得人们对新组织构想的支持，尤其是因为埃及大多数人仍然认为该组织应对恐怖主义的蔓延负责，不仅在埃及而且在整个阿拉伯国家中公众都提高了政治伊斯兰项目及其背后的组织的严重性的意识。第二个原因是政治力量保留加入穆斯林兄弟会的任何组织或集团，特别是因为该组织在" 2011 年 1 月 25 日革命"之后抛弃了所有人并反对他们，并对他们实行排斥和自大，由于完全缺乏对新伙伴关系的信任而建立新的伙伴关系，这将削弱该组织建立联盟或开展合作的机会。第三，法律和立法上的限制以及对安全的起诉使穆斯林兄弟会很难重建一个新组织，即使它遵守正式框架和法律也是如此，因为过去几年的经验清楚地表明，该组织正在实践"政治谨慎"的原则以通过其计划，以其意识形态或对社会中其他政治力量的傲慢观点，而没有进行任何改变。无论如何，穆斯林兄弟会现在正处于其历史上前所未有的危机中，这在其组织和行政结构中已明显体现出来，该组织遭受着严重的软弱，而所谓的"改革派"与该组织内部的保守派（库特布）潮流之间的冲突仍在继续，前者寻求根据 2013 年 6 月 30 日革命产生的新数据重建组织结构，并支持上述呼吁对社会政治力量开放的声明，而保守派目前仍拒绝对当前组织结构进行任何更改，为此他宣布明确拒绝在 2013 年 6 月第 30 次革命六周年前夕发表的声明，甚至否认该声明的所有者属于兄弟会，这清楚地表明该组织目前正处于停滞，僵化和组织真空的状态，这种状态可能持续数年。

---

439. 《莫尔西（Morsi）离开后，谁来领导埃及的穆斯林兄弟会？》 英国广播公司（BBC），2019 年 7 月 8 日，https：//bbc.in/2mXbCcw。

最终研究结果

鉴于上述，可以达到以下结果：

1. 组织和行政结构对穆斯林兄弟会非常重要，因为它是其社会，经济和政治项目的支柱。因此，建立严格的中央组织结构的工作是该组织自创始人哈桑·阿尔·班纳创立该组织以来直到现在为止最重要的优先事项。因此，该组织与许多埃及政府之间的分歧主要集中在该组织以及如何限制其能力上，因为它是该组织的智力和政治项目的核心，也是其在实地实施的重点，无论是在复兴伊斯兰哈里发方面，还是在协调群众的运动和领导上；为此，该组织热衷于建立社会保障网络，使其渗透到社会中，或者如 1992 年海拉特·沙特尔授权计划所揭示的那样，在国家机构中增强该组织的权能，并开始在 "2011 年 1 月 25 日革命" 之后实施这些制度，即所谓的 "国家兄弟会" "但是，由于埃及人民于 2013 年 6 月 30 日针对该组织进行了革命，因此该计划未能获得成功。

2. 穆斯林兄弟会采取了一种组织模式，以其等级复杂性和组织单位的复杂性为特征，并通过其规则和精英将其扩展到社会，其目的是通过多个委员会和部门实施的动态计划来改变信念，个人和群体趋势。尽管实行了专制的行政和组织等级制度，但穆斯林兄弟会的行政和行政结构却是模仿国家机构而制定的：指导局与行政机关平行，舒拉委员会行使议会的职能，与立法机关平行，该组织的行政办公室等同于省委，并且其边界适用随着行政和选举选区的完全发展，穆斯林兄弟会的组织结构在形式和内容上都与国家的组织结构相同。这明显体现在 2011 年 1 月 25 日革命之后，该组织在埃及上台，这是因为穆斯林兄弟会的领导层一直在努力用其组织结构取代国家当局和官方机构，在该组织中，总导师-穆罕默德·巴迪是国家的实际统治者，而不是于 2012 年被人民选出的总统-穆罕默德·莫西。

3. 穆斯林兄弟会的总导师在该组织的动力和运动建设中扮演着积极的角色，只要他拥有超凡魅力的领导，他就可以增强这个组织的力量，而这些特征显然是由该组织的创始人体现出来的，他具有影响忠诚度规则水平和国家官方机构的强大能力。从皇室时代开始，甚至在他因先前的宗教信条和演讲而被暗杀之后，其他班纳之后的导师未能获得班纳所获得的魅力成就成就；但在所有情况下，该组织的导师都受到其成员的高度赞赏和尊重，并且他的权力很强且不用面对丝毫问责；这可能是该组织中组织结构的弱点之一。

但是，可以肯定的是，每个导师的个人特征对该组织的组织和行政结构都有明显的影响，尤其是在组织内部的互动性质以及思想斗争和世代冲突方面。从组织上的真空中，他的继任者哈桑·胡埭比（无法填补这一空缺，尤其是当该组织进入与已故总统加马尔·阿卜杜勒·纳赛尔政权的冲突阶段时。但是，随着第三位领导人奥马尔·特莱姆塞尼担任该组织的领导者（即温和与和谐），新的阶段开始重建该组织，并提高其有效性使其进一步融入社会。兄弟会第四任导师-穆罕默德·哈米德·阿布·纳斯尔执政期间，穆斯林兄弟会的改革派和扩张主义势头继续存在，他遵循了特莱姆塞尼的做法，通过了1994 年法规中的重要修正案，引入了自穆斯林兄弟会成立以来最重要的变化，该变化决定了该导师的意义，它还包括与穆斯林兄弟会全球组织有关的变化。导师-穆斯塔法·马什豪的任期开启了第五阶段，其特点是内部因素及其与内部力量的平衡的重要性以及不同的思想政治信念和与社会人口统计学特征有关，尤其在确定该组织导师的身份和已批准政策的性质以及法律和行政修正案的性质方面。但是，穆斯托法·马世豪尔的明确印记体现在加强组织内部的库特布潮流。强硬运动在短期内（2002-2004 年）继续控制着穆斯林兄弟会，在此期间，第六任导师-穆罕默德·马穆恩·胡德比担任该组织的领导人，他甚至吹嘘兄弟会的特殊（秘密）政权，并公开宣布他绝对支持阿拉伯世界的好战组织和政党。如：真主党和哈马斯，这清楚地表明了这一时期兄弟会与阿拉伯国家的极端主义组织之间的关系。

穆罕默德·马赫迪·阿克夫担任该组织的第七任指导师（2004-2010 年）的职位后，所谓的"改革派"与该组织内部的库特布潮流之间的平衡得以恢复，特别是他因为以采取使各方满意的温和立场而著称，并力求实现这两个主要思潮之间的共存，但是阿克夫最显着的影响是他试图使该组织的做法民主化。第八任导师-穆罕默德·巴迪（2010 年至今）的掌权构成了对激进趋势的回归，因此，穆罕默德·巴迪被认为是属于库特布一派，他的任期以争执和异议为特征，这些争执和异议谴责了穆斯林兄弟会精英在选举导师和指导局成员中的声音，并认为这是选拔而不是选举的结果，其借口是投票违反了穆斯林兄弟会的内部规则，而这些冲突在 2013 年 6 月 30 日革命后变得更加严重，威胁到该组织崩溃的分裂开始出现。

4. 主要政治决策，全面组织战略的制定以及该组织内部财务资源的管理仍然高度集中，并由在 2013 年 6 月 30 日革命后未被逮捕的年长领导人手中，为中层管理阶层的中层和技术委员会席位中留出了空间。该组织仍在努力通过其行政结构扩大其社区规模，并根据其运作中计划的集中化和实施中的权力下放制度，在比较其提供的服务时，总是最大程度上倾向于建立社会和经济以及文化生活的维度，从而相对国家而言该组织所提供的独特性服务更能满足公民的生活和社会的需求，特别是在边缘化和贫困地区的公民。

5. 组织和行政结构是穆斯林兄弟会在社会中扩展的主要工具，无论是在各个社会群体中，还是在包括整个埃及及其各大市区，中心，村镇和村庄在内的地域扩展中，该组织结构都将村庄与城市，首都和伊斯兰教国的省份联系在一起，并为男女性以及各个年龄段的个人提供参与该组织的社会和宗教活动与计划。有趣的是，行政办公室和中央委员会执行了培训该组织和扩大其群众基础的任务；除了执行组织任务外，它还倾向于将志愿人员和行政工作政治化，以便为该组织的政治项目提供服务，这表明该组织的组织和行政结构在最初阶段致力于通过实地和循序渐进的方式来转化该组织的项目渗透到社会中，然后通过向这些阶层提供帮助来发挥服务和社区作用，从而加强中下层阶级之间的联系，并利用某些政府退避其主要角色，目其的是诠释这一切是为了支持兄会的政治项目，无论是通过它的立法选举还是"2011 年 1 月 25 日革命"之后的总统选举中的支持者。

6. 自穆斯林兄弟会成立以来就计划了组织结构与意识形态方面之间的联系，因为它意识到保持组织结构和连续性和连贯性首先需要对组织的意识形态和宗教价值观充满信心，它要求并支持组织的力量，例如兄弟会和克己的价值观，该组织甚至诉诸于古兰经和圣训中的许多宗教文献，一方面证实了该组织的团结和力量，另一方面也警告说不要背离该组织，正如先前指出的那样，这清楚地表明了该组织以某种方式实现宗教目的的程度，无论是出于组织还是政治目的，都旨在实现其总体利益。

7. 特殊系统是穆斯林兄弟会组织结构的重要支柱和其执行政治项目的重要工具。在上世纪 40 年代，该组织的创始人哈桑·班纳决定让该组织从事政治工作时，该组织的特殊系统就参与了暗杀政治人物的活动，之前我们提到过这一点。许多研究认为，该组织的创始人哈桑·阿尔·班纳受意大利和德国纳粹的法西斯组织的影响，并试图以伊斯兰特色在该组织中复制这一模式，并不仅是为了灌输力量和军事荣誉-正如他所声称的那样-而是成为协助该组织拥有实现其目标并摆脱对手的武装力量。在 " 2011 年 1 月 25 日革命"之后，该组织扬言要不止一次诉诸暴力，而在已故总统穆罕默德·莫尔西被推翻之后，许多支持该组织的恐怖组织似乎卷入了多个恐怖活动。因此，当有人认为穆斯林兄弟会是跨界的极端主义和圣战组织（例如基地组织和伊斯兰国）借鉴其思想和意识形态方法的起源，它不是来自真空，而是源自该组织在其整个历史中建立的军事组织或与之分裂并随后为执行其目的和计划而付诸军事行动的组织。

8. 从成立之初到现在，穆斯林兄弟会特别系统的要素构成了该组织的组织结构薄弱的主要因素之一，因为它一直在试图干预其组织和行政工作的愿景，从干预该组织导师的选择开始，甚至将特定导师强加于该组织；正如哈桑·胡德比死后所发生的一样，特殊系统违反法规和法律以强加他们对该组织的愿景，最后它排除后来从该组织分离的所谓的"改革运动"的象征。因此，研究人员将特殊系统的伊斯兰运动描述为该组织组织结构中的"中心复合体和最高框架"，其中成员资格仅对公共秩序的精英兄弟会开放，但清楚地反映了其中心重要性，以及现实中它在转变该组织目标中所扮演的角色的性质。

9. 尽管该组织的组织和行政体系的生存很大程度上取决于家庭和个人关系，这从该组织成员之间的亲戚关系和亲和力的多重程度可以明显看出，因此有些人将该组织描述为更接近家庭或封闭的氏族，然而这种个人和家庭关系被认为是该组织结构主要的薄弱环节之一。因为它排除了选择有能力和具有接管组织事务及其行为经验的人的担任相关职务，相反任命接管组织事务的人通常是根据血缘亲近程度以及亲和力的考虑来选择的，在这种情况下，该组织总是用人唯亲，而不是用人唯贤；这可能是该组织在 2011 年 1 月 25 日革命后暴露的原因之一；因为在其掌权的那一年它未能找到领导国家的合格干部，该组织在其位于整个埃及的各个机构和部委中任命其成员，但这些成员往往不具备专门的技能和专业经验，这加剧了社会和经济问题的恶化，使许多埃及人民不聊生。

10. 组织和行政结构反映了兄弟会对民主价值观的不信任，特别是鉴于导师和指导局在组织决策方面的主导地位，这是由于组织成员所遵循的听从和服从的文化，并且这种文化奉行对导师的盲目服从而不在任何决定中对其进行审查或问责。这种特征还出现在兄弟会国际组织与其遍布世界许多国家的分支机构之间的关系中，这归功于它的忠诚，并且受制于其决定和指示，即使它们违背其原籍国的利益，这也同时确认了穆斯林兄弟会对民族国家缺乏信心，如果它与组织的利益相冲突，它就会超过它。民主缺乏的另一个迹象是，兄弟会在舒拉理事会中占主导地位，根据该组织总制度第（19）条的规定，该理事会应该代表该组织所有分支机构的所有国家/地区，并强调在理事会中平衡地域代表制的重要性。

11. 尽管有许多因素影响了该组织的组织和行政结构，但最重要的是我们可以统称该组织的"职能观点"，是否被一些历届埃及政府视该组织为抵制某些潮流传播的"排斥之墙"，例如在已故总统安瓦尔·萨达特的时代共产主义，以及前总统穆罕默德·霍斯尼·穆巴拉克时代的极端主义和圣战潮流，或者有时是美利坚合众国和西方强国的时代，特别是在 2001 年 9 月 11 日事件之后，该团体被视之为面对基地组织等跨境圣战组织的伊斯兰教的典范或温和政治家，此外，位于西方的兄弟会国际组织的扩张也是这种职能观点的产物，过去几年的经验表明，兄弟会的国际组织及其分支机构被用作反对埃及政权的压力因素。在各个时期中，最突出的时期是 9 月 11 日事件之后的时期，以及美国前总统巴拉克·奥巴马时期，他正在采取立场来支持穆斯林兄弟会，特别是 2011 年 1 月 25 日的革命之后。埃及一些政府和西方大国的这种功能性观点提供了许多帮助该组织发展其组织和行政结构的机会，并且它已经通过其在埃及和一些阿拉伯国家传播的社交网络与国家竞争以履行其基本任务，特别是在社会角色方面，更严重的是，其组织和行政结构已成为国家的"平行实体"，并且具有自己的逻辑和工具，在某些情况下，在涉及向社会成员提供的社会服务时，它试图绕过国家的主要作用。

12. 穆斯林兄弟会的组织和行政结构已显示出韧性，连续性和连贯性，无论该组织的暂时年龄如何，尽管存在结构性和框架性性危机，也显示出根据内部和外部环境的发展适应挑战和风险的能力；或者，关于组织现在的生存和凝聚力（部分），尽管该组织自 2013 年 6 月 30 日革命以来遭受了威胁其生存和凝聚力的最严重冲击，但它仍能够开发出新机制来应对这一阶段的要求，以便继续保留其余的建设组织。但是，该组织的组织结构正面临着该组织历史上最严重的危机，原因是组织结构中两个最高集体机构，即指导局和舒拉理事会成员遭到了逮捕，政府没收了该组织的财务资源，并以前所未有的方式限制了其渗透社会的行动，致使加重该组织在社会中的孤立感，并减少它过去押注的中下阶层对它的支持，这些中下阶层人士对它的支持通常能够增强它存在和对社会的渗透。

13. 穆斯林兄弟会如何处理其组织结构的未来场景包括保持当前的组织结构不变，在思想和组织停滞的圈子中前进以及采用上世纪七十年代采用的相同政治议程，然后再次回到专业工会和学生工会以渗透社会，利用埃及经济改革计划带来的埃及某些群体的艰难生活条件，以及在适应 2013 年 6 月 30 日以后阶段的发展之间，通过引入新的组织机制来管理该组织的事务，一方面专注于应对它在国内面临的危机，另一方面努力重新发挥其国际组织在国外的作用，押注于区域和国际环境的转变，使其能够再次回到社会中发挥作用，或者作为一个积极而有影响力的政党参与政治进程，但由于所谓的"改革派"与保守派潮流之间持续的冲突而导致的组织分裂场面，使得在 2013 年 6 月 30 日后，组织和行政机构在管理该组织所面临的危机时会遭遇到不是瘫痪便是真空。

14. 根据目前的数据，这表明塞西政权仍在国内外获得了大力支持，而穆斯林兄弟会的孤立则由于其政治项目的曝光而加深了，这对民族国家构成了威胁，由于该组织下注失败，无法重新掌权因此影响力下降；同样，由于 2019 年 9

月在突尼斯举行的总统选举的结果是兄弟会复兴运动的候选人-阿卜杜勒·法塔赫·莫鲁落选，该组织自成立以来可能面临着最严重的结构和思想危机，这种危机可能持续多年，因为如前所述，这场危机不仅限于该组织内部领导人之间的争执，而是关系到比这更严重的兄弟会项目，因为后者意味着代替国家行政机构或与之并驾齐驱的可能。

参考资料来源

1-阿拉伯文的资料来源

文件：

1. 穆斯林兄弟会的公共秩序，位于以下链接：https://bit.ly/2krGQri。

2. 1994 年 的 兄 弟 会 公 共 秩 序 ， 维 基 资 源 ， 位 于 以 下 链 接 ：https://bit.ly/2lTnStS。

3. 直到 1944 年，法律和行政法规的收集，维基兄弟会网站，链接如下：https：//bit.ly/2LLx9yw。

4. 穆斯林兄弟会（1948 年）的内部规定，维基兄弟会网站，位于以下链接：https://bit.ly/2nKpqaQ。

5. 穆斯林兄弟会章程 （1951），维基兄弟会网站，位于以下链接：https://bit.ly/2puTuro。

6. 穆斯林兄弟会国际规则（1994 年），维基兄弟会网站，位于以下链接：https://bit.ly/2M6xP29。

7. 穆斯林兄弟会一般规定（2009），维基兄弟会网站，位于以下链接：https://bit.ly/2lGY9EL。

8. 穆斯林兄弟会全球法规（1994 年），维基兄弟会网站，位于以下链接：https：//bit.ly/2M6xP29。

9. 穆斯林兄弟会总则（2009 年 5 月），维基兄弟会网站，位于以下链接：https://bit.ly/2nMVDhD。

10. 穆斯林兄弟总系统法规（1982），维基兄弟会网站，链接如下：https://bit.ly/2krGQri。

11. 伊斯梅利亚第一部穆斯林兄弟会法，《穆斯林兄弟会历史的官方百科全书》，维基兄弟会网站，位于以下链接：http://goo.gl/D1a0Oj。

12. 莎布拉赫特穆斯林兄弟会法（1930 年），维基兄弟会网站，位于以下链接：https://bit.ly/2oNQcPW。

图书：

13. 艾哈迈德·班-《穆斯林兄弟会以及家园和宗教的困境》（开罗：Al-Mahrousa 中心，1015）。

14. 艾哈迈德·哈桑·埃尔·巴古里《回忆遗迹》（开罗，艾哈拉姆翻译与出版中心，1988 年）。

15. 艾哈迈德·阿德尔·卡马尔，《字母上的圆点：穆斯林兄弟会和特殊系统》（开罗：爱资哈尔，阿拉伯媒体，1987 年）。

16. 艾哈迈德·阿贝德·拉博，《穆罕默德·赛义德·赛义德编辑中穆斯林兄弟会的未来的三种情况》，《哪个未来等待穆斯林兄弟会》，（65-66），（开罗人权研究中心，2013 年）。

17. 奥利维尔·罗阿，《政治伊斯兰的经验》，第二版，（伦敦：达·萨奇，1996 年）。

18. 侯赛姆·塔曼，"阿卜杜勒·莫尼姆的笔记：《对 1970-1984 年埃及伊斯兰运动历史的见证》（达尔沙璐阁：开罗，2010 年）。

19. 《兄弟会的变革...意识形态的瓦解与组织的终结》，第二版（开罗：马德布利图书馆，2010 年）。

20. 哈桑·班纳，《伊玛目·哈桑·班纳的信息汇编》（开罗，达尔·达瓦，1984 年）。

21. 宣教和宣教士笔记（科威特：阿法克图书馆，2012 年）。

22. 侯赛因·马卡磊，《传播与当代理论》（开罗：埃及黎巴嫩议院，2006 年）。

23. 哈马德·马哈茂德·伊斯梅尔，《宗教与政治之间的哈桑·班纳和穆斯林兄弟会》，1928-1949 年（开罗：达尔沙璐阁，2010 年）。

24. 阿卜杜拉·穆罕默德·阿卜杜勒·拉赫曼，《经济社会学》，（亚历山大：达尔马拉法，2003 年）。

25. 拉菲克·哈比卜，《穆斯林兄弟会政治前途的愿景》，由阿木鲁舒伟吉编辑：《穆斯林兄弟会危机》，（开罗：Al-Ahram 政治与战略研究中心，2009 年）。

26. 赛义德·哈瓦，：《在教学的视野上：通过教学的信息研究班纳教授的号召学及其运动理论的前景》-这是对建筑的有意义的系统研究（DN，DT）。

27. 萨米尔·希亚兹，《当代文学批评词典》（开罗：马德布利图书馆，1990 年）。

28. 苏赞·哈菲，《特殊制度与穆斯林兄弟会的状态》（开罗，梅勒出版社，2013 年）。

29. 塔雷吉·巴希尔，《当代伊斯兰问题》，《当代历史上伊斯兰政治思想的一般特征》，第二版（开罗：达尔沙璐阁，1996 年）。

30. 阿卜杜拉·纳菲西，《埃及穆斯林兄弟会：经验与错误》，《伊斯兰运动：未来的远景-自我批评论文》（科威特：出版和发行的视野，2012 年）。

31. 阿卜杜勒·拉希姆·阿里，《穆斯林兄弟会从哈桑·班纳到麦哈迪·阿克夫》（开罗：阿尔迈哈露莎出版，新闻和信息服务中心，2004 年）。

32. 阿姆·肖巴基，《莫尔西倒台之后，兄弟会何去何从》？在穆罕默德·赛义德编辑，《穆斯林兄弟会在等待哪种未来》（开罗人权研究所，2013 年）。

33. 阿里·阿卜杜勒·哈利姆·马哈茂德，《穆斯林兄弟会的教育方式：历史分析研究》，第四版（曼苏拉：印刷，出版和发行的达·阿尔·瓦法，1990 年）。

34. 阿里·阿什马维日记，《穆斯林兄弟会的秘密历史》（开罗：达·阿尔·希拉勒，1993 年）。

35. 法海觅·俄秩维，《社会学概论》（安曼：达尔沙璐阁出版发行，2006 年）。

36. 穆罕默德·哈比卜，《穆罕默德·哈比卜博士的回忆：关于生活，倡导，政治和思想》（开罗，达·阿尔·索鲁克，2012 年）。

37. 穆罕默德·德默达，《从该集团成立之年到该集团的统治时期的政治伊斯兰教》（开罗：达·萨玛出版社和发行，2015 年）。

38. 穆罕默德·加扎里，《这是现代伊斯兰斗争中的地标》（开罗：达·库图卜·哈迪萨，1963 年）。

39. 穆罕默德·萨巴俄，《特殊系统组织的现实及其在穆斯林兄弟会宣教中的作用》（达尔伊奥提萨姆出版和发行，开罗，1987 年）

40. 马哈茂德·阿卜杜勒·哈利姆，《穆斯林兄弟会-使历史成为现实的事件》，第一部分 1928-1948 年，（亚历山大，印刷，出版和发行的达·阿尔·达瓦，1994 年）。

41. 哈拉·穆斯塔法，《萨达特和穆巴拉克时代的和解与对抗之间的国家和伊斯兰反对运动》（开罗：Al-Mahrousa 研究，培训，信息和出版中心，1995 年）。

42. 希沙姆·奥迪，《合法性的斗争...穆斯林兄弟会和穆巴拉克》，1982-2007 年（贝鲁特：阿拉伯统一研究中心，2009 年）。

43. 纳比尔·阿卜杜勒·法塔，《埃及的宗教地位报告》，第四版，（开罗：阿尔艾哈拉姆战略研究中心，1995 年）。

44. 尼古拉·提马舍夫，《社会学理论，其性质与演化》，翻译：迈哈穆德·奥德等人翻译（亚历山大：达尔玛阿拉法出版，1999 年）。

45. 亚西尔·希尔米·沙一尔，《哈桑·班纳犹太教和兄弟会的共济会之间的黑历史》（开罗，发行和发行公司，2018 年）。

期刊：

46. 乌萨玛·加扎里·哈布，《第三世界的政党》，第（117）号，（科威特：知识世界，全国文化，艺术和文学理事会，1987 年）。

47. 赛麦哈·艾迪，《穆斯林兄弟会：理论与实践之间的赋权》（迪拜：阿尔马斯巴尔研究中心，2019 年），网址：https：//bit.ly/2IoZJLY。

48. 研究人员团体，《衰落后的兄弟会：重塑和利用联盟》（迪拜，阿尔马斯巴尔研究中心，2019 年）。

49. 研究人员团体，《分裂的兄弟会-国际组织研究导论》（迪拜：马斯巴尔研究与研究中心，2019 年）。

50. 海瑟姆·穆扎希姆，《从特殊系统到埃及总统的穆斯林兄弟会（1928 年至 2012 年）"，《中东事务杂志》，贝鲁特，第（22）卷，第（142）号，2012 年。

报纸和杂志：

51. 塔米尔·瓦吉黑，《授权的道路始于金钱和组织》，《埃及日报》（开罗），2012 年 5 月 8 日。

52. 贾拉勒·阿里夫，《兄弟会和买瓦里，一位法西斯主义者的两面，阿尔·巴彦报纸（迪拜），2018 年 5 月 13 日。

53. 哈立德·加纳米，《"我的兄弟"，但他不知道》，阿提哈德（阿布扎比），2019 年 7 月 15 日。

54. 拉菲克·哈比卜：《兄弟会与组织》，Al-Wasat 报纸（突尼斯），2018 年 2 月 8 日。

55. 雅欣先生，《埃及兄弟会统治：政治失败和历史性倒台》，Al-Hayat 报纸，2013 年 4 月 8 日。

56. 阿卜杜勒·哈米德·阿尔·安萨里，《埃尔多安在政治和心理之间的动机》，阿提哈德（阿布扎比），2014 年 10 月 8 日

57. 马黑尔·哈桑，《他们暗杀了总理艾哈迈德·马希尔·帕夏》，今日埃及网站，于 2015 年 7 月 19 日星期日，网址为 https://bit.ly/33PQnsU。

58. 穆罕默德·穆巴拉克·朱马，《谈兄弟会离不开伊朗》，艾因盖特（阿布扎比），2017 年 12 月 14 日，通过以下链接：https://bit.ly/2nMxrfv

网站：

59. 易卜拉欣·扎穆尔，《穆斯林兄弟会的历史文献》，位于以下链接：https://bit.ly/2kbmv9k。

60. 易卜拉欣·尤塞夫，《穆斯林兄弟会历史上最著名的叛变，2015 年 5 月》，埃及阿拉伯语网站 https://bit.ly/2lVnQ4O。

61. 阿布·埃拉·马迪，《穆斯林兄弟会的组织地位》，半岛电视台网，网址：https://bit.ly/2ktAurh。

62. 阿布·埃拉·马迪，"教授/ 穆斯塔法·马世豪尔（2）-我知道的角色（1977-2017）"，Al-Wasat Party 网站，2018 年 12 月 9 日，链接：https://bit.ly/2QJY9ll。

63. 艾哈迈德·杰迪，《兄弟会的导师"5"：穆斯塔法·马什豪..他是否暗中参加了暗杀萨达特的活动？》 2018，https://www.aman-dostor.org/11907。

64. 阿布都哈齐木·阿比迪尼，《哈桑班纳与兄弟会历史上最大丑闻的所有者之间联姻》 Aman 网站，2018 年 11 月，以下链接：https://bit.ly/2oYoBv9。

65. 艾哈迈德·萨拉玛，《穆罕默德·安瓦尔·萨达特及其与穆斯林兄弟会的关系》，位于以下链接：https://bit.ly/2k4Xwo2。

66. 艾哈迈德·舒沙，《穆斯塔法·马什豪尔...圣战士历程的火把》 "1"

67. 艾哈迈德·梅西，《穆斯林兄弟会帝国-从班纳的身无分文到沙特尔的十亿巨产》，2013 年，链接如下：https://bit.ly/2lQfqeE。

68. 《纳赛尔和萨达特之间的穆斯林兄弟会》，位于以下链接：https://bit.ly/2lDpuaP。

69. 《穆巴拉克时代的穆斯林兄弟会》..从休战到对抗（第十一部分），请访问以下链接：https://bit.ly/2m5qzbH。

70. 《穆斯林兄弟会从产生到解散〉，请访问以下链接：https://bit.ly/2kabiGh。

71. 《穆斯林兄弟会和攀登深渊（1）欺骗和说谎是带动兄弟会的工具》，2015年2月，位于以下链接：https://bit.ly/2kPuEk9。

72. 埃里克·特拉格，《埃及穆斯林兄弟会的一些领导人简介》，华盛顿近东政策研究所，2012年9月4日，链接如下：https://bit.ly/34imUJa。

73. 南希·优素福，米歇尔·唐，《埃及穆斯林兄弟会的兴衰》，华盛顿近东政策研究所，2016年11月，链接如下：https://bit.ly/2ZiHIwH。

74. 《兄弟会的分裂..恐怖组织是否正在流散海外的土地上腐蚀？》 2019，https://bit.ly/2mlDdn2

75. 艾妮特，穆罕默德亚埃，《埃及穆斯林兄弟会内的极端主义和结构部门》，华盛顿近东政策研究所，2019年3月5日，通过以下链接：https://bit.ly/2jZH7kX。

76. 《穆斯林兄弟会的意识形态，组织和意识形态-第二部分》，位于以下链接：https://bit.ly/2jUq8jQ。

77. 巴比克·费萨尔·巴比克，《批评穆斯林兄弟会的忠诚概念》（1），Al-Hurra频道，https://arbne.ws/2o0ZJzL。

78. "尽管遭到镇压仍保持：埃及穆斯林兄弟会如何能够上升并持续发展？》，卡内基网站，2019年3月18日，https://bit.ly/2nBNSv8。

79. 《穆斯林兄弟会组织的特殊系统》，网站，https://bit.ly/31f2Apj。

80. 《穆斯林兄弟会虽然衰落，但仍然存在》以下链接：https://bit.ly/2n48ewy。

81. 《埃及政党生活的发展》-国家信息服务部，https://bit.ly/2BjTkW5。

82. 侯萨姆塔玛穆，《穆斯林兄弟会..该组织的诱惑！》，伊斯兰天文台网站，日期不详，通过以下链接：https://bit.ly/2ln8ZjI。

83. 《新的兄弟会领导-变革的影响和局限》，卡内基国际和平基金会，2010年2月17日。通过以下链接：https://bit.ly/21S60Es。

84. 侯赛姆·哈达德，《兄弟会的第六任导师-麦蒙·胡埠比》，伊斯兰运动门户网站，2019 年 5 月 28 日，位于以下链接：https://bit.ly/2oQq460。

85. 《哈桑·胡埠比-该组织第二任导师》，伊斯兰运动门户网站，2019 年 8 月，在以下链接：https：//bit.ly/2MicSj8。

86. 《欧迈尔·特里麦萨尼，该组织青年复兴者》2019 年 5 月 22 日，链接如下：https：//bit.ly/2k9cDNj。

87. 《穆斯塔法·马世豪尔-重启特殊系统和兄弟会国际恐怖组织》-2019 年，链接如下：https://bit.ly/2mLr4rX

88. 退休的少将侯萨姆苏瓦乐姆写道：《兄弟会与共济会之间的秘密关系》，2017 年 7 月 19 日，网址为：链接为：https://bit.ly/2nBvGll。

89. 侯赛姆·欣迪，《哈马斯文件颁布之后的兄弟会的国际组织还剩下什么？》 2017 年 5 月 2 日，语音网站：https：//bit.ly/2mYXf79。

90. 哈桑·班纳，《教导使命》，维基兄弟网站上的消息，位于以下链接：https://bit.ly/2meCPXL。

91. 《第五次大会信息》，2003 年 4 月 1 日，位于以下链接：https://bit.ly/2F4PhjQ。

92. 《纳吉尔杂志》，1938 年 5 月 30 日，链接如下：https://bit.ly/2m7TXhJ

93. 侯赛因·阿卜杜勒·侯赛因，《莫西的冤屈和兄弟会的蒙昧主义》，Al-Hurra 网站，2019 年 6 月 25 日，通过以下链接：https：//arbne.ws/35tiT5k。

94. 《1992 年赋权计划..沙特尔企划称霸埃及》伊斯兰运动门户网站，2015 年 1 月 19 日。链接如下：https：//bit.ly/21x9V4Y。

95. 哈利利·伊纳尼，《兄弟会的包容性叙事的侵蚀和东正教伊斯兰主义》的衰落，2014 年，https：//bit.ly/2Mo7mOT。

96. 阿尔杰基尔研究中心，2011 年 10 月 13 日，链接如下：https://bit.ly/2S4PWW3

97. 雷哈卜·丁·哈维，《解散穆斯林兄弟会的决定不是第一个……而是最后一个》，2013 年 9 月 2 日，链接：https：//bit.ly/2nOu3gA。

98. 《哈桑·阿尔·班纳的信...征服和毁灭世界的诫命》，2019 年 4 月 7 日，位于以下链接：https://bit.ly/2mOZeYo。

99. 《伊玛目哈桑·阿尔·班纳的信》，维基兄弟网站：https://bit.ly/2kzrjWf。

100. 《第五次大会信息》，位于以下链接：https://bit.ly/2F4PhjQ。

101. 拉菲基哈·哈比布，《兄弟会与组织策略》，2010 年 8 月 11 日，位于以下链接：https：//bit.ly/2mfdrkl。

102. 祖拜尔·麦赫达德，《对政治征佣的敏感性》，请访问以下链接：https://bit.ly/2KPYZKV。

103. 扎卡里亚·苏莱曼·巴约米，《1952-1981 年处于阿卜杜勒·纳赛尔与萨达特之间的穆斯林兄弟会》，1987 年 4 月 9 日，网址：https：//bit.ly/2lDpuaP。

104. 朵亚·雷士万，《马世豪尔之后的穆斯林兄弟会，政治和战略研究的证词》，日期不详，链接如下：https：//bit.ly/2n4puBZ。

105. 阿卜杜勒·拉赫曼·约瑟夫，《穆斯林兄弟会的迁徙（3-5）...组织结构和内部调整》，2015 年 7 月 9 日，位于以下链接：https：//bit.ly/2kanV43。

106. 阿卜杜·孟一木·迈哈穆德，《从坟墓之约到花坛之盟的兄弟会》，迈斯乐赛网站，2010 年 10 月 16 日，位于以下链接：https://bit.ly/2nB2FGt。

107. 伊萨姆·阿卜杜勒·沙菲，《穆斯林兄弟会..关于未来的想法》，位于以下链接：https://bit.ly/2FaOPAw。

108. 阿歌德·穆罕默德·艾哈迈德·易卜拉欣，《政治机会的结构概念和社会运动发展》，请访问以下链接：https://bit.ly/2TRBrXr。

109. 阿玛·法耶德，《消除埃及兄弟会的社交活动是否会导致该组织陷入暴力？》布鲁金斯学会，2016 年 3 月 23 日，位于以下链接：https://brook.gs/2E7wSSa。

110. 经修订的《穆斯林兄弟会条例》1932 年，"维基兄弟网站，网址：https://bit.ly/2lJrHle。

111. 穆斯林兄弟会（1951）的内部规定，位于以下链接：https://bit.ly/2lGX1Rx。

112. 《五个原则》，穆斯林兄弟会维基百科网，位于以下链接：https://bit.ly/2ma8pFZ。

113. 穆罕默德·哈米德，《穆斯林兄弟会特殊系统...恐怖组织的摇篮》，Al-Bawaba 新闻，2015 年 3 月 24 日，通过以下链接：https://bit.ly/2JhQOzM。

114. 穆罕默德·卡亚提，《巴哈马银行与列支敦士登公国之间的穆斯林兄弟会的资金来源》，2012 年，网址：https://bit.ly/2kbMNIx。

115. 马哈茂德·哈桑，《兄弟会的经济帝国的故事：被禁止的英国货币-第一首诗》，《埃及民族之声报》，2018 年 6 月 1 日，位于以下链接：https://bit.ly/2KESF5d。

116. 《穆斯林兄弟会网站的第一任导师和创始人》，穆斯林兄弟会网站，位于以下链接：https://bit.ly/2k1FQF3。

117. 《穆斯林兄弟会第四任导师..穆罕默德·哈米德·阿布·纳斯尔》，位于以下链接：https://bit.ly/2kDumwN。

118. 《哈桑·胡埭比参赞...穆斯林兄弟会的第二任导师》，穆斯林兄弟会的维基百科，位于以下链接：https://bit.ly/2nUAWkb。

119. 穆斯塔法·哈希姆，《穆斯林兄弟会与世代之战》，卡内基国际和平基金会，2015 年 1 月 29 日，网址：https://bit.ly/2kzA1ns。

120. 《兄弟会组织的结构》，位于以下链接：https://bit.ly/2krOXWz。

121.　《穆斯林兄弟会在 2019 年夏季的教育方法，位于以下链接：https：//bit.ly/2kCpsQz。

122.　亚希尔·法提黑，《穆斯林兄弟会和一月革命》，《解读角色转变从前方通向未知》，埃及研究所，2019 年 9 月 10 日，位于以下链接：https：//bit.ly/2lNyvys。

123.　尤木纳·所罗门，《穆斯林兄弟会的制度结构：一种分析方法》，埃及研究所，2017 年 2 月 4 日，通过以下链接：https：//bit.ly/2NLw62T。

124.　《海拉特·沙特尔对兄弟会组织结构重要性的观点》，请参阅链接：https：//www.youtube.com/watch？v = bFCiZ_vmIPc。

125.　三迪·埃米尔-，《有关暗杀艾哈麦德·哈赞达尔总理的细节》-DMC 电台

126.　https://www.youtube.com/watch?v=yJfUspyvXOw。

127.　穆罕默德·马赫迪·阿克夫在 Al-Hiwar 频道的采访中，在录制于 2008 年 3 月的第一集"评论"节目中，https：//www.youtube.com/watch？v = 94raQc5BAco。

2- 外文资料来源

图书

1. Ashoka Mehta, in Raymond Aron, ed., World Technology and Human Destiny (Ann Arbor: University of Michigan Press, 1963.

2. Barry Rubin, The Muslim Brotherhood, the Organization and Policies of a Global Islamist Movement, New York, Palgrave Macmillan, 2010.

3. Hoveyda, F., "The Broken Crescent: The Threat of Militant Islamic Fundamentalism", Praeger Publishers (2002).

4. Max weber, Economy and Society, edited by Guenther and Claus Wittich, Berkely, Los Angeles, London, University of California press, 1978.

5. Meyer D. and S. Tarrow (eds.), Towards a Movement Society? Contentious Politics for a New Century, (Rowman and Littlefield, Boulder: CO, 1998).

6. Olivier Roy, l'echec de l'Islam politique, Le seuil, Paris 1992.

7. Samuel P. Huntington, "Political order in changing societies, Seventh printing, (New Haven and London, Yale University Press, 1968).

8. William H. Starbuck. "Organizational Growth and Development," in James G. March, ed.• Handbook of Organizations (Chicago: Rand McNally, 1965.

期刊

9. Nazih N. M. Ayubi, "The Political Revival of Islam: The Case of Egypt", International Journal of Middle East Studies, Vol. 12, No. 4 (Dec 1980), pp. 481-499

10. Ajay Kumar Yadav, SOCIAL MOVEMENTS, SOCIAL PROBLEMS AND SOCIAL CHANGE, Academic Voices, A Multidisciplinary Journal, Volume 5, NO. 1, 2015, p. 2.

11. Ashraf El-Sherif, The Muslim Brotherhood and the Future of Political Islam in Egypt, carnegie middle east center, OCTOBER 21, 2014, https://bit.ly/2k1aZ06

12. Barbara Zollner, Surviving Repression: How Egypt's Muslim Brotherhood Has Carried On, carnegie middle east center, MARCH

13. Barbara Zollner, Surviving Repression: How Egypt's Muslim Brotherhood Has Carried On, carnegie middle east center, MARCH 11, 2019, https://bit.ly/2kpFNYT.

14. Carrie Rosefsky Wickham, The Causes and Dynamics of Islamist Auto-Reform, ICIS International 6, no.2, Winter 2006.

15. Debbie H. Martin, Ann C. Macaulay, and Pierre Pluye, can we Build on Social Movement Theories to Develop and Improve Community‑Based Participatory Research? A Framework Synthesis Review, American Journal of Community Psychology, 2017, https://bit.ly/2jXOdGr.

16. Ziad Munson, ISLAMIC MOBILIZATION: Social Movement Theory and the Egyptian Muslim Brotherhood Forthcoming in The Sociological Quarterly, January, 2002.

网站

17. Ahmed Mahfooz, THE THEORY OF BUREAUCRACY OF MAX WEBER... MERITS AND DEMERITS, https://bit.ly/2Mwy33H.

18. Ahmad an-Najmee, Al-Ikhwaan Al-Muslimoon, Madeenah, 12th May 2005, https://bit.ly/2VJW5tv.

19. Ammar Fayed, Is the crackdown on the Muslim Brotherhood pushing the group toward violence? 2016, https://brook.gs/2Z4eCoP

20. Ashley Crossman, Political Process Theory, February 13, 2019, https://bit.ly/2qtFSuO.

21. Barry Rubin, THE MUSLIM BROTHERHOOD: THE ORGANIZATION AND POLICIES OF A GLOBAL ISLAMIST MOVEMENT, https://bit.ly/2mo6H41.

22. Christian Fuchs, The Self-Organization of Social Movements, 11 May 2006, https://bit.ly/2Zaa154.

23. D.G. Green, T.G. Leishman, Self-Organization, 2008, https://bit.ly/2U2IKf7.

24. Derrick Purdue, Civil Societies and Social Movements...Potentials 2007, https://bit.ly/2IS8Cxe.

25. Edwin A. Locke, Research in the Sociology of Organizations, https://bit.ly/2Hoo6B0.

26. Egbert Harmsen, Islam, civil society and social work Muslim Voluntary Welfare Associations in Jordan between Patronage and Empowerment, https://bit.ly/2MDqubB.

27. ELI LAKE, Déjà Vu in Cairo, 2011, https://bit.ly/2oDcowi.

28. Federico Gaon, Hassan al-Banna: Reformist or fundamentalist? https://bit.ly/3024oSV.

29. Gamal Essam El-Din, The Brotherhood's secrets, 31 Jul 2019, https://bit.ly/2yIxYRt.

30. Hanspeter Kriesi, Social Movements in Interaction with Political Parties, October 2018, https://bit.ly/2Z73uHy.

31. History of the Muslim Brotherhood, A Report by 9 Bedford Row, 2 April 2015, https://bit.ly/2IPjsPx.

32. Ida Bary, Women's Political Participation in Muslim Brotherhood between the Hammer of Ambiguity and the Anvil of Inclusion-moderation: The Case of Egypt and Tunisia, https://bit.ly/2ylgSsQ.

33. Investigating the Muslim Brotherhood Economy, https://bit.ly/2lKGcp3.

34. Israel Elad-Altman, The Egyptian Muslim Brotherhood After the 2005 Elections, 2006, https://bit.ly/2kZLD3b.

35. Jonathan Spyer, Qatar's Rise and America's Tortured Middle East Policy, August 2014, https://bit.ly/1qYxFKK.

36. Jurgen Willems & Marc Jegers, Social Movement Structures in Relation to Goals and Forms of Action: An exploratory model, https://bit.ly/2mOFP9X.

37. Linda Herrera and Mark Lofty, E-Militias of the Muslim Brotherhood: How to Upload Ideology on Facebook, 2012, https://bit.ly/2LScZDm.

38. Nader Habibi, The Economic Agendas and Expected Economic Policies of Islamists in Egypt and Tunisia, 2012, P. 4, https://bit.ly/2kbOUMu.

39. Matthew A. McIntosh, The Sociology of Social Groups and Organization, March 8, 2018, https://bit.ly/2TQIa4h.

40. Muhammad Chami, EGYPTIAN MUSLIM BROTHERHOOD ORGANIZATION SOURCES AND ACTIVITIES, https://bit.ly/2pvnSCO.

41. Paolo Gonzaga, Egypt, The Muslim Brotherhood at a Crossroad, 23 September 2015, https://bit.ly/3336Jhv.

42. Paul Bremmer, DHS whistleblower: Why did Obama form 'alliance' with Muslim Brotherhood? 2016, https://bit.ly/2IKiX7d.

43. PATRICK MEIER, My Thoughts on Gladwell's Article in The New Yorker, Part 2, https://bit.ly/2pyfOjX.

44. R. A. Dello Buono, Reimagining Social Problems: Moving Beyond Social Constructionism, https://bit.ly/2kOhRLf.

45. Rami Dabbas, Barack Obama's Support for the Muslim Brotherhood, 2019, https://bit.ly/2PFBGms

46. Robert Dailey, Organizational Behavior, Edinburgh Business School, Heriot-Watt University, https://bit.ly/2kPMnbO.

47. Roberta 'Garner, Mayer N. Zald, Social Movement Sectors and Systemic Constraint: Toward a Structural Analysis of Social Movements, https://bit.ly/2kr5QPd.

48. Roel Meijer, THE MUSLIM BROTHERHOOD AND THE POLITICAL: AN EXERCISE IN AMBIGUITY, https://bit.ly/2wOMPch.

49. Rose Ngozi Amanchukwu, Gloria Jones Stanley, Nwachukwu Prince Ololube, A Review of Leadership Theories, Principles and Styles

and Their Relevance to Educational Management, 2015, https://bit.ly/30zwULS.

50. Sarah Tonsy, Territory and Governance: the Arab Republic of Egypt between two historical political actors, 2017, https://bit.ly/33J9PIE.

51. Sheri Berman, Islamism, Revolution and Civil Society, https://bit.ly/2PBjCO2

52. Social movement, New World Encyclopedia, https://bit.ly/21XTNJI.

53. Sociology of Organizations, https://bit.ly/2U2REcu.

54. Steven Brooke, U.S. Policy and the Muslim Brotherhood, 2015, https://bit.ly/2VM6KUQ.

55. The remarkable unity displayed by the Muslim Brotherhood is no accident, Egyptian researcher on Islamist Movements, https://bit.ly/21hzxm6.

56. The structure and funding sources of the Muslim Brotherhood, 2011, https://bit.ly/2qoe0J7.

57. The structure and funding sources of the Muslim Brotherhood, the Meir Amit Intelligence and Terrorism Information Center, On 10 July 2011, https://bit.ly/2qoe0J7.

58. Thorsten Hoffmann, THE MUSLIM BROTHERHOOD IN EGYPT: PURSUING MODERATION WITHIN AN AUTHORITARIAN ENVIRONMENT, https://bit.ly/2nTmJUF.

59. Umar al-Tilmisani, https://bit.ly/2kMPPTN.

60. Why Egypt's Muslim Brotherhood Needs to Transform to Survive, https://bit.ly/2HqYcg3.

www.ingramcontent.com/pod-product-compliance
Lightning Source LLC
Chambersburg PA
CBHW061508120726
48001CB00004B/1255